KB261577

제논 프라이어

노규민 퓨전 판타지 소설

Fantasy Exciting Style

제논 프라이어 1

노규민 퓨전 판타지 소설

초판 1쇄 찍은 날 § 2007년 7월 16일
초판 1쇄 펴낸 날 § 2007년 7월 20일

지은이 § 노규민
펴낸이 § 서경석

편집장 § 김대식
편집책임 § 조수희
편집 § 이환진

펴낸곳 § 도서출판 청어람
등록번호 § 제1081-1-89호
등록일자 § 1999. 5. 31
어람번호 § 제1-0853호

주소 § 경기도 부천시 원미구 심곡1동 350-1 남성B/D 3F (우) 420-011
전화 § 032-656-4452 팩스 § 032-656-4453
http://cyworld.nate.com/bluebook_
E-mail § blue_book@hanmail.net

ⓒ 노규민, 2007

ISBN 978-89-251-0806-3 04810
ISBN 978-89-251-0805-6 (세트)

제논 프라이어 1

Fantasy Exciting Style

노규민 퓨전 판타지 소설

Zenon Frior

BLUE BOOK
도서출판 청어람

목차

프롤로그

“꼬, 꼬맹아~! 아, 안 돼!”

말없이 서글픈 미소를 띤 채 희미하게 멀어져 가는 다슬이의 모습. 왠지 모를 불안감에 다급히 뒤쫓으려다 발이 꼬였다.

“어, 어…… 욱!”

쿠웅.

끝내 넘어지고 말았다.

“아이구, 허리야. 애도 아니고…… 웅?”

손을 휘젓고, 발이 꼬여 넘어지고 한 것은 죄다 꿈이었다. 그녀를 찾아 두리번거리는 눈길에 백사장은 간 곳 없고, 낯선 천장과 실내 전경만이 들어온다.

감각에 싸늘한 한기가 느껴진다. 동시에 현진의 정신이 날을 세운다. 어떻게 된 일일까. 뭔가 이상하다. 진득한 위화감의 발로였을 것이다. 현진의 눈초리가 예민해진 것은.

'그렇지, 사고!'

사고가 기억난다.

전신 오감이 건재한 것으로 보아 일단 마지막에 본 하얀 섬광은 다행히도 핵폭발은 아니었던 모양이다. 그 거리에서라면 증발이 원칙이라 배웠으니까.

누운 자세 그대로 몸의 움직임은 멈추었지만, 시선은 실내를 샅샅이 훑고 있었다. 충분히 축적된 훈련과 경험에 의거해 예기치 못한 상황에서는 섣부른 행동을 하기보다는 침묵 속에서 사태를 파악하는 것이 최선임을 잘 알고 있기 때문이었다.

커튼 사이로 들어오는 희미한 빛의 도움을 받아 실내 전경을 파악하는데는 백분의 일 초면 충분했다.

후각에 소독약 냄새가 전혀 감지되지 않는 것으로 보아 병원은 아니다. 그렇다고, 자신의 아파트도 다슬이의 원룸도 아니다.

'도대체 여긴 어디지? 누가 날 구한 거지?'

애써 좋은 쪽으로 생각해 보려하지만, 신경이 팽팽하게 일어서고 있다. 그렇게 납득하기에도 무언가 이상한 것이다. 아

무리 비가 내렸다고는 하지만 코끝을 시리게 하는 차가움은 결코 가을날의 그것이 아니다.

게다가 맨살에 느껴지는 천의 감촉도 어딘지 생소하다. 속옷의 촉감도 이불의 배도 너무 거칠다.

감각을 확장시킨다.

현진의 눈빛은 더욱 날카로워졌다.

'책장?

시야에 포착되는 낯선 사물 하나하나에 신경을 곤추세우자 책장 같은 구조물이 들어왔다. 머리맡이었다. 표나지 않게 머리를 약간 움직여 책장을 시야에 확보했다.

'수학, 과학, 대륙사…… 응? 어떻게 된 일이지?

제목을 읽어내려 가다 현진은 또다시 진한 위화감을 느꼈다. 영어, 일어, 중국어, 러시아어, 독어, 불어…… 그 어느 문자도 아니다. 자신이 분명 모르는 문자인데 또한 잘 알고 있는 언어란 것을 자각했던 것이다.

'모른다. 그런데…… 안다.'

당혹스러운 일이었다.

몰라야 정상인데 알고 있다니!

그때였다. 지독한 두통이 머리를 엄습한 것은. 그와 함께 수많은 기억의 편린들이 뇌리를 파고들기 시작했다. 가문 땅에 단비 스며들듯 강렬하고 즉각적으로.

'프, 프라이어…… 제논, 메를린, 마리, 아카데미……'

기본 정신력에 훈련으로 극대화시킨 인내로도 감당할 수 없는 극심한 두통이었다.

속수무책이다! 낯선 기억의 범람을 막을 방법이 전혀 없다. 신음을 삼키던 현진이 고통에서 벗어난 것은 정신의 끈을 놓았을 때였다.

Chap. 1
그날은 비가 내렸다

그날은 비가 내렸다

번쩍.

우르릉 쾅!

'찝찝하더라니…….'

낮부터 구름이 잔뜩 낀 하늘이 마음에 걸리긴 했다. 산업도로를 타는 게 옳았나 보다. 현진의 눈가에 후회의 기색이 스친다.

경주에서 울산으로 가는 네 가지의 기본 코스 가운데, 시간은 좀 많이 걸리지만 토함산을 넘어 동해안의 국도를 타는 쪽을 가장 선호하는 그였다.

후두두둑 쏴아!

“얼씨구. 아예 들이붓는구만, 부어.”

그러면 그렇지. 결국 비가 쏟아진다. 차체를 울리는 천둥소리와 함께 결국 비가 쏟아진다. 도로를 삼킬 듯 퍼붓는 빗줄기가 가시거리를 제로에 가깝게 했다.

불평보다는 감속이 우선임을 알기에 그의 발은 조건반사적으로 브레이크 페달을 밟아갔다. 브레이크 페달을 부드럽게 연속으로 밟아 감속시키고 와이퍼를 작동시키는 잠깐 동안 왼쪽 어깨가 이미 축축해졌다.

“제길슨~.”

얼른 파워윈도우 버튼을 눌러 차창을 올렸지만 담배를 건지기에는 역부족이다. 그러나 손 쓸 틈도 없이 젖어버린 담배를 재떨이로 사용하고 있던 종이컵에 집어넣고는 카오디오의 파워를 누르는 현진의 얼굴, 내뱉은 말과는 달리 그리 어둡지는 않다.

〈이번 개기일식은 잠시 후인 18시 20분부터 19시까지 진행될 예정이며…… 치지직.〉

“이 넘의 고물! 갖다버리든가 새 걸로 바꾸든가 해야지, 꼭 결정적인 순간만 되면 버벅대요.”

말로야 뭔 짓을 못하겠는가마는 어차피 카오디오 문제는 아니었다. 이 부근을 지날 때면 늘 겪는 일인 것이다. 과학도로서의 호기심이 동하는 뉴스라 순간적으로 귀를 기울였을 뿐, 딱히 반드시 들어야만 하는 내용은 아니었기에 그는 곧 관심을 돌렸다.

테이프를 밀어 넣는 현진의 눈이 깊어진다.

그대 사랑하는 난 행복한 사람 잊혀질 땐 잊혀진데도
....
그대를 생각해 보면 나는 정말 행복한 사람~

구닥다리에 청승맞은 곡이라 하면서도 지워놓진 않은 모양이다. 차체를 두드리는 빗발과 묘한 화음을 이루는 음률. 약간은 체념 섞인 목소리로 '나는 행복한 사람'임을 강조하는 이문세의 외침이 왠지 모르게 자조적으로, 오늘따라 어딘지 무척 공허하게 들린다.

열정적으로 울리는 드럼처럼 좁은 실내에 갇힌 빗줄기소리는 때 아닌 회상을 부추기기도 했다.

"개기일식이라……."

천문학 분야지만 과학은 과학. 학창 시절 같았으면 관련소식이 뜨자마자 알았을 것이고, 관찰하기 좋은 장소를 물색하랴 좋은 천체망원경을 입수하랴, 족히 몇 달은 행복한 기대감과 설렘 속에 보냈을 터였다.

그래도 나름은 아인슈타인을 꿈꾸던 현진이었다. 지금은 활동을 중단한 지 오래되었지만, 중학 시절에 취미로 시작한 햄(아마츄어 무선) 활동으로 정보라면 누구에게도 뒤지지 않왔던 시절이 있었던 것이다. 그래 그런 적이 있었다. 그러나 이젠…….

속물.

그렇다. 꿈 많던 소년은 어느새 청년이 되고 청년은 중년이 되었다. 그 무정히 흐르는 세월과 함께 꿈도 순수함도 저 유리에 부딪고 와이퍼에 쓸리는 빗방울처럼 덧없이 씻겨 가 버렸다.

현진.

어릴 때, 집안은 스피커 공장을 운영하고 있었다. 가물가물한 기억에 의하면, 일하는 사람만도 스무 명 가까이 되었다. 꽤나 깨인 부모를 둔 덕분이었다.

아버지가 처음 사업에 발을 들여 놓을 때만 해도 집안 어른들의 반대가 만만치 않았다고 한다. 사업은 집안 말아먹는 지름길이란 인식의 소치였다.

생각해 보면 그 치열한 반대를 뚫은 부친의 똥고집도 보통은 넘었던 터, 핏줄이 어디 가겠는가? 현진도 고집하면 옹가를 능가하는 것이 당연하다 하겠다.

그러한 환경의 영향으로 현진이 과학도, 그중에서도 공학도에의 꿈을 가진 것은 어쩔 수 없는 일이었다. 굳이 공학도이었음으로 구분하는 것은 나중에야 아인슈타인 같은 기초과학도와 에디슨 같은 공학도는 다르다는 것을 알게 되어서이다. 사물을 인식, 구분하고부터 과학은 현진의 장난감이자 친구였으니 말이다.

식구는 부모님과 손위 누나가 둘.

늦둥이인 현진이 태어나던 해에 조부님이 세상을 떠났고 금슬 좋은 부부 아니랄까봐 그 이듬해 이른 봄엔 조모님도 조부님을 따라가셨단다. 그래서 조부모님에 관해선 얼굴은 고사하고 어렴풋한 기억조차 없다. 그저 열 살 위의 큰누나와 여덟 살 위의 둘째 누나가 부모님과 더불어 어린 현진의 전부였다.

어른들이 먹고사는 문제로 고심하는 것을 본 적은 없었으니 나름대로 풍족한 살림이었다.

친인척이 그리 많지도 않았기에 반년에 한 번 정도의 내왕을 했을 뿐이나 서로 간의 정이 넘치는 화목한 집안임에는 틀림없었다.

모든 변수는 우연으로부터 시작되는 법.

그저 그렇게 전형적인 범생이로 공부에만 매진했을지도 모르는 현진의 삶이 급격하게 방향을 바꾼 것은 역시나 우연의 소치였다.

그가 다섯 살이 되던 해에 생의 첫 번째 변수가 찾아왔다. 누나들의 손에 이끌려 영화관이라는 데를 처음으로 갔고 거기서 꿈이 하나 생겼다. 지금까지도 생의 동반자이자 삶의 일부인 무도(武道)를 접했던 것이다.

정무문(精武門).

그 영화를 본 것이 바로 현진이 무술의 세계에 빠져든 계기
였다. 쌍절곤, 절권도……. 그 모든 것에 우선하는 이소룡의
매혹적인 근육의 역동성.

다음날부터 어머니를 졸랐다. 근처 십팔기 도장에 보내달
라고.

절대로, 영화관을 다녀 온 그날, 큰누나의 방이 이소룡 브
로마이드로 도배되었기 때문은 아니었다.

어른이 되면 현진과 결혼하기로 손가락 걸고 약속한 둘째
누나의 마음이 흔들린 듯해서 불안감이 생겼기 때문은 더더
욱 아니었다.

단지, 체력단련이라는 순수한 목표였다. 표어도 있잖은가?
건전한 정신은 건강한 육체에서!

"안 돼!"

어머니의 단호한 대답이 돌아왔다. 무술은 쌈질이고 건달
들이나 배우는 것이란 편견을 가지셨기에 당연한 반응이었
다. 늘 든든하게 편이 되어주던 부친마저도 그때만큼은 단 한
마디도 거들지 않았다.

역시나 세상에 믿을 사람은 하나도 없다. 우먼 파워가 강한
집안에서 아버지의 말씀이라면 설사 그 내용에는 동의하지
않더라도 무조건 편부터 들고 봤던 현진으로서는 참으로 서
운함의 극치를 깨달은 경험이었다.

 제논
프라이어

예로부터 전해온 '여자의 적은 여자요, 남자의 적은 남자다.' 란 말을 절감한 사례라 하겠다. 하지만 반대에 부딪쳤다고 그만두고 만다면 현진이 아니다.

애답게 생떼부터 시작했다.

예상대로 안 통했다. 그렇지만 현진의 고집은 물려준 부친보다 더했으면 더했지 못하진 않았다. 모친의 덕이었다. 어머니의 성씨가 고집에서는 두 번째 가라면 서러워한다는 '강' 씨였던 것이다.

더더군다나 날이 갈수록 누나들의 대화주제가 육체미와 무술의 상관관계에 대한 것으로만 흐르는 판이라서 현진이 목숨을 걸 수밖에 없는 절박함이 더했다.

마침내, 누나들에게 배운 초강수를 두기로 결심했다. 그날 우연히 둘째 누나가 브로마이드 속, 이소룡의 입술에 뽀뽀하는 모습을 목격한 건 사실이지만 그 때문은 절대로, 절대로 아니었다.

정말 순수하게, 남자라면 제 몸 하나 건사할 강인한 체력은 필수요소라고 여겼기 때문이었다.

단식을 결행했다.

배신자들이지만, 그래도 최소한의 애정은 남아 있었나 보다. 누나들이 엄마 몰래 빵과 우유를 가져다 줬다.

장기적인 투쟁을 위해서는 체력이 가장 중요하다는 큰누나의 경험에서 우러난 조언과 이소룡이 굶어서 뼈만 남은 스켈레톤이라면 매력이 아마도 꽝일 것이라는 작은 누나의 말은 엄청난 설득력이 있었다.

투쟁으로 소기의 목적을 달성하면 뭐 하겠는가? 투쟁을 시작한 근본 목적을 잊지 않는 것이 중요한 법이다.

그래서…… 먹었다.

배고픔을 참기 어려워서이거나 누나들의 말 때문만은 전혀 아님을 알리라. 오로지 누나들의 사랑을 거부할 수가 없었을 뿐. 어쨌든 식사 시간에는 결단코 밥을 먹지 않았다는 사실이 중요하다.

단식이란 정해진 식사 시간에 밥을 먹지 않는 거라는 부친의 말씀은 지금 생각해도 백번 지당한 것이다.

그렇게 최후의 수단을 동원했음에도 무술에 대한 어머니의 선입견을 완전히 깨는 데는 실패했다. 하지만 소득이 전혀 없지는 않았다. 며칠을 단식투쟁하며 조른 보람은 있었던 것이다. 도장에는 보내주지 않았으나 무술을 배울 기회는 주어졌으니까.

이진성.

현진의 첫 번째 무술사부.

부모가 신임하는 간부 직원이었는데 군(軍) 특공무술 교관 출신이었다. 나중에 공장장이 된 분이다. 그분에게서 무술 배우는 것을 허락받았다.

　초기 수련은 무거운 기구를 이용한 근육단련보다는 태극권과 영춘권을 접목한 유연성 및 순발력 증진에 초점을 둔 체조 비슷한 운동으로 시작했다. 또래 친구들은 모여서 구슬치기나 딱지치기에 바쁘던 그 시기, 무술기초를 닦으며 비지땀을 흘렸다.

　초등학교에 들어가서 새로운 친구들도 사귀었고 친누나와는 결혼할 수 없다는 것을 알았으나, 무술에 대한 열정은 식지 않았다. 6년 동안 학교에서 지내는 시간을 제외하면 거의 대부분을 무술수련에 투자했다.

　무술에 재능도 있었고 집중력도 있었던 덕에 탄탄한 기초를 갖출 수 있었다. 고학년이 되었을 즈음에는 충분한 영양공급과 규칙적인 운동 덕으로 또래들보다 머리 하나는 더 컸던 것이다.

　체력이 늘어감에 따라 다양한 기술들도 배웠다. 졸업할 무렵엔 체력의 핸디캡으로 구사하지 못하는 기술을 제외하고는 사부가 가진 거의 모든 기술을 전수받았다.

　중학교에 진학할 무렵쯤에 부친의 사업이 크게 확장되었고 먼 지방에 공장을 지었다. 집도 소도시에서 서울로 옮겼다. 지방 공장 관리 책임자로 무술사부 역할을 하시던 분이 내정되어, 첫 스승이었던 그와 떨어졌다.

　그때 스승의 소개로, 이사한 집에서 버스로 다섯 정거장 떨어진 합기도 도장에 입관했다. 이번에는 모친의 극단적인 반

대가 없었다. '성적이 떨어지면 안 된다.'는 단서가 달렸을
뿐.

스승에 대한 모친의 신뢰, 그리고 무술을 배우면서도 초등
학교 6년간 줄곧 일등을 놓치지 않았고, 큰 말썽이 없었던 것
이 쉽게 허락이 떨어진 배경인 듯하다.

김도현.

첫 번째 무술사부의 군 후배이자 합기도 도장의 관장이었
던 그를 두 번째 무술사부로 모셨다.

김도현 관장은 현진과 닮은꼴이었다. 이소룡의 광팬이었
던 것이다. 당사자보다는 그분의 '와이프'가. 그를 증명하듯
신혼여행마저 이소룡의 발자취를 기릴 목적으로 미국과 중국
까지 다녀왔다고 했다.

그분에게서 현진이 처음 몇 년간 주로 훈련 받은 것은 이소
룡의 트레이닝 방법을 변형시킨 체력 단련법이었다.

기술수련은 부수적인 것이었다. 기술적인 측면보다는 신
체 각 부위의 주요근육을 집중적으로 개발하는, 체력단련에
주안점을 둔 과학적 트레이닝을 받는 것이 초기 수련의 대부
분이었으니까.

아침 등굣길에 도장에 들러서 이소룡 식의 스쿼트와 굿모
닝 등 웨이트 트레이닝 세트메뉴로 체력강화에 주력하고, 가
벼운 덤벨을 이용한 새도복싱으로 순발력을 기르고, 첫 번째

제논
프라이어

스승에게서 배웠던 유연성 체조로 운동을 마치는, 단순하지만 시간이 많이 들고 지루한 훈련메뉴의 무한반복이었다.

그 때문에 현진의 아침 기상 시간이 새벽 다섯 시로 정해졌다. 등교하기 전에 도장에서 소화해야 할 양이 만만한 것이 아니었기에 새벽에 일어날 수밖에 없었던 것이지, 일곱 시 반이면 쭉쭉 빵빵 여대생들이 사모님께 에어로빅을 배우는 시간이기 때문은 결단코 아니었다.

아침메뉴를 소화하는데 두 시간 정도 걸리는 것은 사실이지만, 그 나머지 시간을 다른 쪽으로 소모하기 위한 의도 또한 전혀 아니었다.

새벽훈련을 마치는 시간과 에어로빅 시간이 일치하는 것은, 그저 투철한 준비 정신의 와중에서 파생한 우연의 산물일 뿐이다. 일찍 일어나는 새가 모이를 먹는다는 격언을 실천한 것일 뿐, 오로지 열심히 체력을 쌓고자 하는 건전한 목적이었다. 현진의 다섯 시 칼 기상의 근원은 거기에서 찾으면 될 것이다.

마침, 그 즈음 훈련 메뉴에 리듬감을 체득하기 위한 훈련이 가미된 것도 단순한 우연일 뿐이다. 이소룡 방식에서 리듬감은 기본이니까.

단조로운 패턴은 패배의 지름길. 엇박자가 고수의 필수코스임은 주지의 사실. 리듬감 체득의 첩경이 '무도(舞道)'의 수련에 있음은 알 만한 사람은 다 안다.

이소룡도 '차차차' 챔피언이 아니던가? 현진이 춤을 배울 수밖에 없었던 연유다.

그래서 자연스럽게 쭉쭉빵빵 여대생들과 에어로빅을 함께 하게 됐다. 삼바에 탱고, 지루박, 고고, 디스코도 배웠다. 오직, 무술의 생명인 리듬을 체화시키기 위해.

제자를 위해 살신성인 여대생들과 함께 율동하는 스승을 어찌 혼자 희생하게 놔둘 수 있겠는가? 제자 된 기본 도리를 다했을 뿐이지 친누나들을 향한 지조를 지키지 않은 것은 절대로 아니었다.

아, 말하지 않았던가? 친누나와는 결혼할 수 없다는 것을 알고 나서 며칠 간의 고민 끝에 독신으로 살기로 결심했던 사실을. 남자의 로망은 지조인 것이다.

사소한 일이지만 중학교 2학년 2학기 때부터는 기타도 배웠다. 그때부터였다. 기타연주가 무술, 공부와 함께 현진의 3대 삶의 동반자로 자리 잡은 것은.

물론 어려서부터 스피커와 친했으니 음악과 친숙한 것도 당연했지만.

트윈폴리오, 양희은으로부터 조용필을 거쳐 이선희까지.

팝송은 포크, 리듬 앤 부르스를 거쳐 락, 헤비메탈까지 연주할 수 있게 되었다.

현진의 특기인 특유의 집중력은 이 부분에서도 빛을 발휘한 것이다. 새로 새벽반에 합류한 왕조현을 닮은 여대생 누나가 포크매니아였기 때문은 단연코 아니었음을 짐작하리라 믿는다. 무술고수가 되는 여정은 멀고도 험난한 길인 것이다.

그때 습관이 든 '새벽 다섯 시부터 7시까지 두 시간의 체력훈련'은 고교와 대학을 거쳐 지금에 이르기까지 생활의 일부가 되었다. 요즘도 단 하루라도 건너뛰면 입안에 가시, 아니, 근육에 가시가 돋는다.

어쨌든 현진의 중학교 생활은 새벽에 일어나 무술로 시작하고 하교 시간에 다시 한 번 아침의 메뉴를 복습하고 집으로 돌아오는 과정의 반복이었다.

단조로웠지만 열심히 운동한 보람은 있었다. 중학교 3학년이 끝날 쯤엔 세상에서 가장 이소룡에 근접한 탄력적인 근육의 보유자라는 공인을 받았던 것이다. 두 번째 스승의 사모님으로부터.

그리고 그제야 두 번째 스승이었던 김도현 관장님의 본격적인 기술전수가 시작되었었다.

초등학교를 들어가기도 전에 시작했던 10여년의 수련은 만만한 게 아니었다. 탄탄한 기초에 두 번째 스승의 기술전수까지 더해지니 고등학교 2학년 무렵에는 발경까지 쓸 수 있게 되었다.

대학은 어릴 때부터의 꿈이었던 과학도가 되기 위해 전자공학과를 지망했고, 국내에서는 최고의 명문대라는 S대에 합격했다.

전통무술 연구동아리에 들었다.

운동 삼아 가입한 사람들도 있었지만 나름대로 한가락 한 다는 선배들도 있었다. 하지만 그나마도 현진의 상대로는 터 무니없이 부족했다.

처음에는 종종 단독으로 겨루기를 청하는 동기, 선배들이 있었으나, 일정 시기가 지나고부터는 삼대 일이 기본이었다. 그것도 승부가 문제가 아니라 얼마나 버티느냐가 문제였다. 물론 상대 쪽이.

그러다 인생의 또 다른 전환점을 맞았다.

대학 4학년 2학기 때의 일이다. 박사학위를 따고 대학교수 가 되려는 꿈에 젖어 있었기에 군 입대를 미루고 학문에 매진 하던 차였다.

석사장교 6개월이면 군 문제가 해결되는데 아까운 시간을 3년씩이나 소모할 이유가 없지 않은가?

정말 열심히 공부했다.

그러나 세상은 개개인의 계획과는 달리 흐르는 것이 이치. 무리한 확장으로 인해 자금난에 허덕이던, 부친이 경영하던 회사가 부도가 났다. 사업실패에 이어 부친의 자살까지 뒤따 라 집안은 풍비박산 나고 빚더미에 올라선 것도 순식간이었 다. 채권자들이 거의 매일 집에 찾아오고 모친은 몸져 누웠 다.

그때 그들이 찾아왔다.

3일이라는 시한 내에 집을 비워달라는 채권단의 최후통첩
이 있던 날, 검은색 중형세단을 타고.

남들 3년이면 끝나는 군 생활을 10년간이나 하는 길을 제
시하고자 한 것이 그들의 방문 목적이었다. 물론 공식 기록
상으로는 3년이었지만.

집안문제를 해결해 주는 것에 대한 반대급부였기에 현진
은 기꺼이 수락했다. 그들에게서 받은 집문서와 통장을 어머
니에게 넘기는 자리에서 군 입대를 통보했다.

그리고…….

〈아쟈띠! 또 나 몰래 바람피우고 있지. 빨리 이실직고 하렸
다. 어쭈우~ 동작 봐라! 10초 준다. 9초, 12초, 이런 거 없다.
조낸 빨리…….〉

웁스! 꼬맹이다.

못 다한 이야기는 다음을 기약해야 겠다.

바람의 '바' 자를 듣자마자 잽싸게 생각을 멈추고 오디오
파워를 끄고 호주머니를 뒤져 폰을 꺼내 폴더를 여는 동안,
이미 '리' 자까지 진행되어 버렸다.

'제길슨, 좆됐다.'

회상에 너무 깊이 빠져 있었다. 아부만이 살 길임은 명약관
화! 어떻게 이번 한 번만 넘기자.

"여보세요. 다슬이?"

- 네, 저예요.

"세상에서 제일 이쁜 울 공주님! 어쩐 일이신가요?"

차 안을 울리는 스스로의 기름 끼 넘치는 멘트에 속이 다 니글거리는 현진이었다.

정다슬.

대학 1학년. 작년에 학원에서 강사와 학생으로 만났다. 처음부터 유별나게 잘 따르는 학생이었다. 이게 사귀는 건지 아닌지 정의 내리기는 곤란하지만, 한 달 후면 다슬이의 생일이니 만난 지 일 년이 되는 셈이다.

그것을 고백이라 말할 수 있을는지는 모르겠지만, 그녀의 생일이었던 가을날, 생일축하 뽀뽀를 요구해 왔었다. 마지못해 볼에 뽀뽀하려던 순간, 제법 기습적으로 고개를 돌려 입술을 훔쳤다. 그리곤 도장을 찍었으니 이제 현진은 자기 꺼 라고 했다.

사랑한다 말하지만, 애들의 표현을 액면 그대로 받아들일 군번은 아니었다. 사춘기가 좀 늦은가 생각했을 뿐. 설왕설래(舌往舌來)가 없었으니, 그건 키스가 아니라 그냥 단순한 입술 접촉사고라 불러야 옳다.

게다가.

우유 맛까지 났다.

아직도 생생하게 기억한다.

제논
프라이어

초코우유 맛이었다.

그런데…… 그 단순한 접촉사고 한 방에 어린애도 아닌 내일모레(?) 마흔인 현진이 얼었다.

다른 여자들한테 한눈팔지 말고 자신이 대학생이 될 때까지만 기다려 달라고도 했다. 로맨스 소설을 좋아하는 여고생다운 감수성의 발로려니 하고 치부했는데.

어느 틈에 스스로가 아직도 인간임을 느끼게 해주는 유일한 존재가 되어 있었다.

다슬이의 표현대로, 바람을 피우지도 못한 채로 어느덧 일 년이 다 되어간다. 건강한 남자였기에 생리적 욕구는 종종 나이트에 가서 해결하곤 했었는데.

절대 비밀이지만 환경이 환경이었던 만큼, 현진의 나이트 경력이 오래전, 기억조차 까마득한 중학 시절로 거슬러 올라간다는 정도는 눈치 챘으리라.

이론 상으로 배우고 익힘만으로는 2% 부족한 것이 모든 분야에서의 정설이다. 그게 무도(舞道)라고 예외일 리는 없지 않는가? 제대로 된 익힘은 끊임없는 실전의 체화(體化)만이 지름길인 것이다.

서당 개 삼 년이면 풍월을 읊는다는데, 화류계(?) 경력 수십 년의 현진이었으니 오죽하겠는가? 고등학교 때부터였다. 일단 현진이 떴다하면 그날 해당 나이트는 날 잡는 거였다. 브루스 리의 체격에 마이클 잭슨이 울고 갈 춤 솜씨까지. 환상 그 자체가 아니겠는가.

　나이 들었다고 배운 기술이 어디 갈리는 없는 법. 지금도 왕림만 해주십사는 전화가 심심찮게 걸려온다.

　거기에는 물론 현진이 권상우 과였기 때문임도 큰 작용을 했다. 곱상하게 생겼다는 뜻이 아니라, 동안에 단련된 신체 덕에 주민증만 까지 않으면 10년쯤은 가볍게 커버할 수 있다는 뜻이다.

　그런데 초코우유 맛 나는 다슬이와의 입술접촉사고 이후 이상하게 안됐다. 그녀의 협박 때문이라기엔 어폐가 있다.

　'원 나잇 러브 어페어(one night love affair)'에 사치스럽게 무슨 사랑타령이나 애정 어린 감정을 대입하는 것은 좀 우스우니까.

　뭐, 다슬이를 사랑한다 아니다로 인한 문제도 아니다. 그저 스스로도 가늠할 수 없는 마음속 어느 한 부분이 거부를 하는 터라, 결정적인 장면에서 거시기가 말을 듣지 않는 것이다.

　그렇다고 어린애를 어떻게 할 정도로 굶은 건 아니라는 게 청소년 보호법을 위반하지 않을 수 있었던 비결이다. 어릴 때부터 받은 철저한 가정교육이 지옥을 경험한 후에도 바뀌지 않았던 덕이기도 하리라.

　그런데 문제는 갈수록 심각해지고 있다. 현진이 아니라 다슬이 쪽에서.

　사람의 관계란 것은 어느 한쪽의 절제와 도덕관념만으로

 제논
프라이어

는 종종 한계에 부닥치곤 하는 법. 대학에 진학하고는 하루가 다르게 늘어나는 다슬이의 탐구정신이 문제였다.

불과 두어 달 전만해도 키스라고 해봐야 처음의 그 단순한 입술 접촉수준을 넘지 않았었다. 사실 그 단순접촉만으로도 언젠가부터 이상하게 떨려왔기에 그마저도 슬슬 피해온 현진이었다.

절벽에 젖내임마저 은근한데…….

참으로 이상한 일이다.

솔직히 다슬이의 이미지는 지현이 언니 과가 아니라 태희 언니 과였다. 현진의 스타일인 '쭉쭉 빵빵'과는 상당한 거리가 있는 게 분명한데, 편의점에서 음료수를 살 때도 무의식 중에 초코우유에 손을 뻗는 스스로를 발견하곤 놀라기도 한다.

여하튼, 약간의 스킨십마저 사뭇 부담이 되어 슬슬 피하는 터였다. 그러나 약세를 보인 게 더 큰 화를 불렀다. 공격의 강도가 한층 강화되었던 것이다.

어느 날부턴가 뽀뽀가 아닌 진짜 키스로 공격해 온다. 그것도 정통 불란서식 프렌치 키스로. 아슬아슬 위험수위 경계를 헤매는 것은 정말 피가 마르는 일이었다. 큰누나의 막내보다도 어린 꼬맹이랑 사고라도 친다면 그 아니 끔찍한 일이겠는가.

어쨌든 이 위기를 잘 넘겨야 한다.

- 다빈이가 화장실에 갔어요. 미치도록 아쟈씨 목소리 듣고 싶어서 그 틈에 전화했죠.

"글쿠나."

'쩝, 일생에 도움이 안 되는 다빈이……'

그래, 원흉은 '다빈' 일 것이다.

학과 친구라는 그 이름이 다슬이의 입에서 나오고 얼마 안 가 구강내부를 점령당했으니까. 아마 틀림없이 다빈이에게서 부추김 받았으리라. 근묵자흑(近墨者黑)이라는 말이 괜한 말은 아닌 터였다.

아무튼 느끼 버전의 효과가 있긴 있는 모양이다. 늦게 전화 받은 얘기가 없는걸 보니 다행히 이번엔 그냥 넘어갈 가능성이 보인다.

"나 이쁘죠? 근데 지금 어디쯤이에요?"

"그러니까 여기가…… 아! 원자력 발전소가 보이네."

- 감포, 아니 대본을 지났구나. 근데 오늘은 날이 이래서, 바다 구경도 별로겠다.

"바다는커녕 코앞도 잘 안 보인다야."

- 그렇겠네요. 아, 다빈이가 돌아오네요. 이만 끊을게요. 빗길 조심해서 운전하고…….

"걱정 마, 안전운전! 이만 끊을게."

전가의 보도, 얼렁뚱땅 끝내기 신공!

그런데.

- 잠깐만……. 약속 잊으면 안 되는 거 알죠?

"으응? 약속이라니 무슨?"

제길, 실패인 모양이다.

- 아쟈띠!

'에그, 여기 귀먹은 사람 없다야.'

- 한! 자! 당! 한! 번!

이게 문제다. 자업자득이 따로 있겠나. 애초에 공포의 글썽글썽 눈물 공격에 넘어가 그녀와의 내기에 응한 스스로의 잘못이다. 핸드폰의 음성 벨, 일방적이게도 '어쭈'의 '어' 자가 울리기 전에 받아야 함이 다슬이가 정한 내기의 규칙이었던 것이다. 한 단어라도 넘기면 음절 하나마다 구강내부를 한 번씩 점령당해야한다.

반대로 이기면? 아무 것도 없다. 원래 그런 것이다. 세상은 불공평한 게 정상이니까.

"아, 알았어. 끊을게."

- 그럼 밤에 봐요, 쪼오옥~! 바이~!

'제길, 그냥 넘어간 줄 알았더니…….'

아쉬움은 지났기 때문에 더한 법.

'조금만 더 빨리 받았으면 안전할 수 있었을 텐데. 짜슥이 한 번쯤 그냥 넘어가면 어디가 덧나는거?'

공연히 딱 소리가 나게 폴더를 접고 습관처럼 테이프를 누르는 현진이다.

그대여 뭘 망설이나요. 그대 원하고 있죠
눈앞에 있는 날 알아요
그대 뭘 원하는지 뭘 기다리는지 그대여~

이리와요. 나도 언제까지 그대가 생각하는
소녀가 아니에요. 이제 나 여자로 태어났죠
기다려준 그대가 고마울 뿐이죠
나 이제 그대 입맞춤에 여자가 되요

다슬이의 약간은 코맹맹이 목소리가 차 안을 가득 채운다. 시도 때도 없는 다슬이의 적극공세의 일환이다. 집에 있는 테이프나 시디 곳곳에도 포진하고 있다.

야시시한 춤으로 브라운관을 장악하고 있는 박 모 가수의 노래. 제목도 '성인식'인지 뭔지 좀 거시기한 거였다. 근래 노래방에 가면 다슬이가 반드시 스타트와 라스트를 장식하는 곡이다.

'하긴 나름 장난은 아니었겠지.'

서울 명문대 인기학과에도 거뜬히 들어갈 성적으로 부모의 결사반대를 무찌르고 이 동네에 있는 한의대를 지원했으니. 합격이 확정되자마자 곧바로 현진이 사는 근처의 원룸을 얻어왔었다.

그날 부로 아파트 키를 복사 당했음은 물론이거니와, 이후 단 하루도 빠지지 않고 찾아와 청소와 설거지를 자처하는 다슬이었다.

음식 솜씨는 솔직히 꽝이어서 요리는 현진의 담당이었다. 예전엔 1인분도 해먹기 싫어서 걸핏하면 배달로 때우곤 했는데. 요리를 하지도 못하는 주제에 인스턴트 식품은 몸에 좋지 않다고 반드시 직접 만들어먹어야 한다니. 어이가 상실이지만 솔직히 싫지는 않다.

난 이제 더 이상 소녀가 아니에요
그대 더 이상 망설이지 말아요
그대 기다렸던 만큼 나도 오늘을 기다렸어요
장미 스무 송일 내게 줘요

그대 사랑을 느낄 수 있게 그댈 기다리며
나 이제 눈을 감아요

'……하필 이럴 때.'

민망하게도 문득 아랫도리가 묵직해져 온다. 절대 카오디오에서 흘러나오는 음률과 노래가사를 통해 이상한 연상 작용을 일으킨 때문은 아니다.

쏟아지는 빗줄기 때문에 바짝 긴장하다 보니 요의(尿意)를 자극한 모양이다. 출발할 때 화장실에 들를까 말까 망설이다 그냥 온 게 화근.

"노상방뇨라도 해야겠군. 우산이 있을라나?"

길가에 차를 주차해 두고 뒷좌석을 포함한 실내를 두루 둘러보았으나 우산은 없었다. 노상방뇨가 문제가 아니라 쏟아지는 비가 더 문제.

우르릉 쾅!

설상가상 빗줄기는 더더욱 강해지고 있었다. 세차지는 빗소리에 귀청을 때리는 뇌전(雷電)도 점점 가깝게 뒤섞이고 있다. 하지만 어쩌겠는가. 요강으로 대체할 깡통 같은 것도 없고 차 안에 실례를 할 수는 더더욱 없으니, 비 맞은 생쥐 꼴이 되더라도 그냥 나갔다 오는 수밖에.

그나마 학원까지만 도착하면 갈아입을 옷이 있으리란 사실을 위안 삼아 빗줄기 속으로 몸을 내밀었다.

철벅철벅.

"훗! 그러고 보면 나도 꽤 사치스러워졌네. 이깟 비 맞는 걸 걱정하다니."

쏴아아아!

지지지직!

볼일을 마치고 운전석을 향해 되돌아 뛰려던 순간이었다.

시야가 갑자기 밝아진다.

"저게…… 뭐……?"

말을 이을 여유조차 없었다.

천둥의 전조인 번개로 일순간 환해진 주변. 푸르스름한 방전이 원전건물을 뒤덮는 광경을 목격하는 가 싶었다.

번쩍!

폭발하듯 번져 오는 거대한 백색 빛 무리! 건물에서 발원한 백색 섬광이 천지를 새하얗게 물들인다. 뛰어가려는 엉거주춤한 자세 그대로 의식이 사라져 간다.

무어라 형언하기 힘든 그 느닷없고 야릇한 찰나의 순간, 현진은 문득 누군가를 떠올렸다.

수줍은 듯 미소 짓는 뽀얀 얼굴.

다슬이!

미련일까? 혹은 환상?

'……사랑이었을까?

현실을 놓친 현진은 생각을 더 잇지 못했다.

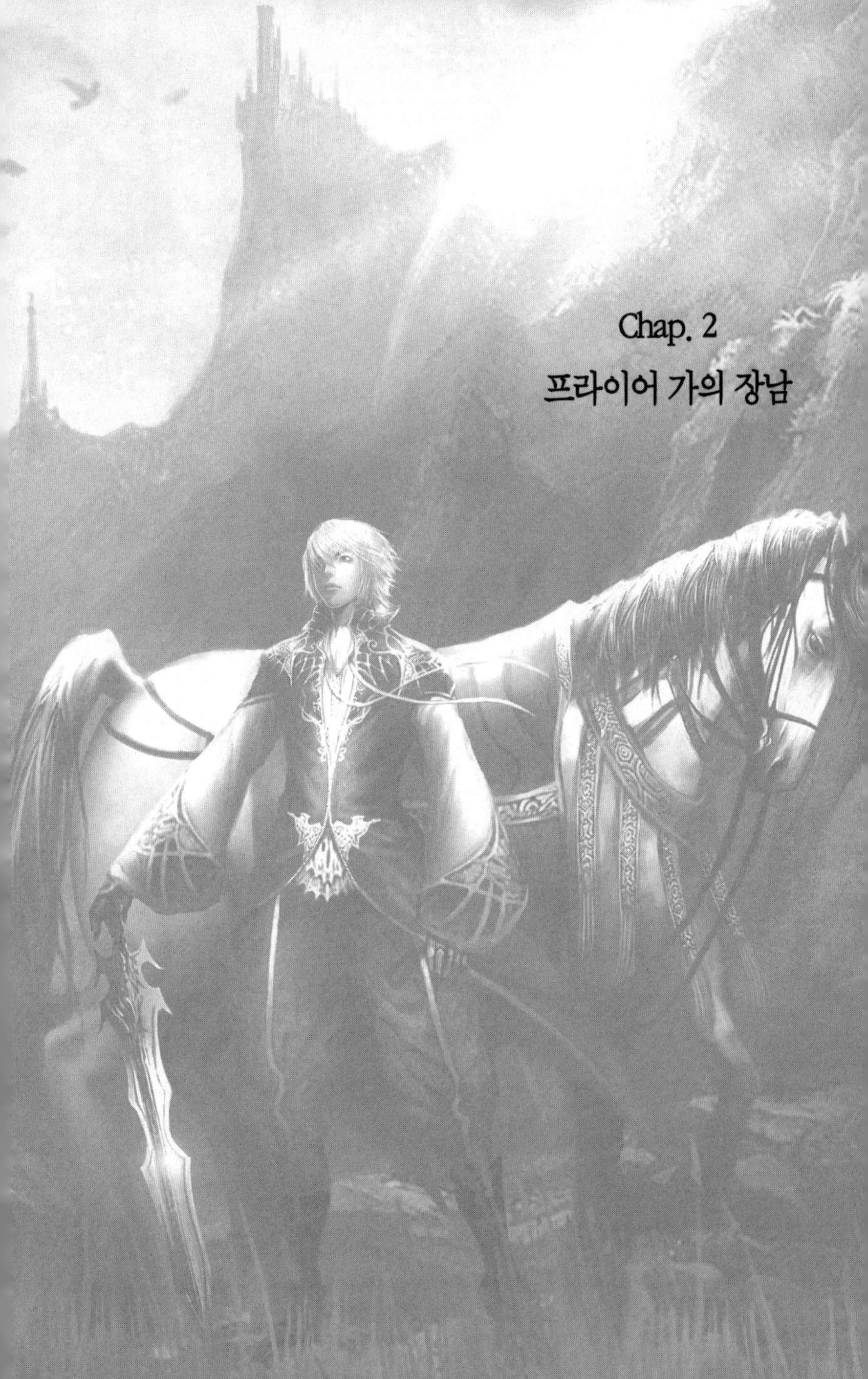
Chap. 2
프라이어 가의 장남

프라이어 가의 장남

제국력 1591년 1월.

때 아닌 겨울소나기가 지나간 후의 더욱 청명해진 토레노의 하늘. 산등성이의 침엽수림도 계절을 잊은 듯 푸른 빛깔로 선명했고, 듬성듬성한 건물 사이로 엿보이는 휴식기의 들판도 담백한 그 빛이 사뭇 짙다.

삐이-!

통행하는 사람 하나 없는 도시외곽의 한적한 길. 내리쬐는 양광(陽光)에 한가로이 모이를 쪼던 들새 몇 마리가 푸드덕 날아오른다.

덜컹덜컹!

"이랴, 이럇!"

촉급한 마부의 고함에 뒤집힐 듯 요동치며 달려오는 한대의 짐마차. 반쯤 일어나 있는 마부의 옆자리를 차지하고 있는 중년여인의 면모가 도드라진다.

그저 보통의 평민여인으로 보기엔 무리일 듯하다. 수수하지만 단정하고 깔끔한 드레스와 매무새. 질끈 깨문 입술로 초조하게 전방을 응시하고는 있었지만 그럼에도 품위 있는 자태(姿態)였으니까.

메를린 프라이어.

그녀의 이름이다. 프라이어 남작가의 안주인. 아니, 이제는 명실상부한 가문의 지배자다. 프라이어 남작은 일여 년 전에 이미 작고했으므로.

남편의 죽음을 떠올린 메를린의 눈가가 붉어진다. 수심과 불안으로 미간을 좁히면서.

'제논마저…… 아니야! 뭔가 잘못 전해졌을 거야. 그럴 리가 없어!'

아들에게 변이 닥쳤다고 한다. 믿을 수 없는 일이다. 아침까지만 해도 멀쩡하게 잘 자고 있는 모습을 확인하고 집을 나섰었다. 남편을 잃은 후부터 생긴 습관이었다. 새벽녘에 잠이 깨면 아들의 방을 찾아 평온한 얼굴로 잠든 장남에게서 위안과 용기를 얻는 것이.

 제논
프라이어

한때는 영화를 누리던 프라이어 가문이지만 쇠락에 쇠락을 거듭, 지금은 귀족이라는 신분이 무색한 터. 과거의 빛바랜 영광을 증명할 것은 오직 허울뿐인 이름뿐이었기에 더 이상의 몰락은 없을 줄 알았다.

그래, 냉정히 따져 몰락이다. 그렇게 인정하는 것은 비단 귀족으로서의 호사를 누리지 못하기 때문은 아니었다. 그런 것은 처음부터 누려본 적도 없었고 애당초 바라지도 않았으니까.

전설처럼 전해져 오는 가문의 옛 영화(榮華)가 부활하기를 애타게 소원한 적도 없다. 그저 자신에게 주어진 평범한 행복이 계속되기만을 바랐을 뿐.

그녀가 시집오기 일이백 년 전부터 이미 변변찮은 영지도 없는, 이름뿐인 남작가문이었다.

저택 하나와 주변의 손바닥만 한 농지 약간. 그나마도 비옥이라는 말과는 전혀 거리가 멀어 2년 윤작으로도 작황이 나빠 소작을 받으려는 사람들을 구하기조차 힘든 땅이다. 거기에 광물도 특산물도 나지 않는 잡목으로 구성된 쓸모없는 산 몇 개가 전 자산(資産).

그렇게 몰락한 귀족가의 안주인이었지만, 일여 년 전만해도 메를린은 스스로가 세상에서 최고로 행복한 여인네 중의 하나라 자부했었다.

전통적인 측면에서의 '영주'라는 입장과는 전혀 거리가 먼 소상인이라는 직업을 가지고 있긴 했어도, 자신만을 사랑하는 자상하고 사려 깊은 남편이었고 귀엽고 영특한 아이들도 있었으니까.

'그때 그 사고만 없었더라면……'

그날 이후 모든 게 달라졌다. 어느덧 1년 하고도 반년이 지났다. 그녀의 작은 행복을 시샘한 하늘이 지아비를 데려간 지가.

하늘이 무너지는 슬픔이었건만, 감상에 빠져 있을 시간조차도 제대로 주어지지 않았다. 부유하지 못한 형편이라는 것은, 네 아이를 키워야하는 어머니로서의 현실을 자각케 했으니까.

생계전선에 뛰어들었다.

남편이 하던 가업(家業)은 과일과 채소를 취급하는 물류 업이었다. 물류업이라고 표현하니 혹여 거창해 보일런지도 모르겠지만 그저 소상인 정도였다. 도시 근교의 농장들에서 채소와 과일을 구매하여 시장 통의 가게에서 판매하는 일이었으니.

그래도 남편은 수완이 좋았고 인망도 있어서 꽤 많은 고정 거래처를 가지고 있었다. 저택 뒤편에 있는 커다란 창고도 제 구실을 하게끔 활용하였고 일꾼도 이십여 명을 두었었다. 짐마차만도 일곱 대나 되었다.

남편을 여읜 상실감에 젖어 있던 두어 달 사이에 규모가 반으로 주저앉았고, 그제야 부랴부랴 수습하고 직접 챙기기 시작했었다. 하지만 상황은 나아질 기미없이 점점 쪼들리기만

 제논 프라이어

했다. 귀족족보를 가진 가정주부로서의 그녀는 유능했지만 시장경제는 전혀 다른 경험을 요구하는 것이었으니까.

일을 파악하고 어떻게 운영해야 할지 겨우 가닥을 잡았을 무렵엔 그나마 처음 손댈 때보다 가문의 사업은 더욱 왜소해 져 있었다.

남편이 무사했을 땐 나름대로 풍족한 생활에 저축도 할 수 있는 수입을 가져다 주곤 했었건만, 저축이 다 뭔가. 이제는 아이들의 교육비라든가 생계비마저 고민해야 하는 규모와 소득수준이 되어버렸다.

나쁜 일은 절대 홀로 일어나지 않는다던가? 하루하루가 벅찬 형편인데 이젠 가문의 장자(長子)인 큰아들에게까지 화(禍)가 닥치다니.

'아아! 모두 내가 박복한 탓이야. 남편을 먼저 보낸 것만도 가슴이 찢어지건만 이제 제논까지!'

자책과 연민으로 자꾸만 침잠해지던 그녀.

히잉! 덜커덩!

'다 왔구나!'

숨 가쁜 말들의 울음소리에 고개를 번쩍 든다. 자갈 깔린 저택 진입로를 넘어가느라 들썩이는 마차의 흔들림. 거침없이 대문을 통과한 마차가 뜰을 가로질러 현관 앞에 다다른 것은 순식간의 일이었다. 하지만 습기 어린 눈을 깜박이던 메를린에겐 그마저도 길게 느껴진 시간.

헐레벌떡 아들을 찾는다한들 이미 일어나 버린 불상사를 되돌릴 수는 없으리라. 그래도 한시라도 빨리 아들의 상태를 확인하고 싶었다.

그녀는 '어머니' 였으니까.

"마님! 도착했습니다."

말이 끝나기도 전에 마차에서 내려 현관을 향해 내달렸다. 뒤따르는 마부 헤리슨의 안색도 침중하다. 뛰어들어 오는 메를린을 발견하곤 두 명의 여아가 외쳐 온다.

"어머니!"

"어, 어디 있니?"

빗물과 진흙으로 축축한 옷차림에 퉁퉁 부은 얼굴들. 서성이던 딸들은 이내 울먹이며 달려와 매달렸다. 그런 아이들을 안아주는 둥 마는 둥 메를린의 눈길은 연신 장남을 찾았다.

그나마 손위인 큰딸 마리가 앞뒤 잘린 질문의 뜻을 알아듣곤 2층 계단을 가리키며 대답해 온다.

"오빠 방에 있어요."

"너흰 여기 있어라."

외투 삼았던 어깨의 숄을 던지듯 벗어젖힌 메를린은 바삐 거실을 가로질렀다. 그러다 계단을 내려오는 노신사와 마주쳤다.

"안녕하십니까, 부인?"

"아, 포드 선생님. 안녕하세요?"

마을의 의사인 포드 씨였다. 그래도 명색이 남작가의 안주인. 다급함을 추스른 메를린은 억지로라도 미소 지으며 인사를 나눴다.

"아드님은 지금 잠들어 있습니다."

"네? 아…… 예! 수고하셨습니다."

"너무 심려치 마십시오. 살펴봤지만 특별한 이상은 없었습니다. 한숨 푹 자고나면 멀쩡해질 겁니다."

갈팡질팡하는 심정을 이해하곤 가장 궁금한 사항을 설명해주는 노(老)의사. 마을사람들의 신뢰와 존경을 받는 그의 사려 깊음에 메를린은 그나마 한시름 놓게 됐다.

"고, 고맙습니다. 잠시 앉아 계세요. 차를 준비하겠습니다. 식전이라면 식사라도……."

"아닙니다. 진료하던 중에 급히 나온 거거든요. 아드님은 안심해도 될 듯하니 돌아가 봐야지요."

"그래도 수고하셨는데, 급한 환자가 아니라면……."

"급하진 않아도 기다리고 있을 테니까요. 진료를 끝내면 다시 들르겠습니다. 그동안에라도 혹시 특별한 변화가 보이면 연락 주십시오. 바로 달려올 테니."

"네, 정 그러시다면."

고맙다는 인사에 손사래를 친 포드 씨가 선걸음으로 현관을 나간다. 배웅한 메를린은 바삐 2층으로 향했다. 자식이 안전하다는 사실을 직접 봐야 안심이 될 듯했으니.

*   *   *

고른 숨을 쉬며 평온하게 잠들어 있는 십오 세의 큰아들. 귓바퀴나 목덜미에서 웬 그을음을 찾아낸 메를린은 손수건을 꺼내 들었다. 조심조심 아들의 얼굴을 닦아주곤 한참을 들여다보다 되돌아 나온다.

가슴을 쓸어내리며 계단을 내려온 그녀는 거실소파에 주저앉았다. 그리곤 계단 아래서부터 치맛단을 붙들고 졸졸 따라온 아이들의 존재를 그제야 돌아본다.

12살인 큰딸 마리와 남녀 쌍둥이 중의 누나인 9살 키라. 어디에선가 코를 훌쩍이다 누이들과 그새 합류해 있던 9살 폴까지.

"어떻게 된 일이니?"

아들이 죽은 것 같다는 전언에 하던 일 팽개치고 정신없이 달려온 그녀였다. 제논의 멀쩡한 얼굴을 확인한 것은 다행스럽고 감사할 일이지만 좀 허탈하기도 하다.

"그러니까⋯⋯."

마리가 입을 연다.

그러니까, 마리가 동생들과 거실에서 놀고 있는데 제논이 검을 들고 현관을 나섰다. 후원 쪽으로 가서 곧잘 하던 검술 수련을 하려는 것일 게다.

나선 지 10분쯤 지났을까? 아침부터 찌뿌듯하던 날씨가 끝

 제논 프라이어

내 비를 뿌렸다. 천둥, 번개를 동반하고. 거센 빗발이라 오빠가 흠뻑 젖겠구나, 생각하던 순간 번개와 함께 제논의 비명소리가 들렸다. 의아해진 오누이들은 쏟아지는 겨울비에도 아랑곳 않고 뒤뜰로 나갔다.

아니나 다를까. 벼락이라도 맞은 듯 시커멓게 그을린 채로 제논이 쓰러져 있지 않은가. 오빠의 숨길이 멎었음을 제일 먼저 알아차린 마리는 울음을 터뜨렸다. 아니, 터뜨리려다 말고 키라를 심부름 보냈다. 언니인 자신의 반응에 덩달아 울음보를 터뜨리려 했으니까.

키라를 의사선생님 댁으로 보낸 후엔 막내 폴과 함께 있는 힘껏 제논을 실내로 끌고 들어왔다. 그사이, 하늘이 꺼질듯 내리붓던 빗줄기는 감쪽같이 걷혔다.

그리고 어찌된 일인지 죽은 줄 알았던 오빠가 얕게나마 호흡을 하고도 있었다. 아마 당황해서 숨이 완전히 끊겨버렸다고 착각한 것이리라.

한편.

제논의 숨이 돌아온 사실을 모르는 키라는 포드 씨 댁으로 달려가다 비를 피하던 마을사람들과 마주쳤다.

오빠가 죽었다는 아이의 울먹이는 말에 사람들은 의사의 왕진만이 아니라 시내에 있을 엄마에게 전갈하는 것도 맡아주었다.

평소에 인근에서 인심을 잃지 않고 있던 프라이어 가(家)였다. 가문의 장남이 변을 당했다는 소식에 놀란 마을사람들이 우르르 몰려왔다.

단지 잠들었을 뿐, 다친 곳 없이 멀쩡하다는 포드 씨의 진단에 그들은 모두 돌아갔다. 벼락에 그을린 옷가지를 의식한 포드 씨는 혹시나 하는 생각에 남아 제논의 상태를 관찰해 주었던 것이다.

그 이후는 메를린도 목격한 그대로였고.

"그렇게 된 일이었어요."

"그래. 제논이 전혀 다친 데 없이 무사하다니 정말 다행스런 일이다. 너희들 모두 침착하게 잘 대응했구나. 잘했다, 마리. 키라와 폴도……."

스스로의 가정교육이 그리 나쁘지 않았음을 확인하게 된 사건이었다. 장남의 무고함을 기꺼워하느라 더욱 부드러워진 손길로 메를린은 아이들의 머리를 번갈아 쓰다듬어 줬다. 얼룩덜룩한 아이들의 입가에도 안도와 흐뭇함 섞인 미소가 걸렸다.

*　　　*　　　*

휘이~잉!

이번에 창을 울린 바람 소리는 조금 컸다. 침대 맡에서 설핏 졸고 있던 메를린이 흠칫 놀라 눈을 떴으니까.

"……."

저녁에 포드 씨가 다녀갔다. 아무런 이상 없고 그저 깊이 잠든 것뿐이니 역시 걱정하지 말라는 이야기를 남겼지만, 어미의 마음이란 것이 그런 게 아니다. 결국 아들이 잠든 침대 곁에서 밤을 꼬박 새웠다.

그래도 포드의 진단에 안심이 되긴 했나 보다. 신경을 많이 썼기에 피곤했다고는 하지만, 잠든 제논의 고른 숨소리를 자장가삼아 깜박 잠이 들었던 것을 보면.

'벌써 나가야할 시간이구나.'

이제 자리를 털고 일어나야 할 시간이다. 오늘은 평소보다 일찍 나가야 한다. 어제 못다 한 일들을 챙겨야 하고 새벽녘에 들어오기로 한 물건도 있다. 마음 같아서는 일을 쉬고 아들 곁을 지키고 싶지만, 무탈함을 확인한 이상 아니 될 소리다.

가뜩이나 사업상황이 나빠지고 있는 터에 하루 종일 쉴 수는 없는 일. 자신이 고용인의 입장이 아니라 오너이기에 더욱 그러하다.

'푹 쉬렴.'

은은하게 커튼을 투과한 어스름한 달빛만을 의지하여 조용히 잠들어 있는 소년의 평온한 모습.

하염없이 바라보던 메를린은 마지못한 얼굴로 일어섰다. 혹여 깨울 새라 조심조심. 그렇게 방을 나서려다 말고 다시 한 번 제논의 얼굴을 돌아본다.

자기 속으로 낳은 네 명의 아이들 가운데 유난스레 제 아버지의 소싯적 모습을 빼 닮은 장남이었다. 그 때문일까? 아직은 풋내기 소년이었지만 혼자된 그녀에겐 존재 자체로도 위안이 되는 든든함이다.

"휴우…… 아."

저도 모르게 나오는 한숨 소리가 너무 크다. 화들짝 놀라 정신을 차린 여인은 미련을 털어내듯 생각을 멈췄다.

푸륵. 푸르르.

- 쉿, 그래, 그래…….

헤리슨이 출근용 마차를 준비하고 있는지 푸르룽거리는 말울음 소리가 나직하게 어르는 그의 목소리와 함께 희미하게 들려온다. 저택 식구들의 새벽잠을 깨우지 않으려고 조심하고 있는 것이리라. 어쨌든 이제는 나가야 한다. 더 이상 머뭇거려봐야 미련만 더할 뿐.

"다 잘될 거야."

딱히 아들에게나 다른 누군가에게 한 말은 아니었다. 그저 스스로의 불안감을 떨쳐 버리고자 함이다. 행여나 깰 새라 들릴락 말락 한 목소리로 그렇게 기원하며 살며시 이불을 덮어주는 손길이 애틋하다.

방문을 닫으며 다시 한 번 아들의 잠든 모습을 바라보는 메를린의 얼굴엔 어느새 미소가 어려 있었다.

Chap. 3
피할 수 없다면 즐겨라

피할 수 없다면 즐겨라

“어, 어. 안 돼~!”

털썩!

또 침대에서 굴러 떨어졌다. 원판이란 녀석, 참 가지가지 하는 성가신 타입이다. 잠꼬대에 몸부림까지. 현진으로선 쉬이 적응하기 힘든 육체였다.

철들고부터 무술수련에 진력했던 학창시절은 물론, 1년 동안의 혹독한 군사 훈련의 와중에도 일어날 때는 항상 잠들기 전의 자세 그대로, 단 1밀리미터의 오차도 없었는데. 오죽하면 팀원들이 ‘에프엠 독일 병정’ 이라는 별명을 붙여줬을까.

“허어, 어쨌거나 5시겠군.”

다행히 5시 기상이라는 철칙만큼은 이 몸을 하고도 변하지 않았다. 습관은 몸이 아니라 정신에 각인 되는 것이라던 두 번째 사부가 옳았음의 증거다.

어느덧 일주일이 지났다.

이 황당한 상황에 처한 지가.

정신을 차리고 보니 생전 듣도 보도 못한 낯선 세상, 그것도 남의 탈을 쓴 상태. 끝없이 이어질 것 같은 두통.

하지만 어느 순간 낯선 기억들만 남기고 두통은 말끔히 사라졌다. 뇌리에는 일면식도 없는 사람의 기억이 너무도 생생히 혼재한다. 그래도 자아(自我)는 현진, 스스로라고 명백하게 자각하고 있다.

자아의 정체성과는 별도로 눈에 보이는 육체는 다른 이의 몸, 원판의 기억도 고스란히 남아 있었다. 꿈이라기엔 너무도 리얼한 연속 편이다. 영혼을 믿지 않았지만 믿을 수밖에 없는 상황에 처한 것이다.

기억이 뇌세포뿐만 아니라 영혼에도 각인 된다는 사실 또한 알았다. 그렇지 않다면 스스로가 현진이라고 자각할 길이 없었을 테니까.

부스럭.

'어쨌든…….'

나른함을 부추기는 침대의 안온함을 뒤로하고 어렴풋이 빛이 투과되는 창가로 걸어갔다. 커튼을 젖히고 창을 열자 싸

늘한 겨울 공기가 밀려들어 코끝이 시큰해진다.

이것을 어이 꿈이라 치부하랴.

이렇게 생생한 감각인 것을.

'어떻게 된 일인지는 모르겠지만…….'

다슬이의 얼굴이 순간적으로 떠올랐지만 애써 지워버리는 현진이었다. 어쩌면 그녀를 위해서는 차라리 이게 최선의 결말일 수도 있었으니까.

게다가 지금은 그러한 사치스런 감정놀음에 초점을 맞출 때가 아닌 비상 상황인 것이다.

또한, 할 수 없는 뭔가에 집착하는 것이 어리석은 일임을 신물이 나도록 겪지 않았던가. 추억과 추모는 먼저 자신의 안전을 확보하고 나서의 일. 기쁨도 슬픔도 살아남은 자만이 즐길 수 있는 권리인 것이다.

'일단 적응해 보자.'

아무리 이해할 수 없는 상황에 처했고 머리가 빠개질 것 같은 두통이 괴롭혔다고는 하지만, 지난 일주일을 맹탕으로 그냥 보낸 것은 아니었다.

연유는 모르지만, 이 동네에서 제논 프라이어라는 이름으로 살아가야 한다는 사실은 자명한 터. 최선의 향후향방을 정하기 위해서는 현재 처한 상황에 대한 정확한 파악이 우선될 수밖에 없다. 그러다 보니 정보수집이 최우선 순위에 올랐다.

극심한 두통의 와중에도 원판의 기억들을 되뇌며 철저히

해부했다. 원판이 남긴 기억을 정리했고, 그의 기억에 있는 그대로의 일상생활을 영위했다. 그러면서도 한편으론 새로운 정보의 입수 또한 게을리 하지 않은 현진이었다.

그렇듯 애써 스스로를 다잡은 것은 쓸모없는 감정이 판단을 흐리는 것을 막기 위함이었다.

정신적으로도 육체적으로도 한가로움은 감정을 악화시키는 독(毒)일 뿐임도 알고 있었다. 시간이 감정을 둔화시킬 때까지는 혹사에 가깝도록 스스로를 몰아붙여야 한다고 경험으로 알고 있었던 것이다.

'제논'이라는 이 원판 소년이 지니고 있던 기억들은 너무도 소중한 것이었다. 이 세계에 대한 기본적인 개황을 파악할 수 있었으며 가장 시급한 처신들이 무엇인지에 대한 우선순위도 정할 수 있었다.

원판의 기억 속에서 찾아낸 불완전하고 단편적인 지식들을 수많은 되새김질을 통해 체화시키고 온전한 정보로 가공하는 것은 온전히 현진의 몫이었다. 그 과정에 예상외의 성과도 얻었다. 입력되어지는 단순한 사실들이 되새김질의 과정에서 걸러지고 취합되어 중요한 정보로 가공되기도 하는 것은 흔한 일이니까.

사람은 머릿속에 암기한 지식이 아닌 경험에 의해 체화된 만큼만 볼 수 있는 법. 현진이 몸을 차지한 원판은 이제 갓 열다섯 살이었다.

 제논 프라이어

통상적으로 열다섯이라는 나이는, 아무리 안팎의 교육에
충실했더라도 받아들인 데이터를 완전한 정보로 가공하기에
는 역부족에 속하는 시기이다.

원판 소년도 그 통상의 범주를 벗어나지 않았다. 받아들인
데이터 가운데 연령에 걸맞은 정도의 사실들만을 진실 된 정
보로 인식하고 있었던 것이다. 게다가 현진과 원판의 차이는,
단순히 이십여 년의 나이차에 기인하는 것 이상의 인식격차
가 존재했다.

경험과 지적수준의 격차에서 파생하는 정보 가공능력의
현격한 차(差)는 당연한 일. 따라서 제논의 기억을 곱씹는 동
안 현진이 얻은 수확은 적지 않았다.

제논 프라이어.

원판의 풀 네임이다. 부친은 일여 년 전에 사고사. 중년의
모친과 세살 터울의 여동생 마리. 여섯 살 아래의 남녀이란성
쌍둥이 동생들인 키라와 폴.

프라이어 남작가의 이남 이녀 가운데 장남으로, 대륙의 3
분의 1을 지배하는 초강국 아젤론 제국의 몰락한 남작가문의
계승자.

1,500여 년의 역사를 지닌 초거대 제국답게 귀족계층의 수
효도 많았다. 그 결과 어디에 명함도 내밀 수 없는 이름뿐인
귀족가의 후예인 처지.

몰락한 처지답게 가업(家業)은 영지경영이 아니라 과일과 채소를 팔아 생계를 유지하는 소상인. 재산이라고는 땔감으로밖에 쓰이지 못하는 잡목들만 자라는 산 몇 개와 지금 살고 있는 이 저택과 주변의 농지 약간.

당분간 현진의 활동무대가 될 이 도시의 이름은 토레노. 대제국 아젤론의 수도에서 남동쪽으로 오십여 킬로미터 떨어진 곳에 위치한 토레노 시(市)이다.

황제직영지이다 보니, 제국 귀족회의를 통해 구성된 시의회의 견제를 받으며 중앙정부에서 임명한 시장이 이끄는 관료들이 도시의 사법과 행정을 관할한다.

제국에서 유일하게 아카데미가 있는 곳이라 지식에 대한 열망이 있는 사람들이 모였고 자연스럽게 교육도시로 발전했다.

중앙정부에서 운영하는 명실상부 대륙 최고의 교육기관인 황립 행정아카데미와 황립 군사아카데미. 공작 및 대귀족들이 공동 운영하는 세 개의 사립 아카데미, 그중에 두 개가 이곳 토레노에 있을 정도.

또한 각 분야별 실무 전문가를 양성하는 네 개의 칼리지 중에 세 개가 몰려 있기도 했다. 그뿐 아니라 대륙에 이십여 개, 그중의 절반에 해당하는 열 군데의 프리-아카데미도 이 도시를 전천후 교육도시로 만드는 시금석 역할을 하고 있는 상태.

주산업은 상업과 공업이다.

 제논
프라이어

　제국의 남북을 가로지르는 '티즈' 강이 도시의 서편지역을 경유하여 토레노의 젖줄역할을 하는데, 토레노 남단부근에서 제국의 남쪽 끝단까지 남동과 남서로 갈라져 흐를 정도로 강의 줄기가 크다.

　토레노 북쪽 700여 킬로미터 부근이 발원지인 그 줄기만이 아니라, 남쪽 바다에 이르기까지의 강폭과 수심도 넓고 깊었다. 덕택에 배를 이용한 운송이 편리하여 일찍이 교역도시로의 입지를 구축할 수 있었던 것.

　그러한 지리적 이점에 황실 직할령이며 교육도시라는 특성에서 오는 자유로움과 깨인 시민의식도 토레노의 발전을 가속화시키는데 일조했다. 더하여, 대륙전체 수요의 80%가량을 공급하는 유리산업은 상업과 함께 토레노 부흥에 공헌한 쌍두마차였으니.

　상대적으로 교육수준 높은 풍부한 인적자원과 산업적 경쟁력을 바탕으로 고정인구 삼십만 명에 유동인구 십만이 넘는 대도시로 발돋움했다.

　똑똑!

　"도련님, 일어나 계신 거예요?"

　"어, 네. 들어와요."

　상념을 깨는 노크소리에 현진은 무난하게 대꾸했다. 집안의 집사 격이자 마부이자 시내상점의 종업원이자, 아무튼 메를린을 도와 바깥일을 두루 도맡아하는 헤리슨. 그의 아내 수지다.

"이거 어제 온 거거든요? 전해드린다는 것을 잊었네요."

"아, 고마워요."

수수한 생김새에 통통한 몸매의 그녀가 잠이 덜 깬 낯으로 손바닥만 한 메모용 초대장을 건네 온다.

제논 프라이어, 괜찮다면 우리 스터디그룹에 합류하길 바라네. 등하교 전이라도 언제든…….

전갈해 온 것은 제논이 같은 학년으로 기억하는 동년배였지만 특별히 친분이 있거나 비중 있는 초대는 아니었다. 성적과 신분을 기준삼아 추려낸 일부 학생들에게 일괄적으로 심부름시킨 전갈이 분명했기에.

"이거 땜에 일부러 일찍 일어난 거예요?"

"아니요. 화장실 가려고 깼다가 난데없는 소릴 들었거든요. 또 침대에서 떨어지신 거죠?"

"어, 네."

"후후. 도둑이 들었나 했어요. 설마 그러겠냐 싶다가 그게 생각났죠. 아침 준비하다 보면 또 까먹을지 몰라서."

"그리 중요한 전갈도 아닌데."

"그래도 전해드려야죠."

전에도 이와 유사한 일들이 있었다. 현진은 그때 원판이 처신했던 것을 참고로 이번에도 비슷하게 행동했다. 받아들었던 초대장을 무심히 책상 위에 던져두곤 욕실을 향해 돌아섰던 것이다. 그런데 고개를 끄덕이며 방을 나가려던 수지 아줌마가 물어온다.

"근데 도련님, 몸은 이제 괜찮으신 거예요?"

"아, 네. 그럼요."

"졸업반이니까 무리하실 필요 없잖아요. 며칠 쉬셔도 되었을 텐데. 마님도 뭐라 하지 않았을 것이고."

"벼락을 맞았다지만 멀쩡하잖아요. 걱정 마세요. 행여 몸이 이상하거나 하면 말할게요."

"네, 그럼 도련님도 좀 더 주무세요."

설마 이 시간에 잠자리에서 완전히 일어난 것으로 여기진 않은 모양. 욕실을 찾는 행동 때문에 화장실이 목적인 것으로 여겼는지 그렇게만 말하고 퇴실해 간다. 그런 그녀의 착각을 굳이 바로잡아 주지 않은 현진은 제논의 하늘색 눈길로 책상 쪽을 흘끔했다.

'제논 프라이어, 괜찮다면 우리 스터디그룹에 합류하길 바라……? 그 녀석, 원판의 얼굴을 알고나 있나? 패거리를 이루고 싶은 모양인데 유치하다야.'

그렇다.

원판 소년의 현재 직업은 학생이었다. 그것도 프리-아카데미(pre-academy)의 4년차 졸업반.

아카데미가 이 동네의 최종학벌임을 감안하면 프리-아카데미란 곳은 대략 저쪽 동네의 고등학교라 보면 맞을성싶다. 한국으로 치면 고3이니 대학입시생인 셈.

학습구조에 있어서의 확연히 구별되는 차이라면 4년제인 프리-아카데미의 정규과정은 실질적으로 3년이면 끝이었다. 4년차는 프리-아카데미의 교과과정에 포함되지 않은 최근의 여러 변화와 예년도 아카데미 기출문제를 풀이하는 과정이다.

예년도 아카데미 입시 출제경향은 향후 프리-아카데미 정규 교과과정에 포함될 개연성이 높은 최신 제도변화 및 연구 결과들이었다.

그 점을 감안하면, 프리-아카데미 4년차는 시대에 뒤처지지 않게 함을 주요 목표로 일종의 종합복습 및 최신 업그레이드 될 소양을 맛보여 주는 교육과정인 셈이다.

원판의 학업성취도는 중상(中上) 정도.

10%만 아카데미 입시를 통과해온 예년의 통계를 감안하면 진학은 거의 불가능한 상태다.

전갈을 보내온 학생도 제논과 비슷하거나 어쩌면 그보다 못한 성적이 분명했다. 각각의 반에서 박학다식하기로 소문나거나 교사진들이 인정할 정도인 일부 학생들의 명단쯤은 제논의 기억에도 있었다. 그런데 거기에 접근한 적이 없는 동년배였던 것이다.

모르긴 몰라도 아마 고액의 개인과외도 받고 있으리라. 그럼에도 따라주지 않는 성적보다는 집안의 부유함을 과시하는 편의 부류와 가까웠다.

그러니 그의 스터디 그룹 초대는 공부가 목적이 아니라 다른데 있을 것이 틀림없을 터. 끼리끼리 어울려 보자거나, 도토리 키 재기 식으로 고만고만한 학생들을 모아 제가 대장이 될 수 있을 만한 재학시절의 파벌을 구축해 보려는 것이겠지.

과거, 이 비슷한 일에 있어서 원판 제논도 비슷하게 이해했던 것을 보면 생각이 아주 짧았던 것은 아닌 모양.

여하튼, 저쪽에서도 공부가 신분상승의 지름길이었지만 여기는 정도가 더 심한 동네다.

최상위 특권층 편입의 필요충분조건은 아니지만 아카데미에의 진학은 특권층에 편입하기 위한 기본적인 자격증인 셈이었으니.

결국 공부를 열심히 해야 한다는 뜻.

막상 체험해 봐야 세세하게 알겠지만 대충 원판의 기억과 직접 참여한 며칠간의 수업만으로 파악했을 때는 그리 어려워 보이지는 않았다.

'그러고 보면 참……'

공부와 전생에 무슨 원수라도 맺은 모양이다. 초등학교 6년, 중고등학교 6년, 대학, 대학원 6년. 현진이 저쪽 세상에서 받은

정규교육기간만 18년이 아니던가. 징그럽게 따라다니는 공부
라고나 할까.

하긴 현진에게는 공부가 그렇게 징그러운 것만은 아니었
다. 저쪽 동네에서도 공부를 싫어한 적은 별로 없었다. 오히
려 즐긴 편이라고 해야 옳을 것이다.

시험성적이라는 것은 잘만 활용하면, '스스로가 유용하다'
는 사실을 타인에게 입증할 수 있는 가장 쉬운 길이라는 사실
을 일찍이 깨달았던 터이니.

대학 입학까지야 남들 다하는 공부였기에 의례히 따라했
다지만, 대학원 진학이라는 목표는 분명히 자의로 선택했고
즐겁게 준비했었다. 진정으로 공부가 재미있었던 시기였는
데.

'뭐 어쨌든 부딪쳐 봐야겠지.'

피할 수 없다면 즐겨라가 신조인 현진이었다. 그랬기에 지
옥 같은 십 년의 비인간적인 생활을 온전한 정신으로 마쳤고,
약간의 방황과 우여곡절은 있었지만 민간인으로서의 생활도
그럭저럭 적응하던 차였다.

'공부도 중요하지만 몸도 이렇게 부실해서는 못쓰지. 일단
학과수업 따라가면서 몸만들기.'

새로운 출발선상에서 부실한 육체 개조에 단연 먼저 눈이
가는 것은 비단 무술이 생활의 일부로 체화되어 있기 때문만
은 아니었다. 엄연히 공식적인 특권계층이 존재하고 있지 않

 제논
프라이어

은가.

몰락한 남작가의 후예라는 입장은 언제 어디서 억울한 일을 당할지 모르고, 당한들 하소연할 곳도 없는 세상인 것이다. 법보다 주먹이 가깝다는 진리가 암묵적도 아니고 일반적인 상식으로 받아들여지는 곳.

자신의 몸은 스스로가 지켜야 하고, 억울한 일을 당하면 자력구제가 기본. 능력이 안 되면 고스란히 당하고도 '악' 소리 한 번 지르지 못하는, 글자 그대로 약육강식의 세상. 특권층과 마찰이라도 빚게 되면 억울해도 무조건 참는 것이 만수무강의 비결임이 틀림없으리라.

성격의 문제를 이성으로 통제하는 것이 가능하다 해도 참을성의 한계라는 것은 누구에게나 있는 법. 이 동네 분위기로 보아 그 한계란 것을 수시로 넘나들 것이 자명한 터. 은밀하게 처리할 정도의 훈련은 필수고, 그마저도 불가능한 상황도 비일비재할 수 있었으니.

공공연히 들이받아야 할 상황이 닥치면, 능력껏 처리하고 어디 깊은 산속으로라도 튀어야하는 것이다. 그러려면 자기 한 몸 건사할 단련 또한 반드시 필요하다.

최상의 해법은 스스로가 특권층 최상부에 편입할 길을 찾는 것일 게다.

하지만 말이 쉬워 극소수 특권층으로의 편입이지, 어느 세상에서나 단기에 해결할 길은 없다. 빈틈없이, 더불어 서서히 길을 모색해야 할 것이다.

그러니 그때까지는 스스로를 돌볼 신체적 역량쯤은 키워둘 필요가 있다.

기억에 의하면 원판 녀석도 제 딴엔 검을 수련한다고 깝죽대긴 한 모양이지만, 기준에는 턱없이 미달이다. 그동안 수시로 조금씩 몸을 움직여 본 결과, 유연성과 반사 신경은 그럭저럭 나쁘지 않은데 근육의 발달은 지극히 편중되어 있었다. 식사만 편식한 게 아니라, 신체 단련도 상당히 편식한 상태다. 검술연습으로 여타 부위에 비해 팔과 어깨 근육만 주로 단련시켜 놨던 것이다.

그 결과 특히 하체가 부실한 편이었다. 손가락 하나하나의 악력부족도 당장 눈에 띈다. 게다가 종합적인 체력도 현진의 기준으로는 한심한 수준이니.

한 마디로 자원은 합격점 근처인데 개발방법이 '여엉 아니올시다.' 인 상황이다. 과학적이고 체계적인 훈련을 간절히 원하고 있는 육체였다.

'그런데……'

그런데 한 가지. 가타부타 판단을 내리기가 모호한 사항이 하나 있었다. 원판 제논의 기억에 갈무리 되어있는 '마나수련법' 이란 분야.

마나수련법이라니? 그런 게 있단 말인가? 이 동네가 이제껏 현진이 살아온 세계와 명백히 다르다는 점을 구별시키는

 제논
프라이어

하나의 예였다.

아무튼 그 마나수련법이란 것. 제논이 어릴 때부터 매우 중요시해 온 것만은 틀림없는데, 연습도 게을리해 오지 않은 사항인데, 현진으로선 너무도 생소한 지식이라 분석하기조차 난감한 형편이었으니.

하지만 원판의 기억대로라면, 직접적인 시도를 통해 판독해 볼만 한 값어치쯤은 충분히 있는 듯했다.

일반인들에겐 허락되어 있지 않은 ‘특수교양’ 이라는 측면이 있었던 것이다. 또한 제논의 기억을 탐색하고 곱씹는 과정에서 마나수련법을 통해 파생하는 주목할 만한 효용성을 발견하기도 했다.

‘마나’ 란 것을 수련하는 그 과정 자체로 탁월한 피로회복제의 역할 및 신체의 유연성이나 각 기관들의 기능을 개선시키는 효과가 있다는 것.

‘정말일까?

번뜩 고개를 드는 의구심을 증명하듯, 원판이 수련해 온 기억 도처에 그 효용의 흔적이 남아 있긴 했다.

만약 정말로 그런 효능들이 실제 한다면, 앞으로의 체력훈련에 큰 보탬이 되고도 남으리라. 격렬하고 강도 높은 훈련 전후에 경직된 근육을 풀어줄 마사지 전문가의 존재가 못내 아쉽던 차였으니까.

과학적인 체력단련을 위해서는 집중적인 트레이닝 못지않

게 혹사한 근육을 풀어주는 것도 중요한 일이 아니던가. 그러니 기회 봐서.

'기회 봐서 시도해 봄직도 한…… 밑져야 본전 아니겠어? 일단 원판의 체력수위를 측정해 본 후에.'

미심쩍음을 떨치지 못해 그렇듯 조심스럽고 신중한 접근을 마음먹는 현진이었다.

＊　　　＊　　　＊

"흐으~ 읍!"

현관문을 나서자 살을 엘 듯 싸늘한 냉기가 밀려든다. 하지만 맑은 공기가 폐에 들어오는 느낌이 너무 좋아 심호흡을 들이키는 현진이었다. 남의 것이었던 감각을 통해서이고 계절도 확 바뀌어 버렸지만 일주일 만에 새벽공기를 접하는 판이니 감회가 새롭다.

이 세상에 제논이라는 인간의 몸을 빌려 깨어나고, 마음과 머릿속을 정리하기에 바빴기에, 몇 십 년을 거의 하루도 빼놓지 않았던 새벽수련은 손도 대지 못했다. 하지만 오늘 이 순간부턴 다르다.

"그래, 다시 시작하는 거야. 천천히 하나하나씩."

먼저 이 동네에의 적응훈련을 겸해서 몸을 만들고, 제논이라는 꼬맹이의 눈이 아닌 현진 자신의 시각으로 현황을 파악

 제논 프라이어

하는 것이 우선.

적응과 파악을 하고난 연후에 비로소 무엇을 하며, 어떻게 살아가야 할지를 결정하면 되는 터였다. 물론 전체적인 그림은 어느 정도 그려 놓았다.

"후읍~!"

다짐하듯 신선한 새벽공기를 폐 깊숙이 빨아들인다. 가벼운 스트레칭과 첫 번째 사부에게서 배우고 갈고닦은 유연성 체조를 시작으로 원판 육체를 대상으로 한 개조작업에 착수한다.

충분한 준비운동으로 굳은 근육에 열기를 불어넣어 활성화시킨 연후에 대문을 나서며 서서히 로드웍. 초반 페이스는 속도보다는 무릎으로 가슴을 번갈아 찬다는 느낌으로 팔과 다리를 최대한 크게 움직이는 동작.

또한 호흡은 모든 무예의 생명.

현진이 배운 호흡법은 가부좌 자세로 명상을 통해 임하는 단전호흡이 아니라 움직임과 호흡을 일체화시킨 일종의 동공(動功)이었다.

신체의 움직임에 맞춰, 들이키기는 짧고 강하게, 내쉬기는 여러 번에 나누어서 가늘고 길게.

대문을 나설 즈음 서서히 페이스를 올리며 중속 정도에서 더킹과 섀도복싱의 형식으로 팔을 뻗었다 거두고, 최고 스피드 근처에 이르면 달리기에만 집중. 한계가 느껴지면 페이스를 줄여 완속. 호흡이 회복되면 다시 반복적으로 페이스를 올려가는 세트메뉴.

여덟 세트쯤 되풀이하자 예정했던 반환점을 돌아, 목적지인 키 작은 관목으로 둘러싸인 숲 속 공터에 도착했다. 호흡을 고를 겸 태극권의 동작으로 몸을 풀어주고 스트레칭. 그 다음은 푸쉬업.

이소룡 스타일의 기본이 물구나무서서 손가락 하나로 푸쉬업하는 것인데, 지금 원판의 체력수위로는 가능할 리 없다.

일단은 주먹 쥐고, 빠르게 이십오 회씩 스무 세트. 세트 마무리는 한계까지 푸쉬업.

무릎쯤 오는 나무 그루터기에 다리를 올리고 하늘을 보며 팔굽혀 펴기 이십오 회씩 스무 세트. 세트 마무리는 역시 한계까지. 다음은 물구나무서서 팔 굽혀 펴기 이십오 회씩 스무 세트.

여기까지는 그래도 원판이 검술 수련한답시고 꾸준히 검을 휘둘러온 보람이 있어 그럭저럭 끝냈다. 문제는 다음 코스인 앞뒤로 다리 찢기부터.

"에휴~!"

이래서야 어느 세월에 제대로 된 기술을 구사할까? 두 다리를 번갈아 누르며 한숨을 쉴 수밖에 없는 현진이었다. 예상대로 앞뒤 째기조차 난관이었던 것이다. 사전에 가벼운 테스트를 해보았기에 그러한 애로점을 알고는 있었다. 주어진 여건을 감안한 기초적인 메뉴를 훈련스케줄에 포함시켜 놓은 것도 그 때문이었고.

그렇지만 알고 있는 것과 막상 실전에서 부닥칠 때의 기분은 다른 법. 더구나 마음은 급한데 따라주지 않는 몸 상태는 지극히 스트레스를 상승시키는 법이다. 그렇다고 다른 수는 없다. 꾸준한 연습만이 문제 해결의 지름길.

다시 방향을 바꿔 반복동작.

다음은 옆으로 째기.

"에혀, 에혀!"

이건 당연히 더 심하다. 혼자서 투덜투덜하는 식이지만 달리 어쩌겠는가? 오로지 반복연습만이 해답이다. 다리를 찢지 않고선 하체란 것은 상체의 보조물이 될 뿐, 전투력의 절반은 손해보고 들어가는 일이 되니.

50회를 한 세트로 일차 마무리하고 다음은 발로우킥과 미들킥 위주로 발차기 연습.

하이킥은 패스. 다리도 찢지 못한 상태에서의 겉멋은 괜히 자세만 버린다. 대신에 제기차기와 옆차기를 병행. 하단 중단 상단, 20회 한 세트로 총 스무 세트.

예정 코스를 모두 마치자 온몸이 땀으로 흠뻑 젖었다. 어둑어둑할 때 나왔는데 아직 해는 뜨지 않았지만 먼동이 트는 것으로 보아 시간도 꽤 흐른 느낌이다.

원래의 몸이라면 그렇게 시간이 많이 소요될 메뉴가 아니었으나, 기억과 몸이 따로 노는 것이 시간을 허비하게 된 원인이었다.

그래도 원판의 몸이 유연성과 회복력 하나는 뛰어났기에 기분이 아주 나쁘지마는 않는 현진이었다.

"흠, 슬슬 돌아가서 학교 갈 준비를 해야 할 듯? 그런데 도대체 이 동네는 왜 방학도 없냐고."

별나게도 이곳 학교는 방학이 없었다. 첫 번째 정식 교육과정인 프리-아카데미란 곳은 교과수료를 강요하지 않는다. 공부는 학생이 하고 싶으면 하고 등교도 자율적. 출석체크가 엄격하지 않다는 뜻이다.

단, 3학년 말에 한 번 있는 처음이자 마지막 시험은 반드시 통과해야 한다. 과목당 70점을 기준으로 과락은 유급이다. 프리-아카데미의 실질적인 정규교육과정은 그 시험 통과로 끝이다.

물론 제논은 통과한 상태다. 수학과 과학은 아슬아슬 하게 턱걸이지만, 과락만은 면했다.

원판의 기억과 직접 참여한 며칠 간의 수업을 참고로 판단하건데, 프리-아카데미 자체에서 크게 배울 것은 없었다. 하지만 현진에게 등교 여부는 중요했다. 프라이어 가를 제외하고는 이 세계에 대한 다양한 정보를 접할 수 있는 유일한 통로였으니까.

그런 당위성을 제외하고도 학교를 빼먹는다는 것은 현진

 제논
프라이어

의 사전엔 있지 않았다. 사실 저쪽 동네에 있을 때도 무술수
련을 했다는 것을 제외하면, 거의 범생이에 가까운 모범학생
이었다. 초, 중, 고 12년의 교육과정 중에 지각 한번 없었으
니.

　여하튼 저쪽 동네로 치면 고등학교 과정 3년이 정규교육의
시작이자 끝인 셈이다.

　애초에 지식의 기틀이 잡힌 학생들에게만 입학이 허가되
기에 가능한 일일 것이다. 한국으로 치면 중학교 과정을 마스
터해야 프리-아카데미 생이 될 수 있다고 생각하면 맞을 테니
까. 자연히, 12살에 치르는 프리-아카데미의 입학시험은 난이
도가 높을 수밖에.

　그 탓에 일반인들은 동등한 입시자격을 가지고도 프리-아
카데미의 교정을 밟기란 거의 불가능했다.

　먹고사는 일만으로도 빠듯한 평민들로선 중학교 과정을
가정에서 교육시키기란 쉽지 않은 일이었으니까. 가르칠 만
큼의 지적능력을 가진 사람이 많지 않은 것도 어려움을 더하
고.

　하지만 학생 개개인의 입장에서 보면 향후 교육과정에의
적응과 성취에는 유리할지도 모르겠다. 집단교육이 아닌 독
학으로 초, 중등 과정을 마스터해야하니 스스로 학습법에 익
숙해지지 않겠는가.

　프리-아카데미에서 평민자녀들을 찾기 힘든 또 다른 이유

로는, 높은 교육비를 꼽을 수 있다.

한 달 등록금이 30골드.

평민 5인 가족 10개월 치 생활비에 해당하는 액수였던 것이다. 결국 경제적인 여유가 없으면 교육자체가 불가능하다는 뜻이 되는 판이니.

그렇게 4년을 배우고 나면 아카데미 입시에 도전할 수 있다. 거기서 떨어지면 2년 과정의 직업학교인 칼리지 진학이냐, 그대로 학업을 마치느냐를 두고 결정하면 된다. 10%밖에 진학하지 못하기에 재수는 필수 코스다.

삼수는 없다.

프리-아카데미를 졸업해야 아카데미 입학시험을 치를 수 있고, 졸업하는 해와 그 다음 해. 단 두 번의 응시기회만 주어지니까.

'로마에 가면 로마의 법을 따라야한다지.'

그러니 적응하는 것이 우선이다.

그런데 아무래도 예상보다 시간을 초과한 듯하다. 손목시계가 없어서 시간이 얼마나 지났는 지 알 수가 없는 것도 문제였다. 기계공업이 거의 발달하지 않은 곳이니, 배꼽시계를 정확히 맞추는 수밖에.

하긴, 훈련 기초과정으로 시계가 없을 때 정확한 시간을 계산해내는 방법을 배운 게 있으니 응용하면 될 터였다. 실전에서는 한번도 사용한 적이 없었는데 엉뚱한 곳에서 유용하게 쓰이게 되다니.

배움이란 역시 인간의 편견만으로 그 가치 정도를 함부로 논해서는 안 되는 일인 모양이다.

원래 집으로 돌아가는 길의 예정 메뉴였던 토끼뜀과 오리걸음은 시도도 못한 첫날 트레이닝이었다. 하지만, 원판의 정확한 체력수위와 장단점을 파악하기엔 충분했다. 차후의 훈련계획은 신체기능에 맞춰 좀 더 타이트하고 효율적으로 짤 수 있으리라.

'테스트는 끝났으니……'

이제 체력단련용 기구들을 입수하여 본격적인 체력단련을 시작할 차례다. 그렇게 새로운 세계에의 적응을 위해 조심스럽게 첫발을 내딛는 현진이었다.

*　　　*　　　*

현관에 들어서려니 부엌 쪽에서 달그락 거리는 소리가 들려온다. 수지가 아침을 준비하는 모양이었다.

'7시가 조금 넘었구나.'

다행히 그리 늦지 않았다.

7시 40분경이면 조반을 끝낸 모친과 헤리슨은 가게로 출발한다. 8시 경에 일어나는 마리와 제논, 그리고 막둥이들의 식사는 수지 담당이다.

헤리슨의 안사람인 그 아줌마는 정말 남편 못지않게 소중한 프라이어 가의 일원이었다. 가게의 점원역과 집안의 가정부 및 막둥이들의 보모역할까지, 일인 삼역을 훌륭히 소화해 내는 자원이었으니.

아무튼 이 시각이면 메를린도 깨어나 있으리라.

방으로 올라간 현진은 미리 준비해 뒀던 책상서랍 속의 종이뭉치를 꺼내 들었다. 그리곤 아래층인 2층으로 내려와 모친인 메를린의 방으로 향했다. 빨라지는 발걸음을 짐짓 조심스럽게 늦춰가면서.

남의 탈을 쓰고 있는 처지가 아닌가.

자청해서 하는 독대는 처음이라 더욱 그러하다. 그것도 원판에 대한 애정이 각별한 '모친' 과의 독대이니 긴장되지 않는다면 거짓이리라.

차분해지고자 걸음의 속도를 늦추고 이제는 제법 몸에 체화된 호흡법으로 심적인 부담감을 줄인다.

똑똑똑!

"마리냐? 들어오너라."

"아닙니다. 저…… 제논이에요."

긴장완화를 성공시킨 덕에 다행히도 목소리는 평상시와 전혀 다름이 없다. 제논의 어조에 깃든 머뭇거리는 특색이 그리 마음에 들지 않지만 어쩔 수 없는 일.

"제논? 이렇게 일찍 웬일이니?"

새벽에 제논이 자신의 방을 찾기는 처음이기에 전혀 예상치 못한 일인 듯, 어리둥절한 얼굴로 맞이하는 메를린이었다. 마뜩치는 않지만 오히려 그런 그녀의 반응이 현진의 긴장 해소에는 도움이 되었다.

원판 짜슥, 창피하지도 않았던 건가? 프라이어 가문의 공인 잠꾸러기 신세였다니.

"암튼 그래, 이쪽으로 와서 앉으렴. 근데 무슨 일로?"

"부탁드릴 일이 있어서요."

"부탁? 말해보렴."

평소 아쉬운 소린 좀체 하지 않던 큰아들 제논이었다. 일찍 일어난 것만도 신기한데 부탁이라니? 하긴 그 때문에 일찍 일어났을 수도 있겠지. 그렇게 나름대로의 해답을 얻는 메를린.

"이것들을 좀 구해주셨으면 해서요."

"어디보자. 2미터 길이의 쇠막대와 5킬로그램짜리 바퀴모양의 쇠뭉치……? 대장간에 주문해야겠구나."

제논이 내민 것은 그림이 첨부된 설명서였다. 본격적인 웨이트 트레이닝을 위한 바벨과 덤벨 등등의 기초체력 단련용 운동기구들.

저쪽에서라면 스포츠용품점에 가면 손쉽게 구입할 수 있는 것들도 파는 곳이 없는 동네였다. 대장간에서 맞춤형으로 주문해야 하는 셈. 모양과 무게 및 필히 참고하여 제작해야

하는 기구들의 목록을 작성하고 설명서를 첨부하는데에만 꽤 많은 시간과 공을 들였다.

"그런데 제논……."

"……네?"

늘어지는 말꼬리와 메를린의 얼굴에 떠오른 의혹의 기색에, 긴장으로 신경이 팽팽해지는 현진이었다. 물품의 용도를 묻는 거라면 일단 한시름 놓을 수 있다.

그게 아닌, 언행(言行)에서 어떤 괴리감을 주었던 것이라면 문제다. 임기응변만이 최선책.

그러나 공연한 기우였다. 생소한 물품들이라 용도가 궁금하지 않은 것은 아니지만, 그보다는 더 궁금한 일이 따로 있는 메를린이었으니까.

"이렇게 일찍 일어나도 되는 거야?"

이제 7시 남짓.

저택은 잠에서 깨어날 시간이 되었지만 제논이 이렇게 일찍 일어난 것은 토픽 감이었던 것이다.

학교까지 30분 거리.

등교시간에 맞추려면 8시에는 기상해야 한다. 제논의 아침잠을 깨우는 일은 둘째인 마리 담당이었다. 그러나 아침잠이 많은 제논, 대부분의 경우 깨우려고 몇 번을 들락날락하다가 지친 마리가 울먹이는 소리를 낼 때쯤에야 부스스 일어나는 게 정상이었는데.

 제논
프라이어

"아, 그건…… 앞으로 좋은 오빠가 되기로 결심해서요."

"흠, 그래?"

종종 나오는 제논의 상투적인 멘트였다. 항상 늦잠을 자고 난 후에 변명 삼아 하던 말. 그러나 오늘은 왠지 같은 말이라도 신빙성 있게 들리는 메를린이었다.

"잘 생각했다. 이번에는 결심이 오래가기를 바라마."

"네. 그리고 그것들, 빠른 시간 내에 부탁드릴게요."

"알았다. 며칠 걸리지 않을 거야."

"그럼, 이만 나가볼게요."

"그러렴."

'휴우. 이것으로, 한시름 놓은 건가?

방을 나서는 현진의 얼굴이 환해진 것은 모친인 그녀가 부탁을 쉽게 수용했기 때문만은 아니었다.

어차피 원판의 탈을 벗고 본래대로 돌아갈 방법이 없는 현재로선 가장 껄끄러운 상대가 메를린이었던 것이다. 원판의 미묘한 변화도 쉬이 눈치 챌 만큼의 예민함과 과도할 정도의 애정을 가진 상대였으니까.

자청한 독대에서 전혀 파탄을 드러내지 않았음이니, 이 동네에 적응하는데 있어서 작지만 큰 한걸음을 내딛은 셈이었다.

'어느덧 제논도 다 컸구나.'

아침잠이 많아서 그렇지 말썽 한번 없이 묵묵히 제 할 일을 다해온 장남이었다. 오늘따라 어른스러운 눈빛을 남기고 방문을 나서는 모습에 기꺼움과 함께 묘한 감회가 고개를 드는 메를린이었다.

연유야 어찌되었건, 현진이 바로 그날 저녁에 부탁한 물건들을 손에 쥘 수 있었던 것은, 메를린의 어미로서의 기꺼움이 대단히 컸음을 입증한다.

동상이몽이지만 서로 간에 비교적 흡족한 결과를 도출한, 나름대로 의미 깊은 독대의 시간이 그렇게 지났다. 그리고 나서부터 현진의 수신(修身)과 적응의 기간도 본격적으로 시작되었다.

Chap. 4
트레이닝

트레이닝

"키라, 무슨 할 말이라도 있니?"

더 이상은 인내력이 바닥난 마리였다. 키라가 입술을 달싹이며 말을 꺼낼 듯 말 듯, 뭐 마른 강아지처럼 안절부절 한 지가 벌써 한 시간이 넘었다.

점심식사 후엔 마리가 키라와 폴의 공부를 봐준다. 두 동생의 공부는 원래 어머니 담당이었는데 아버지가 돌아가신 후부터 마리 담당이 되었다.

이란성 쌍둥이인데도 키라와 폴은 외모가 아주 판박이다. 특히 제논은 애들이 어렸을 때, 둘을 자주 헷갈리곤 했다. 그렇게 닮은 외모와는 다리 학습소질 면에는 현격한 차이가 난다. 수리(數理) 쪽은 키라가 많이 앞서고 인문(人文)계열은 폴이 월등히 낫다.

지금은 수학시간. 폴은 아직 문제의 반도 못 풀고 끙끙 대고 있는 반면에, 키라는 오늘 공부해야 할 범위를 한 시간 전에 이미 다 끝냈다.

그런 경우 늘 그러하듯이 폴보다 상대적으로 취약한 대륙사를 복습하라고 했는데 저러고 있는 것이다.

"그게…… 저, 그러니까."

"그러니까? 뭐?"

"그게. 아, 아무 것도 아니에요."

또 저런다.

다른 사람들에겐 안 그러면서 마리 앞에만 서면 한없이 작아지는 키라였다. 자꾸 그런 경우를 접하다 보니 성격 좋은 마리로서도 짜증이 날 수밖에.

"아무것도 아닌 일로 계속 안절부절 해? 무슨 일인지 똑똑히 말해봐. 이 언니가, 무슨 얘기든지 하고 싶은 말은 꼭 분명하게 생각을 표현하라고 그랬지?"

"네, 그랬어요."

"알면서 왜 그러니? 할 말이 있음 분명히 얘기를 해!"

"……."

마리의 언성이 올라가자 아예 눈물이 그렁그렁해지는 키라였다. 마리에게 지도를 받아서 그런지, 쌍둥이는 마리가 정

색을 하면 무서워하는 편이었다.

하긴 예전부터도 마리를 따르기는 했지만 많이 어려워했다. 마음약한 여자아이라서 그럴까? 둘 중에 키라가 좀 더 그런 경향이 심했다.

"네, 알았어요. 그러니까……."

"또!"

"네, 언니. 저는 문제를 다 풀었잖아요. 그니까 밖에 잠깐 나갔다 오면 안 될까요?"

마리의 언성이 한 옥타브 더 올라갈 기색을 띄자 단숨에 답한다. 습기가 배어나오는 어조로.

"왜? 화장실은 좀 전에 다녀왔잖니."

"그게 아니고요. ……오빠를 찾아보려고요."

막둥이들은 취향도 조금씩 차이가 났다. 키라는 제논을, 폴은 마리를 더 잘 따랐다. 물론 상대적으로 그렇다는 것이지, 절대적으로 크게 차별을 하는 것은 아니다.

저택은 마을에서 꽤나 떨어진 곳에 위치해서 막둥이들이 동네 또래들과 어울리기엔 거리가 조금 있었다. 더구나 프리-아카데미의 입시를 준비해야 하는 입장이기에 친구들을 만들 만한 시간도 없었고.

결국 식구들끼리 대부분의 시간을 부대끼며 보내다 보니, 서로 간의 정이 애틋할 수밖에.

"오빠를?"

"네, 요즘 오빠 얼굴보기가 너무 어려워서요."

그러고 보니 그랬다.

등하교와 세끼 식사는 함께 하지만 대화다운 대화를 나눠 본 게 언제였는지, 기억조차 가물가물하다. 예전에는 학교를 파하고 돌아오면 거의 모든 시간을 같이 보냈다. 기껏해야 뒷 마당에서 검술 수련한다고 현관을 나서는 것이 제논이 행하 는 외출의 전부였는데.

요즘은 식사만 끝나면 어느 틈인가 사라졌다가 다음 식사 시간에나 나타난다. 도대체 무얼 하는지 마리 역시 궁금하기 는 했다.

'그래, 그때부터였어. 벼락사건이 있고난 후부터. 오빠가 좀 이상해졌어. 전혀 놀아주지도 않고.'

쌍둥이의 공부도 그렇다.

마리가 담당하고는 있지만 수업 중에 고개를 들면 오빠를 찾을 수 있었다. 혹여 막히는 부분이 나오면 재깍 해답을 주 고는 했던 것이다. 오빠도 널찍한 이곳 거실에서 공부를 하는 편이었으니까.

그랬는데, 얼굴 보기조차 힘들어진지가 벌써 한 달이 넘어 간다. 혹여 또 무슨 변고라도?

"음. 키라. 넌 아직 공부시간이 안 끝났잖아. 내가 나가서 찾아보고 올게. 폴과 공부하고 있어. 알았지?"

"……."

 제논
프라이어

말하다 보니 괜히 마음이 급해지는 마리였쭈. 대답을 듣기
도 전에 현관을 나선다. 키라의 동그란 눈에 그렁그렁하던 눈
물이 마침내 얼굴을 적시는 줄도 모르고.

"훅! 후욱, 훅!"
숨소리와 함께 땀에 젖어 탄력을 더하는 근육들이 터질듯
이 수축과 이완을 반복한다.
이 시간대 이 공간을 온전히 장악하고 있는 이는 한 달여의
수련을 통해 제법 태가 나는 몸을 만들어가고 있는 사람, 현
진이었다.
집에서 공터까지 오는 동안 다양한 로드웍으로 이미 흠뻑
젖은 몸이 됐다. 로드웍의 핵심구성은 규칙적인 리듬과 엇박
자의 적절한 배합을 토대로 한 완급조절, 그리고 가상의 상대
를 향한 섀도복싱을 겸한 이미지 트레이닝.
양손에는 적당한 무게의 아령을 들었고 양쪽 발목에는 납
주머니를 차고 있다.
공터에 도착하면 먼저 호흡을 병행하여 변형 태극권과 에
어로빅, 디스코 힙합을 적당히 섞은 리듬운동으로 달아오르
는 근육들에 열기를 더해서 활성화시킨다. 힘을 가하는 부위
의 근육 움직임과 반응에 주의 깊게 신경 쓰면서.
뒤이어 다리 찢기.
그동안 집중적으로 노력한 보람이 있어서 이젠 앞뒤로 찢

기, 옆으로 찢기 공히 180도를 가볍게 넘긴다. 물론 제논이 검수련이나 마나수련법을 통해 육체의 유연성을 꾸준히 높여 왔기에 가능한 일이었다.

다음은 발차기.

앞차기 옆차기 제기차기 돌려차기 각 차기에 로우 미들 하이의 삼종 각 200회 열두 세트.

다리의 궤적을 따라 날카로운 파공음이 대기를 가르는 소리가 자신감을 업그레이드 시킨다. 연이어 푸쉬업과 물구나무서서 푸쉬업 및 철봉 평행봉을 이용한 어깨와 팔의 단련. 각 200회 열두 세트를 끝내고 나면 바벨과 벤치프레스를 이용한 본격적인 웨이트 트레이닝.

주문한 체력단련용 도구를 당일 저녁에 받았고, 방해받지 않고 조용히 운동할 장소는 미리 선정하여 준비해 뒀었다. 원래대로라면 며칠이나 혹은 그 이상 시간이 걸렸을 수도 있었던 주문이었다.

그러나 헤리슨의 소싯적 친구 중에 대장간에서 일하는 사람이 있었고, 그를 닦달한 결과였다는 사실을 나중에야 알았다. 덕분에 이곳으로 기구들을 옮겨 첫날 저녁부터 본격적인 훈련에 돌입할 수 있었다.

요체(要諦)는 웨이트 트레이닝을 통해 모든 근육들을 하나하나 단련하고 기술수련을 통해 기능을 최적화하는데 있다. 근육단련의 큰 줄기는 이소룡식 트레이닝 법을 기본으로 삼고 나름의 변형을 거친 것이다.

첫 번째 메뉴는.

바벨을 들어 올려 서 있는 자세로 가슴까지 올리고 그대로 오버헤드 프레스 한 '클린프레스' 3세트 10회.

이 운동의 효과는 가슴, 어깨, 다리, 등, 이두박근, 삼두박근, 몸통 등의 다양한 근육이 동시에 발달된다는 점. 반면에 스피드와 템포가 생명인 메뉴이므로 각 근육의 큰 벌크를 만들기는 어렵다.

하지만 체조선수들과 같은 유연성과 파워가 조화로이 갖추어질 수 있도록 해주는 장점이 있다. 특히 근육의 모양새를 다듬기 전에, 전신의 조화로운 근육사용 능력을(motor coordination) 길러주어 고도의 중량을 마음먹은 대로 느낄 수 있도록 '쥐어짜게' 해준다.

또한 심폐기능 향상에도 지대한 영향을 미치기에 첫 번째 메뉴로 넣은 것이다.

두 번째 메뉴는 하체의 파워를 기르는데 최적의 운동으로 손꼽히는 '스쿼트' 3세트 15회.

세 번째 메뉴는 상체의 순발력을 높여 팅겨주고 밀고 당기고 내려찍고 들어 올리는 상체 파워의 뿌리인 광배근 발달에 막대한 영향을 주는 '바벨 풀오버' 3세트 12회.

물론 풀오버는 광배근만을 다루지 않는다.

이두박근과 삼두박근, 어깨 삼면근, 그리고 가슴과 복부까지 거의 대부분의 상체근육을 단련하는 효과를 얻을 수 있는 운동이니까.

네 번째는 바벨 풀오버보다 팔꿈치를 펴주기에 광배근에 더 강한 자극을 주는 덤벨 풀오버 2세트 12회.

다섯 번째는 허리강화를 위해 빈바(bar)를 이용한 굿모닝 2세트 20회.

여섯 번째는 찌르기나 펀치의 빠른 타격회수 능력을 배가시키기 위한 바벨 컬.

일곱 번째 메뉴는 팔 힘만으로 밧줄 타고 올라 물구나무 서기 3세트, 각 20회.

운동량의 강약은 사용하는 기구의 중량으로 조절한다. 기본 세트에 맨손 운동과정에서 미심쩍은 근육부위에 하중을 더해서 추가보정운동. 처음엔 가벼운 것으로 시작해 서서히 중량을 높여 나갔고.

군에서 배운 호흡법과 원판의 마나심법의 수련에 힘입어 한 달여가 흐른 지금은 저쪽에서 전성기 때 사용하던 중량의 50%를 소화할 수 있는 수준이 됐다.

웨이트 트레이닝이 끝나면 다시 호흡을 병행한 리듬운동으로 긴장된 근육을 풀어준다.

다음은 양손에 단검을 쥐고 단검술 훈련.

기술훈련이 시작된 셈이다.

군에서 사용하는 대검정도의 길이와 두께가 심적인 안정

감을 더한다. 이미 익숙해진 전사와 발경의 원리를 적용하여 베기 막기 찌르기. 첫 번째 무술사부의 주특기였기에 더욱 능숙할 수밖에 없는 기술들이다.

사부가 군의 특공무술에 중국무예를 가미한, 정수(正手)와 역수(易手)를 적절히 혼합한 형태의 48식(式)으로 이루어진 특유의 세트 매뉴얼.

거기에 현진 자신이 군 생활에서 배웠던 고무술 12식(式)을 추가로 첨가하여 총 60식(式)으로 이루어진 대검술 세트 메뉴얼, 각 12세트 수련.

허수(虛手)와 실수(實手)의 교차와 순간적인 전이(轉移)를 위한 스피드, 그리고 발경의 원리를 응용한 폭발적인 파워가 핵심이다.

'정신없는 한 달을 보낸 셈이구나.'

땀을 닦는 현진의 얼굴이 만족감으로 빛난다. 완전치는 않으나, 몸이 거의 뜻대로 움직여준 덕분이다.

비록 체계적이진 않았지만 기사에의 꿈을 가지고 열심히 수련해 온 원판의 바탕이, 현진의 과학적인 훈련법에 효율을 더했다.

그 결과 한 달이라는 짧은 기간 동안 고등학교 2학년쯤의 체력을 만들 수 있었다. 제논의 현재 나이는 15세. 그 나이 때 현진은 중학교 3학년이었다. 절대적인 기준은 충족시키지 못했지만 원판의 연령을 감안하면 비교적 흡족한 결과다.

'역시, 남자는 이게 있어야 어디서건 꿀리지 않지.'

배에 뚜렷이 새겨진 임금 왕(王) 자(字)가 자신감을 더하게 한다. 그동안의 지극히 단조로운 일정의 결과임은 두말할 필요도 없다.

새벽 다섯 시에 기상, 여덟시까지 아침 체력단련.

식사 후 등교. 1시경에 점심식사.

2시부터 오후수련.

저녁 7시경 식사. 다시 저녁수련.

본격적인 체력단련을 시작하고부터 학교수업과 잠자는 시간을 뺀 대부분을 운동에 쏟은 셈이다.

갈고닦을수록 탄력을 더하는 원판의 육체는 참으로 마음에 드는 바가 있었다. 특히 유연성과 반사 신경, 회복력과 동체시력은 발군이었다.

예정된 트레이닝만 꾸준히 수행한다면 시간의 흐름만으로도 체력은 더 붙을 것이다. 기초체력만 받쳐 준다면 기술적인 부분이야 간단히 해결될 터였다.

그런 자신감의 근원은 신체의 통제력을 완전히 장악하고 있다는 데에 있었다. 실전훈련이 전무하다는 것을 제외하면 총체적 전력은 전성기의 50%를 상회하리라. 정신이 온전히 현진의 것임을 감안하면 실전부족은 큰 변수가 될 수도 없을 것이고.

　근육 각 부위의 특성에 따른 과학적인 단련 및 특이한 군생활 10년에서 얻은 성과, 특히 도허에게서 배운 호흡법 또한 빼놓을 수 없는 공신이다.

　나름대로는 날고 기는 무술실력들을 자랑하는 특수집단인 팀에서도 유일하게 현진과의 단독대련에 100합을 버티던 도허였다. 남들은 세 명이 합세하고서도 현진을 상대로 몇 합을 버티느냐가 관심사였음을 감안하면 대단한 실력이었던 셈이다.

　도허의 밑천은 절에서 익힌 호흡법에 있었다. 팀 생활 4년째 되던 해에 도허가 합류해왔고, 그에게서 예의 호흡법을 배웠었다. 그 호흡법의 효과는 탁월했다.

　호흡법을 습득한 전후, 현진의 전투력은 너무도 현격한 차이가 나서 양자 간의 비교자체를 무의미한 일로 만들었으니 말이다.

　나름의 무술실력을 자부하던 팀원들과의 '삼 대 일' 대련마저도 현진의 수련자체엔 별 도움이 되지 않았었는데. 그러다 보니 호흡법을 배운 이후부터의 수련은 98% 이미지 트레이닝을 통해서 이루어졌다. 그것이 지금에 와서는 더욱 큰 의미로 부각되고 있는 상황.

　정신적인 측면으론 분명 '현진' 이었기에 지금도 실은 이미지 트레이닝만으로도 충분히 실전연습을 대체할 수는 있었다. 당연히 짬날 때마다 이미지 트레이닝을 실행하고 있는 상태.

스스로가 사용하는 신체 각 부위 근육들의 움직임과 파워를 충분히 인지하고 있으며, 고도의 효율적인 제어가 가능한 상태를 만들었기에 확신할 수 있는 일이다.

거기에 한 가지 더하자면, 과도한 훈련을 스펀지처럼 흡수해 온 원판의 체질 덕도 결코 무시할 수는 없다. 프리-아카데미 수업은 오전 네 시간이 전부여서 체력단련에만 집중할 수 있었다는 사실도 발전을 증폭시켰다.

학교 이야기가 나왔으니 말인데, 제논은 애초에 교우관계가 그리 폭넓은 녀석이 아니었다.

애들의 인심도 가혹한 면이 있어서 부친이 작고한 후에는 그나마 몇 안 되던 친구들마저 멀어져 갔다. 교우관계의 실패가 더욱 착한 아들을 만들었고, 생활의 주 무대가 집이 될 수밖에 없었던 측면이 있다.

그런데 그마저도 현진이 육체를 접수하고 난 이후에는 도를 더한 셈이다.

수업시작 직전에 아슬아슬하게 맞춘 등교, 거기에 이 세상에 대한 정보를 하나라도 더 얻고야 말겠다는 현진의 집중력이 발휘된 터라 주변 교우들에게는 전혀 신경을 쓸 시간이 없었던 것이다.

더더군다나 학습 진도는 학교에서 끝내야 트레이닝 시간을 최대한 활용할 수 있다는 강박에 가까운 집착이 더해지니,

제논
프라이어

학교 내 활동이라곤 오로지 공부가 전부였다.

하기야 시간이 남아돌았더라도 원만한 교우관계는 어려웠을 터였다. 이제 열다섯 언저리의 꼬맹이들과 무슨 대화를 나누겠는가? 그런저런 이유로 현진의 교우관계는 애당초 불가능했다.

반면에 학교공부는 쉬웠다.

원판이 약한 과목은 현진의 주 전공분야라 수월했고, 현진이 상대적으로 약한 부분은 원판의 특기 영역이라 수업을 듣는 것만으로 충분했으니까.

저장된 기억을 꺼내는 작업만 숙달시키면 되는 일이었다는 뜻이다. 그랬으니 사실 학업을 따라가는 일은 공짜나 다름 아니었다.

제논이 워낙 성실파라서 기본이 튼실했고, 그나마 약한 과목은 수학과 과학이었는데, 수학은 고등학교 문과계열 기초 정도의 수준이었기에 거저먹었다.

공식에 사용하는 기호들이 조금씩 달라 약간 헷갈리기도 했으나, 이미 원리를 빠삭하게 알고 있던 터라 원래의 이해력을 회복하는데 오래 걸리지도 않았다. 새로운 기호에 익숙해지기만 하면 되었으니.

과학과목도 저쪽에는 없는 동식물 및 약리학을 포함한 생물학 분야만 약간 생소했을 뿐, 전체적으로 중학교 수준을 크게 넘지 않았다.

과학도로서의 전공수준을 논할 필요도 없이 학원 강사로서의 과학탐구영역 경험만으로도 차고 넘쳤다는 뜻이다. 그덕에 요즘은 학업 진도보단 앞으로의 인생 플랜에 초점을 맞추고 있는 참이었다.

'그나저나, 무슨 수를 내긴 내야겠는데…….'

전반적인 생활양식도 그렇거니와, 눈동자 색깔과 머리카락의 색깔들도 울긋불긋 총천연색인 만큼, 주 메뉴는 당연히 양식이었다. 날이 갈수록 얼큰한 김치찌개, 구수한 된장국 생각이 간절해지는 것이다.

맛과 취향도 문제지만, 정작 심각한 문제는 절대적인 영양 공급의 부족이라는 측면에 있다.

체력훈련에 중점을 두고 있으니 단백질과 무기질 등의 기초영양분의 적절한 섭취는 필수. 그런데 고기 구경이 그리 쉽지 않은 것이 문제다.

물론 썩어도 준치라고, 가업(家業)이 기울어가고는 있다지만 명색이 귀족가문인지라 식탁에 육류가 전혀 올라오지 않는 것은 아니었다.

일주일에 한두 번, 그러나 그 수효는 물론이거니와 양도 너무 적었다. 필요한 칼로리를 보충하기에는 턱없이 부족했고, 그저 입맛만 보는 정도다.

육류 대신 콩은 풍족하게 나와서 식물성 단백질로 임시땜빵은 하고 있지만, 삶은 콩 일색의 요리라서 크게 음식을 가리지 않는 현진조차 질릴 지경이었다.

체력 보전을 위해 꾸역꾸역 목구멍으로 넘기기는 하는데, 요즘은 꿈속에서까지 출연해서 동글동글 굴러다니니 미칠 지경이다.

이제 겨우 2월.

뱀이나 개구리가 나올 때까지는 아직도 기나긴 기다림의 시간을 보내야 하는 것이다. 그나마 동면하고 있는 고놈들을 종종 잡아서 최소한의 영양분은 섭취하고 있지만, 충분하지 못했다. 그나마도 봄이 다가와서인지 맛도 그렇고 기름기도 거의 없었다.

흠칫!

'……뭐지?

시큼한 김치찌개를 연상한 탓일까? 뜬금없이 몸을 오싹하게 만드는 한기에 현진은 잡다한 회상과 상념을 멈췄다. 땀에 젖은 몸이 체온을 저하시킨 탓이겠지만 왠지 예감이 그리 좋지 않았다.

*　　　*　　　*

"오빠~ 이제 다 끝났어?"

"응, 이제 다 끝나가."

벌써 몇 번째 묻는지 모른다. 대답도 오토매틱으로 정해졌다. 응, 다 끝나가. 응, 이제 금방이야.

'에구, 내 팔자야. 웬일로 이유없이 한기가 들더라니.'

벌써 사흘째다.

아무런 방해도 받지 않고 훈련에 집중할 수 있었던 처음의 한 달간이 사무치도록 그립다.

"아까도 다 끝나간다고 해놓곤……."

"춥잖아. 먼저 집에 돌아가서 기다리라니까."

"싫어요. 오빠랑 같이 들어갈래."

아직 예정 코스의 반도 못 끝냈다. 그런데도 저 초롱초롱한 눈동자와 마주하면 차마 심한 말로 언성을 높이지도 못하겠으니.

'식단도 문제긴 문제지만, 저 꼬맹이를 어떻게 하는 게 먼저야.'

마리 프라이어.

열두 살, 프리-아카데미 일 학년. 제논과는 달리 우수한 성적으로 입학, 남다른 기대를 받고 있다.

쌍둥이 동생들의 군기담당. 키 155센티미터. 몸무게는 여자애니까 알려하지 마시고…… 상당히 복스럽게 생겼다는 것쯤은 말할 수 있다. 이 집안 특유의 금발에 연한 하늘색 눈동자. 젖살이 아직 덜 빠진 통통한 얼굴이 깨물어주고 싶을 만큼 귀엽다.

같이 귀가하면 실랑이와 같은 이런 상황도 끝이지만 그러면 체력단련도 땡이다.

집에 데려다 두고 몰래 다시 나오는 시도도 해봤다. 하지만 소용없었다. 귀신같이 알아채곤 바로 쪼르르 따라와서는 저렇게 오들오들 떨고 있었으니.

원판의 기억을 더듬어 봐도, 하교 후에는 거의 붙어 지내는 편이라 정이 남다른 오누이였다. 가족 간의 신뢰가 돈독한 집안 내력에, 또래친구라고는 자기 형제자매밖에 없으니 더욱 그러하리라.

그래도 마리는 제논과는 달리 사교성이 있는 아이였고 올해 프리-아카데미에 입학했으니 학교 친구들을 사귈 수는 있을 것이나, 문제는 시간이다.

사교성이 있으면 뭐하는가? 방과 후면 재깍 귀가해서 막둥이들의 가정교사 역을 맡아야 하는데.

"호~."

'아무래도 감기 들겠어.'

생각은 생각, 단련을 중단할 수는 없다. 자세를 바꾸려고 일어서는데 애써 무시하려던 소녀의 하늘색 눈동자와 시선이 마주쳤다.

'뭔 수가 없을까?'

양지바른 곳이고 바람도 거의 없어 겨울치고는 따뜻한 날이었다. 하지만 그래도 춥긴 추울 것이다. 그러모아 쥔 손을 호호 불고 있는 입술도 한기로 새파랗다. 저렇게 안 된 자세로 수련 장소에 도착하자마자 계속 같은 질문을 해대는데 집중이 될 리가 없다.

어찌해야 하나.

이대로는 체력단련이고 뭐고 말짱 꽝일 듯한데. 그렇다고 나 몰라라 할 수는 없는 일.

벼룩이도 낯짝이 있지, 자신은 원판 몸을 무단점거하고 있는 처지다. 임대료는 못 줄망정, 원판이 눈에 넣어도 아프지 않을 정도로 귀여워한 여동생을 감기로 앓아눕게 할 수는 없지 않는가?

더구나 커다란 눈망울하며 오뚝한 코, 살짝 끝이 올라가서 고집스러워 보이는 눈매까지. 마리는 현진의 둘째누나를 닮았다. 특히 통통한 얼굴과 몸매가 더욱.

몸매 하니까 간밤의 꿈이 떠오른다. 동글동글한 콩이 금발을 하고 있었지, 아마?

이젠 꿈속에서까지 세트로 괴롭힌다.

'누나들은 잘 있을까?

문득 제논의 식구들만큼이나 가족애로 똘똘 뭉친 진짜 피붙이들이 그리워지는 현진이었다.

'흠, 그럭저럭 좋은 혼처 찾아 시집보내는데는 전혀 애로가 없겠는데. 살만 조금 빼면 말이지.'

닮은 점을 찾다보니 자연스레 비교가 된다. 사실 말이야 바른 말이지 둘째누나보다는 마리 쪽이 상품가치가 훨씬 높은 편이다.

마리도 약간 찌긴 했지만, 누나 정도는 아니다. 키는 그 나이 때의 누나보다 마리가 조금 더 크다.

둘째누나 시집 갈 때쯤 해서 살 뺀다고 에어로빅이다 수영이다 난리도 아니었다.

지금도 그때를 생각하면 눈물이 다 난다. 밖에서 몰래 먹고 들어가도 탐지견의 후각을 지닌 양 귀신같이 알아내기에, 한동안 지방이나 단백질은 구경도 못했다. 현진 자신만이 아니라 온 집안 식구들이 몇 달간을 때 아닌 도심 속 전원생활을 즐겨야 했었다.

"아, 맞아. 그 수가 있었지!"

일석이조의 해결법을 찾았다. 급작스런 외침에 마리가 멀뚱한 표정으로 쳐다본다.

*   *   *

딸깍!

"폴……."

군기담당 마리의 나지막한 호명에 불편한 심기가 녹아 있다. 식탁에 앉을 때부터 심드렁한 표정이더니, 몇 숟갈 뜨지도 않고 스푼을 내려놓지 않던가.

마리에게 훈계의 필요성을 상기시킨 주인공은 막둥이 중

에 남자아이인 폴이다. 원래보다 더욱 올라간 누나의 눈 꼬리를 훔쳐보다 어쩔 수 없이 도로 스푼을 잡는다.

그러나 깨작깨작.

그런 폴을 향해 한 소리 하려던 마리가 식탁을 힐끗하고는 그냥 참는다. 오늘도 채소밭이었던 것이다. 저도 매일 나오는 콩과 배추와 무에 질렸겠지.

'으음.'

보통의 평민들은 하루 두 끼 먹기도 버거운 동네. 세 끼를 꼬박꼬박 챙겨 먹는 것만으로도 감지덕지해야 할 일이지만, 이대로는 안 된다. 애들도 애들이지만 현진 스스로부터도 문제였다.

체력 훈련을 시작한 지 한 달 남짓. 운동으로 소모되는 열량을 채워야 하는데 보다시피 반찬은 완전히 '저 푸른 초원'이다. 그것도 요즘은 삶은 무채와 배추 그리고 콩이 주 메뉴다. 스프도 같은 재료들을 섞어 갈아낸 것에 양념을 더한 것이다.

그동안 대충 귀동냥한 이야기들을 종합하자면, 이 집안의 겨울철 주력품목이 지금 며칠 째 식탁을 점거하고 있는 무와 배추와 콩이다. 지난 가을에 예년 기준으로 대량 매입한 게 사태의 원인이었다. 금번 겨울은 판매가 극도로 부진했단다.

판매저조에는 두 가지 요인이 있었다. 일단 예의 품목들의 작황이 너무 좋았다. 공급이 넘치니 가격저하는 당연하고, 매

 제논
프라이어

출도 급격히 떨어질 수밖에.

또 다른 요인은 무와 배추를 신선하게 보관하는 비법이 이 집안의 사업 노하우였는데 그게 유출되어 버린 것. 여건이 나빠진 지난해에 어쩔 수 없이 정리해고를 감행했는데, 그 해고된 직원들로 인한 결과였다.

경쟁업체들도 신선한 물건을 내기 시작하여 이런 사단이 벌어진 것이다. 그렇다고 매일 똑같은 요리가 나와야 할 정도로 경제사정이 나빠진 것은 아니지만, 저장기간이 거의 끝날 무렵이라 어쩔 수 없는 것이다.

남아도는데 버리기는 아깝지 않은가. 물론 이 집안 식구가 먹어봐야 표도 안 나겠지만 최대한 먹을 수 있는 한도까지는 먹어치워야 하는 형편이었다. 거의 대부분을 사료로 쓰고 버려야했으니까.

'역시 무슨 수를 내기는 내야겠는데.'

뭔가 특단의 대책을 세우지 않으면 체력강화는 고사하고, 있는 체력도 보전하기 힘들게 생겼다. 잘못하면 영양실조로 쓰러질지도 모르는 위기상황.

'콩과 배추와 무라……!'

하긴 제논이었으면 똑같은 메뉴에 질리기는 했어도 체력보전에는 그다지 큰 문제가 없었을 것이다.

편식이 심한 제논이 제일 즐기는 음식이 콩과 배추이기도 했고, 운동량의 차에서 기인하는 열량소모는 비교조차 불가

한 터이니.

“겉보리랑 콩이요?”

“네, 겉보리랑 노란 콩이요. 배추와 무와 고추와 마늘도. 써도 되죠?”

“창고에 잔뜩 있으니까 꺼내서 쓰시면 돼요. 그런데 갑자기 그것들은 왜요?”

“그저 좀 필요해서요.”

순박한 눈동자를 최대한 가늘게 뜨고는 ‘나, 너무 궁금해요’라는 표정으로 응시해 오는 수지 아줌마. 헤리슨과의 사이에 아이가 없어서인지 오전인 이 시간대를 좋아했다. 제논이나 마리가 학교에서 돌아올 때까지 막둥이들을 돌보는 일을 했던 것이다.

제논과 마리를 비롯해 쌍둥이에게 점심을 차려주고 나면 가게에 출근했다가 헤리슨과 같이 퇴근한다. 저녁식사는 메를린과 번갈아 차리러 오는 편이었고.

‘두부를 잊고 있었다니.’

궁즉통(窮卽通)이라고 했던가? ‘필요는 창조의 어머니’라는 이야기는 옳았다. 동물성 단백질은 아니지만 식물성 단백질만큼은 물리지 않게 보충할 수 있는 방법이 있지 않은가. 어차피 남아도는 콩, 두부와 비지를 만들어 먹으면 일석이조인 것이다.

 제논
프라이어

장을 담그는 것은 필수.

콩나물은 부록으로 기르고.

사람은 한 가지 생각에 몰두하면 스스로가 보유한 기본적인 재주조차 잊는 존재인 모양이다. 체력단련을 핑계로 모든 신경이 거기에 쏠려 있었고, 식사는 주는 대로 받아먹는, 딴에는 편안한 삶을 즐기느라 스스로도 요리에 일가견이 있다는 사실을 잊고 있었다.

현진의 어머니는 음식 만드는 것을 즐겼다. 혈육인 식구들만이 아니라 당시 공장에서 일하던 사람들의 몫까지 준비하려니 양이 많았다. 재료를 다듬는 일에 온 가족이 나서서 거들고는 했었으니.

어려서부터 꾸준한 운동으로 제법 힘깨나 쓰는 현진이었기에 완력이 필요한 일은 당연히 그의 차지였다. 김장을 할 때나 두부를 만들 때는 물론이거니와 명절음식을 장만할 때도 현진은 작업대기 조였다.

서당 개 삼 년이면 풍월을 읊는다지 않던가. 덕분에 현진도 음식 만드는데 일가견이 생길 수밖에 없었다.

오히려 손맛은 누나들보다 낫다는 평을 듣곤 했었다. 그래서 다슬이도 자기 집에서 가져온 김치나 된장보다 현진이 담근 걸 더 맛있어 했다.

“오빠, 도대체 뭐 하는 거야? 얼른 출발하자니까요. 잘못하면 지각한단 말이야!"

"응, 다 끝나가. 정 불안하면 먼저 출발해."

주재료들이 다 있는데 망설일 게 뭐있겠는가. 생각난 김에 재깍 작업을 시도했다. 창고에서 꺼내온 겉보리와 콩을 물에 담가두고, 썩둑썩둑 썬 무와 깨끗이 씻은 배추에 각각 소금을 뿌리는 중이다.

콩은 메주를 만들 예정이고 겉보리로는 질금(엿기름)을 만들어 보련다. 어차피 남아도는 콩과 보리. 재료를 좀 넉넉하게 준비했더니 시간이 많이 걸린다.

현진의 어머니가 직원들을 포함한 대식구용으로 준비하는 것을 보고배운 터라 손이 클 수밖에 없었고, 덕택에 마리로부터 재촉을 받게 됐다.

"오빠~!"

"응, 알았어. 다 끝났다. 그리고 막둥이들! 니네 이거 손대면 안 된다. 절대 혼낼 거야."

"네, 손 안 댈게요, 오빠!"

"네, 손 안 댈게요, 오빠!"

쌍둥이답게 한 목소리로 합창이다. 마리가 그렇게 하라고 꼬드겼는지 폴도 씩씩하게 대답한다.

"근데, 폴. 넌 오빠가 아니라 형이라고 하랬잖아."

"네, 형이라고 할게요. 오빠."

무서워하면서도 마리를 잘 따르는 녀석이라 오빠 소리가

 제논 프라이어

입에 붙어버렸다. 못미덥게 느껴진 제논은 재차 당부했다. 못내 궁금한 표정으로 기웃거리던 수지에게.

"이거 애들이 건드리지 않게 해주세요."

"네, 그럴게요, 도련님."

싹싹하게 대답하는 그녀의 너머에서 또 마리의 독촉이 날아온다.

"오빠 빨리!"

"알았다. 간다, 가."

"오빠, 언니! 학교 잘 다녀오세요!"

키라의 목소리가 제일 크다. 모퉁이를 돌아 대문께 에서 울상을 짓고 있는 마리와 합류했다. 입술이 닷 발은 튀어나와 있다. 그래서 더욱 귀엽다.

*　　　*　　　*

학교에서 돌아오자마자 후딱 점심을 챙겨먹고 하루 종일 벼르던 작업을 시작한 참.

"오빠, 지금 뭐 만드는 거예요?"

막둥이들 중에 제논을 더 따르는 키라다. 커다란 하늘색 눈에 호기심을 가득 담고 물어온다. 고개를 갸웃거리며 한참을 지켜보더니 더 이상 궁금증을 참을 수 없었던 모양이다. 하긴 깍두기나 배추김치 담그는 것은 생전처음 볼 터이니 신기할 수밖에.

'에그, 귀여운 것.'

한 달 남짓 지났을 뿐인데 이 집안 식구들이 전혀 남으로 느껴지지 않는다.

인기척을 느끼고 밤에 잠을 깨면 매번 침대 맡을 지키는 메를린의 지극정성을 대할 수 있었다. 고스란히 이전받은 원판의 기억에 직접 체험한 모친의 그런 애정도 추가하고, 또랑또랑한 눈망울로 애정공세를 감행해 오는 애들이 가세하니 더욱 그러하리라.

사실 말이야 바른 말이지, 꼭 그런 이유가 아니더라도 현진은 애들을 좋아했다. 그래서 소일삼아 입시학원의 강의도 맡았지 않았던가.

처음이야 스스로를 다지는데 전력을 기울이느라 돌아볼 여유가 없었지만, 체력에 어느 정도 자신감이 생기고부터는 병아리처럼 졸졸졸 따르는 집안 꼬맹이들이 눈에 밟히기 시작했으니.

금발에 뚜렷한 이목구비를 가진 프라이어 가문의 아이들은 특히나 귀여운 측면이 있었다. 연한 하늘빛을 띠는 또랑또랑한 눈으로 지적 호기심을 발하는 아이들을 보는 것은 환상적인 일이다.

"가서 공부해야지."

그래도 오빠다운 멘트는 필수다.

 제논 프라이어

"키라는 오늘 공부 범위 다 끝냈어요. 폴은 아직 못 끝내서
마리 언니에게 배우고 있구요."
"그랬구나. 잘했어. 그리고 이건 반찬 만드는 거야."
"반찬……?"
여느 날이라면 점심식사 후 즉시 체력단련에 들어갔겠지
만 말린 고추를 빻고 마늘을 비롯한 몇 가지를 더해 양념을
만들었다. 소금간이 적당히 배어 있던 깍두기에 일부 덜어놓
고 절인 배추에 버무려 통에 담는 중이다.
"응, 반찬."
"반찬은 어머니랑 수지 아줌마가 만드는 거잖아요. 왜 오
빠가 만들어요?"
"이건 오빠밖에 만드는 방법을 모르는 거야."
"아항, 그렇구나. 음…… 그러면 키라가 방법을 배워서 만
들어 드릴게요. 반찬은 여자가 만드는 거니까요."
'에구구, 귀여운 것.'
굳이 남녀의 적절한 역할 분담과 역(逆)성차별을 주제로 꼬
맹이랑 논하고 싶지는 않다. 그저 귀여워서 번쩍 들고 부비부
비 해주고 마는 현진이었다.
"아, 매워. 나, 놓아줘요."
"미안미안. 얼른 가서 씻으렴."
"오빠, 미워~!"
저런, 오늘은 두 여동생에게 돌아가며 미움을 받누나. 마늘

과 고추를 만진 손이니 매울 수밖에. 깜빡해 버렸다.

"카~ 바로 이 맛이야!"

젓갈이 없어서 제 맛을 내는데는 실패했지만 그래도 갓 버무린 생김치를 한입 넣으니 세상을 다 가진 듯 기쁘다. 이제 숙성시키기만 하면 된다.

"아그작, 와그작. 역쉬이~!"

양념을 덜어놨던 깍두기도 착착 버무려 집어먹으니, 만족스런 감탄사가 저도 모르게 또 튀어나온다.

'내친김에 콩도 삶아야겠다.'

싱싱하고 삼삼한 김치 맛을 보고나니 두부김치랑 구수한 된장찌개가 더욱 그리워진다. 생각만으로도 벌써 입안에 군침이 가득하다.

콩을 불린 시간이 조금 부족하긴 해도 마음이 급해진 김에 메주 만드는 작업을 강행하기로 결심했다.

먼저 우물이 있는 창고 앞쪽에 돌들을 쌓고 흙을 이겨 발라 화덕을 만들었다. 솥을 꺼내다 거기에 걸치고 장작도 날랐다. 그리고 물에 불려 놓은 콩을 한 솥 가득히 씻어 솥에 넣는다.

장작을 넣고 불을 붙이자 후끈한 열기가 올라온다. 쉬엄쉬엄 장작을 넣어 화력을 조절하는 틈틈이, 창고 한편에 바닥용으로 놓여 있는 나무들을 응달진 곳에 쌓아 단을 만들고 윗부분 나무들은 깨끗이 씻어냈다. 연이어 미리 챙겨놓은 볏짚도 씻어 햇빛에 말렸다.

 제논 프라이어

나머지 콩은 오크통 밑동에 물이 빠지도록 구멍을 여럿 뚫어 콩나물시루를 만들었다. 콩나물 기를 준비 작업이다. 그동안 솥의 콩이 다 익었다.

삶은 콩을 빻아 소금물로 눅진눅진하게 반죽하고 네모와 공 모양으로 뭉쳤다. 어릴 때보던 메주랑 큰 차이 없는, 그럴 듯한 모양새가 나왔다고 자위한다.

현진의 어머니는 김장과 장만큼은 항상 직접 담그셨다. 그러면서 하는 말이 '장맛은 손맛 반, 정성 반이다' 였다. 그래서 콩을 빻는 것도 반드시 절구를 썼다. 빻는 작업은, 먹은 걸 머리로 보낼 생각은 않고 근육으로만 보낸다고 핀잔 받기 일쑤이던 현진의 몫이었다.

나뭇단 위의 볕에 바싹 마른 밀짚을 놓고 그 위에 메주들을 올렸다. 이것으로 할 수 있는 일은 다 마친 셈이다. 이젠 시간과 순리에 맡길 일.

작업이 끝나 허리를 펴고 보니 대충 저녁시간이 가까워졌다. 가게에 나간 어른들이 돌아올 시각이다. 귀여운 꼬맹이 동생들에게 더는 미움 받고 싶지 않다는 본능의 발로로 꼼꼼히 씻고 옷도 갈아입는다.

'으음, 이쯤이면 증거인멸(?)이지?

느릿하나 저택을 향한 발걸음에 힘이 실린다. 어쨌든 이제 기다리기만 하면 그리운 음식들을 맛볼 수 있으리라.

'쩝…… 근데, 잘되려나?

막상 입맛을 다시면서도 새삼스레 이런저런 걱정들이 밀려온다. 원래 메주를 만드는 시기는 콩이 막 날 때니까 늦가을쯤인데. 기후는 얼추 맞는 것 같아도 제대로 발효가 되려는지.

'정 안되면 어쩔 수 없는 일이지. 가을에 다시 한 번 시도해 보는 수밖에.'

하늘이 유난히 맑고 푸르른 날이었다.

Chap. 5
못 먹어도 고(go)!

못 먹어도 고(go)!

"허어~! 이거 완전히 박카스가 따로 없구만."

탄성에 가까운 혼잣말. 마나를 수련하던 현진이 내뱉은 감탄이었다. 상당히 무리했다 싶은 육체의 혹사였음에도 마나 수련 한 방으로 거뜬히 피로가 풀렸으니 저절로 탄성이 나올 수밖에.

앞서 잠깐 거론했다시피, 처음 원판의 기억에서 마법을 접했을 때는 그리 큰 기대를 걸지는 않았었다. 기회를 봐서 시도해 봐야지 했었지만 저쪽 동네 길거리를 가다보면 종종 접하는 '도를 아시나요?' 와 같은 사이비 느낌에 수련을 해볼까 말까 참 많이 망설였다.

그래도 제논이 워낙에 중요시하는 것이었고, 족보를 가진 이 동네 상류계층들의 필수이자 특수교양이라니 마지못해 하며 시도했는데, 예상외의 효과를 얻었다.

현진이 체력단련을 수신(修身)의 첫손으로 꼽는다면, 제논이 최우선으로 한 것은 마나수련법이었다. 가문의 숙원도 있지만 그 자체로 상류층 신분 보유자라는 가장 확실한 보증서였기 때문이다.

참고로, 이 동네에서는 상류층 진입에의 길에 네 가지 방법이 있다.

첫 번째 방법은 기사가 되는 길이다.

기사라는 신분자체가 준귀족을 의미하니 확실한 길인 셈이다. 거기다 수시로 국지전이 일어나는 세상이고 보니, 상대적으로 공을 세울 기회가 많고 신분상승의 기회 또한 많은 터였다.

두 번째 방법은 마법사가 되는 길이다. 마법사란 직업은 세 가지 계열로 나뉘는데 각 계열의 이 단계 마법사부터는 역시 준귀족으로 대우받는다.

세 가지 중의 하나는 메디(medi)계열이다. 의사와 약사를 겸직한다. 의약분업이 이루어지지 않은 동네였다. 주로 생물 쪽을 연구하는 직업이라 파악된다.

다른 하나는 커뮨(commun)계열이다. 애초에 마법사란 존재는 제국을 통틀어 극히 일부의 계층들에게만 허락되어 있

는 상황. 절대 보편화되어 있지 않아서 어느 정도의 수위인지
는 모르나 대륙 어디선가 마법통신이 발달하고 있다면, 그건
전부 이들의 성과다. 그런 폐쇄적인 측면 때문인지 운송수단
은 전혀 발달하지 못했다. 지구의 중세 정도의 수준으로 생각
하면 되겠다.

현진의 전공이 전자공학이었고 전파에 대해 해박한지라
은근히 관심이 쏠리는 종목이다. 문제는 원판이 기사 쪽에 치
중했었기에, 마법사들에 관해선 수박 겉핥기 정도의 지식 밖
에 없다는 점이다.

현진이 아카데미를 꼭 들어가려는 이유 중의 하나다. 그쪽
에도 제대로 된 수련 방법 등에 관한 고급정보는 없을 테지만
아카데미 도서관에는 상용 지식쯤은 있다고 원판은 알고 있
었다.

나머지 하나는 배틀(battle)계열이다. 현진이 선입견을 가지
고 있는 초능력 부문의 전투마법사들이다. 주로 폭발에 관계
되는 마법을 시전 했는데 그 원리나 운용체계에 관해서는 원
판도 거의 모르고 있었다.

여하튼, 소설에 나오는 무슨 파이어 볼이니 파이어 에로우
같은 번쩍번쩍한 마법기술은 없는 것으로 보아, 현실임이 확
실하다고 자각하는 현진이다.

그럼 다시 상류계층에 진입하는 방법으로 돌아가서, 네 가
지 방법 중에 세 번째의 묘수는 아카데미를 나와 행정 관료가

되는 길이다. 원판이 어쩔 수 없이 택했던 길이다. 달성 가능성이 가장 높다는 장점이 있다.

그렇다면 출세에의 마지막 방법인 네 번째는 무언인가. 그것은 바로, 인간이 사는 곳이라면 동서고금을 막론하고 통용되어온 '쩐'으로 해결하는 것이다.

금전은 귀신도 부린다는 것은 만고불변의 진리. 이 동네라고 다를 리 없는 것이다. 즉, 돈을 왕창 벌어서 작위를 구입하는 방법이다.

문제는 작위 구입비가 천문학적인 금액이고, '돈이 돈을 버는 것이란 사실' 또한 불변의 법칙이라는 점이 장애로 남는다. 콩알 백날 굴려봐야 주먹만 한 눈덩이 만들기 힘들지만 호박 덩어리 한번 굴리면 커다란 눈사람도 금방인 법이 아니던가.

원판 제논도 귀족신분이긴 하지만, 귀족도 귀족 나름이다. 스스로 귀족임을 내세운들 남들이 인정해 주지 않으면 무의미한 것이다.

말했다시피, 신분상승의 길에 1~2위로 꼽히는 기사와 마법사란 직업은 공히 마나를 근간으로 한다. 마나를 능숙하게 다룰 줄 알아야 행세할 수 있다는 뜻이다. 일종의 기본자격이라고 해야겠다.

더하여, 일반적으로 '국가'라는 거대한 단체는 오래되면 기강이 문란해지는 것이 철칙이다. 하지만 그럴수록 도리어

 제논 프라이어

더욱 까다로운 규정들도 생기기 마련이다.

특권층의 양산은 스스로의 권위를 절하시키는 일이기에
당연한 수순이리라.

그 때문인지, 아젤론 제국에서는 귀족으로서 갖추어야 할
기본소양이 아카데미 졸업장이 되었다. 혹은 기사나 마법사
로서의 인증이 기본 요건에 속한다. 더불어 최소한 영지를 가
져야 귀족이라는 명함을 내밀 수 있고 격에 맞는 대우를 받을
수 있는 여건이 된다.

원판의 부친이 상인의 길을 택한 것으로 보아, 돈으로 해결
해 보려는 꿍꿍이셈을 가졌던 듯하다.

사실 막판에 사고가 나지 않고 사업 확장이 제대로 시행되
었으면, 당대에는 몰라도 손자 대(代)에서는 노려 볼 만했을
지도 모른다.

어쨌든 제논은 기사를 목표로 했었는데 실패했다.

기사가 되려면 다섯 살 전후부터 마나수련법을 익히는 것
이 필수. 마법사가 되려는 경우도 여기까지는 똑같은데 이후
의 수련에서 달라진다.

기사의 길을 걷는 이들은 검술과 체력단련을 주로하고, 마
법사의 길을 걷는 이들은 수학과 과학 등의 학문에 힘써야 하
니까.

이런 사소한 차이에 수십 년의 세월이 가미되면 결국에는
마법사와 기사라는 극명한 구분을 낳는 것이다. 물론 원리가

그렇다는 것이지 세세한 수련의 주안점에 있어서도 상당한 차이가 날 것이 틀림없다.

마법사나 기사가 되기 어려운 이유는 먼저 마나수련법을 접할 기회자체가 제한적이라는데 있다. 프리-아카데미에서도, 아카데미에서도 가르쳐 주지 않는다. 오직 가문에서 비인부전되는 특수기술이었으니.

그러다 보니, 마나수련법을 전승받아 공들여 수련을 거친 사람들은 일반인보다 뛰어난 능력을 가지게 되고 특권층으로의 편입이 당연해지는 것이다.

또한 모든 일이 그러하듯 특별한 능력이란 가진 사람이 적을수록 그 가치가 빛나는 법. 스스로의 가치를 높이기 위해 자기 혈족에게만 전승하는 것이 보편적인 이치였으니, 결론적으로 귀족가의 자제들만 마나수련법을 접할 수 있다는 뜻에 진배없다.

또한 마나수련법을 배우는 것만으로 끝나는 것도 아니다. 그것만이라면 원판 제논도 기사의 꿈을 이루는 것이 가능했을 터였다. 비록 지금은 몰락했지만, 그도 남작가의 후손이 아닌가. 모든 귀족가가 그런 것은 아니나, 프라이어 가는 마나수련법을 보유한 가문이었다.

그런데 문제는 마나수련법이 고도의 재능을 요구하고 어려우며 진척이 매우 더디다는데 있었다.

현행 모든 마나수련법들이 그렇지만 프라이어 가문의 것

은 특히 더 까다로운 바가 있었다. 다른 말로는 '비효율적인 수련법'이었던 셈이다. 거기에 가문의 몰락도 주요 원인이 되었을 것이다.

제논이 알고 있는 사항은 여기까지였다. 어쨌든 프라이어 가에 기사 쪽 계열의 마나수련법이 전승되고 왔고 원판이 익히고 있었다는 점이 중요하다.

*　　　*　　　*

"하악, 하악! 오빠는 넓은 집 놔두고 왜 이렇게 먼 곳까지 와서 운동을 하는 거야! 아무래도 동생을 괴롭히려는 음모가 있는 게 틀림없어. 하악."

동쪽 산등성이로 고개를 내미는 태양빛에 탐스러운 금발의 출렁임이 절묘한 조화를 이룬다. 숨이 찬지 헥헥거리면서도 틈틈이 쫑알쫑알 혼잣말을 하는 소녀, 제논의 여동생 마리였다.

오버페이스의 결과, 목적한 공터를 코앞에 둔 언덕배기에서 호흡을 고르느라 끝내 멈춰서 버렸다. 그렇지 않아도, 현진의 기준에 맞춘 거리는 열두 살 소녀의 아침 구보 코스로는 조금 과한 면이 있었다.

출발할 때 물론 가벼운 준비운동을 하는 것을 잊지는 않았지만, 촉급한 마음에 완급을 조절하라는 오빠의 충고를 무시

한 지당한 결과다.

"아으, 숨 차라!"

그러나 입으로는 연신 투덜대면서도 숲을 향하는 눈길에 원망의 기색은 추호도 없다. 6시 조금 넘으면 일어나 이 길을 달리는 것도 어느새 익숙해졌다. 운동에 미친 오라버니를 둔 죄로 오동통하던 체형은 살이 쏙 빠져서 제법 늘씬한 몸매가 되었다.

식사량은 두 배 가까이 늘었는데도 날씬해진 것은 충분한 운동으로 열량을 소비하기 때문이리라.

"아자~! 나쁜 오라버니, 꼼짝 말고 기다리시라. 내가 간다."

그새 숨을 고르고 체력을 회복한 마리의 리드미컬한 질주가 다시 시작된다. 목표는 이백 미터 전방의 숲 속 공터. 한달음에 그 언저리에 도착해 다시 숨을 고른다.

헛둘, 헛둘.

땀에 젖은 몸으로 푸쉬업에 열중하고 있는 오라버니의 등을 향해 살금살금, 발걸음을 죽여 접근한다.

"왁!"

한 발자국을 남기고 냉큼 뛰어 등허리에 올라타며 힘껏 소리를 내지른다.

"어이쿠, 깜짝이야! 귀염둥이 마리가 왔구나."

말은 그러해도 '헛둘 헛둘' 구호를 내포한 푸쉬업 동작을

 제논 프라이어

멈추지 않는 제논이었다. 마리의 급작스런 고함과 체중의 더해짐엔 전혀 영향 받지 않는 눈치다.

"피이, 하나도 안 놀랐으면서. 근데 내가 오는 줄 어떻게 알았어요?"

"음, 바람의 요정이 살짝 일러줬지."

"말도 안 돼! 그런 거짓말은 어린애들에게나 통하는 거야. 요정이 존재하지 않는다는 사실 정도는 나두 안다고."

"흠, 진짠데."

"베에~ 착한 동생을 속이면 벌 받는데요."

반은 참말이었다. 신체 및 마나수련법을 통한 다방면의 단련을 통해 그새 훌쩍 발달된 후각이 바람에 실려 온 마리의 젖내를 포착한 건 사실이니까. 더불어 마리가 숲에 들어오는 순간부터 이질적인 존재의 등장으로 허둥대는 공기의 파동을 감지한 것 또한 사실이었다.

저쪽 세상에서의 전성기 때라면 공기의 변화만으로도 반경 오십여 미터 내에 접근하는 인간의 체형까지 대충은 감지해냈을 테지만, 지금에 와선 설사 그 정도는 아니더라도 십 미터 이내에 접근하는 덜 훈련된 인간의 낌새를 포착하지 못할 현진은 아니었다.

사실 그런 모든 것을 떠나서 이 시간이면 항상 나타나는 꼬맹이의 접근을 모른다는 것은 어불성설이었다. 바람의 요정 핑계가 반은 진실인 이유다.

"근데 너, 옷 다 버린다."

"괜찮네요. 어차피 운동으로 젖었고, 빨면 되니까."

"그래."

제논의 기존 기억들과 그가 가진 이미지에 의하면 꽤 조숙한 측면이 있는 아이였다. 성실하지만 약간은 맹한 구석이 있는 오빠의 정체성을 소녀다운 예민함으로 포착한 탓일지도 모르는 일이다. 부친이 돌아가신 후에는 더욱 어른스러워졌고 자기 빨래뿐만 아니라 두 동생의 빨래도 거의 해치우는 마리였다.

'짜식, 복도 많지. 이렇게 사랑스런 여동생을 두다니.'

헛둘 헛둘!

푸쉬업 세트 메뉴의 마무리 동작을 행하던 참. 끝내기를 위해 전속력으로 한계까지 푸쉬업 한다.

처음에는 푸쉬업 자체만으로도 헉헉댔지만, 요즘은 맨몸보다는 등허리에 마리의 몸무게를 보탠 상태가 오히려 운동에 도움이 된다. 극비사항(?)이지만, 마리가 실은 몸무게가 좀 나간다.

"근데, 오늘은 무슨 노래를 가르쳐 줄 거예요?"

연한 하늘색 눈동자가 투명하도록 맑게 빛난다. 마리의 기대감이 상승하고 있음을 뜻하는 변화다.

"배운 거 복습해야지!"

"지금까지 배운 건 다 익혔단 말이에요."

마리의 수련방해에 대한 대처법으로 현진이 떠올렸던 처방은 바로 운동을 시키는 것이었다.

수련이 끝나길 기다리느라 추위를 타는 게 문제니, 운동으로 열을 내게 만들어 추위를 물리친다는 지극히 단순한 발상이었다.

일단 첫째 사부의 48식 기초수련법을 체조처럼 단순하게 변형해서 가르쳤다. 그러나 처음 체조를 가르칠 때, 마리의 반응은 솔직히 별로였다.

먼저 집에 들어가지 않아도 된다는 조건이었기에 어쩔 수 없이 배우기는 했지만, 보통의 여자아이처럼 어려서부터 운동이라는 것과는 그리 친하지 않았던 터라 더욱 내키지 않았을 수밖에.

가뜩이나 흥미도 없는 판인데, 쉬이 익히기에는 무리한 동작들이 많은 점도 몰입도의 저하에 한몫했다. 반복적이고 지루한 운동은 어린 소녀의 동기유발 요인으로는 많이 부족한 게 사실이었으니까.

하지만 그래도 명색이 전직 학원 강사가 아니던가? 마지못해 따르는 소녀의 지루함 정도야 해결법을 모색해 줘야지. 그건 다행히 큰 고민 없이 즉각 해법을 찾았다.

그렇다.

에어로빅!

체온을 유지시키는데 충분할 정도의 격렬함에, 난점이었

던 지루함도 덜어줄 수 있으니 안성맞춤이었다.

결단코, 오동통한 몸매와 어눌한 몸짓으로 체조를 따라하는 마리의 모습에서 악몽의 동글동글 노란 콩이 연상되었고, 연쇄적으로 이어지는 사고(思考)의 흐름 속에, 때 아닌 도심 속 전원생활을 강요하던 둘째 누나의 다이어트 전쟁이 떠올랐기 때문은 아니다.

하여튼 그때부터였다. 마리의 눈동자가 투명해지기 시작한 것은.

현진의 예상보다 에어로빅 전수는 더 큰 호응을 얻었던 것이다. 달포 만에 오빠가 알고 있는 에어로빅 동작을 거의 다 배워버린 것은 마리의 학습능력이 뛰어난 덕도 있었지만 배우고자하는 강렬한 욕구가 집중력을 고도로 높인 덕분이리라.

에어로빅 동작에 익숙해지고 새로운 동작전수가 뜸해졌을 무렵엔 마리의 관심이 또 다른 쪽에 쏠렸다. 에어로빅을 할 때면 간간이 흥얼대는 현진의 노랫가락이었다. 한번도 들어본 적이 없는 빠르고 강한 비트의 경쾌한 소절들. 무의식 중에 따라 흥얼거렸다.

각각의 단절된 가락인 줄 알았던 그것이 알고 보니 하나의 완성형 노래들이었고, 현진을 졸라 전체곡조를 배우기 시작했다.

피지컬(올리비아 뉴튼존), 트레지디(비지스), 록큰롤뮤직(비

 제논
프라이어

틀즈), 신데렐라(브리트니 스피어스), 쉬밥(신디로퍼), 원티드(둘리스), 아이러브 록큰롤(조안제트 앤 블랙하트) 등등. 벌써 십여 개의 곡을 배웠다.

또한 비트는 약하지만 적당히 경쾌하고 따라 부르기 쉬운 다른 여러 곡들도 배웠다.

천생 접장스타일인 마리였기에 제가 배운 것은 그대로 동생들에게 전수하기도 했다. 새로운 놀이문화를 배우는 것도 즐거운 일이었지만 그것을 동생들에게 가르치고 함께 부르는 것은 행복에 가까운 만족감을 배로 증가시키는 일이었으니.

에어로빅 곡들은 조금 어려운 감이 있었지만 동요 풍의 곡들은 막둥이들도 쉬이 익혔고, 집안에 음악이 넘쳐나는 것은 순식간의 일이었다.

특히 '즐거운 나의 집' 과 '엄마야 누나야' 는 메를린마저 종종 흥얼거릴 만큼 인기대박이었다.

"새 노래 가르쳐줘요! 네?"

"그래. 오늘은 무슨 곡으로 할까."

밑천이 간당간당해서 하는 고민은 아니었다. 열두 살 꼬맹이를 상대로 사랑타령을 가르칠 수는 없으니 약간의 자체 검열 과정을 거칠 필요가 있는 것이다.

노래방 마이크를 잡으면 기본 세 시간이 대한민국의 평균이 아니던가. 더구나 고등학교 시절, 리듬감을 익히기 위해 배운 음악이었다.

한때는 기타에 미치기도 했으니 수백 곡이 메모리 된 상태, 기타가 생활의 한 부분을 차지했던 터라 선곡범위의 폭넓음은 남다른 바가 있었다.

게다가 다슬이 덕에 최신곡들과 테크노, 힙합 쪽에도 익숙했었고, 젊은 혈기 속에 십 년간의 비인간적인 생활에서 얻은 상흔들도 조금씩 묻혀가던 중이었으니.

'다슬이…… 잘 지내겠지?'

자연스레 생각이 다슬이에 미친다. 애써 잊으려한 이름이다. 그것이 사랑이라 규정할 만한 무엇인지는 그때도 지금도 확신할 수 없다. 품을 스쳐지나간 적지 않은 여인들 중에서도 그녀가 특별하게 여겨지는 것은 단지 최근의 인연이기 때문은 아니리라.

생의 대부분을 차지했던 무술 음악 과학, 그리고 또 하나, 다슬. 이제는 다시 볼 수 없는 이름일지니…… 어느새 눈시울이 젖어드는 현진이었다.

"오빠, 왜 그래? 더 이상 떼쓰지 않을게!"

"으응? 괜찮아. 아무 일도 아니야."

자책으로 등에 얼굴을 묻고 어쩔 줄 몰라 하는 마리의 음성에 현실로 돌아오는 현진이었다. 자기 탓이 전혀 아니건만, 마음씀씀이가 더욱 이쁘다.

"에구, 귀여운 것!"

"어머, 우~ 땀 냄새. 까르륵~!"

짐짓 밝은 미소를 지으며 달랑 들어 올려 '부비부비' 하고
빙글 돌리는 제논이었다. 싫지 않은 듯, 마리의 짤랑짤랑한
웃음이 즐겁게 숲을 울린다.
"흠, 어디보자. 그래, '진달래 꽃' 으로 하자."
"어떻게 부르는데? 빨리 가르쳐줘요!"
기대감으로 초롱초롱한 눈망울.
"이건 두 가지 버전이 있는데, 그중에서 오늘은 먼저."

나보기가 역겨워~ 가실 때에에는
말없이 고오이 보내드리오리다
강변에 험산 진달래꽃
아름 따다 가실 길에 뿌리오리다

현진이 알고 있는 두 가지 버전 중에서 가곡을 먼저 가르친
다. 고유명사만 살짝 개사했다. 물론 자동번역기는 거쳤다.
음악적 재능이 뛰어난 마리였다. 두어 번 불러주자 곡을 거의
그대로 따라한다.
'기타가 있으면 좋겠는데.'
잘 부르긴 해도 조금씩 음이 흔들리는 부분이 아쉬움으로
남는다. 피아노도 기타도 구할 길이 없으니 아까운 재능을 썩
히는 셈이다.
'아니지. 없으면 만들면 될 게 아냐?

그래, 기타도 만들어보자. 음계와 구조를 기억하고 있다. 핵심은 음을 증폭하는 소리통과 현(絃). 원하는 음색을 낼 수 있는 현을 구하는 것이 난관이겠지만 진동수가 다른 여러 줄들을 실험하고 그중에서 가장 기타음색에 가까운 것을 찾으면 될 터였다.

'뭐, 음색이 다르면 또 어때? 이 동네 방식의 기타 창시자가 되는 것도 괜찮겠지.'

그렇게 현진의 첫 번째 발명이 개시되려 하고 있었다. 마리의 고운 노래 소리와 함께.

나 보기가 역겨워어 가실 때에는~

이세계(異世界) 낯선 산하를 울리는 소월의 진달래꽃이 그리 어색하지마는 않다. 현진의 마음 깊은 곳 어딘가에 잠복하고 있던 주변인이란 인식이 조금씩 허물어지고 있기 때문인지도.

*   *   *

삐이꺽.

'으음…… 다섯 시 반인 모양이구나.'

위층의 아들 방에서 나는 들릴락 말락 한 기척에 잠이 깨어

버린 메를린. 이어 부스럭거리는 소리가 청각이 아닌 감각으로 느껴진다.

제논이 일어났다는 이야기다. 항상 이 시간이면 들려오는 인기척이기에 이젠 따로 시간을 체크할 필요도 없었다. 어느 날부터 알게 되었다. 매일 이 시간이면 제논이 운동하러 나간다는 사실을.

'나도 참……. 좋은 아내 노릇에는 이미 실패했고, 현명한 엄마 노릇마저도 실패한 셈인가?'

아들의 변화를 진즉 눈치 채지 못한 데에 따른 자조감이 먼저 든다. 돌이켜 생각하면 그때, 제논이 웬 쇳덩이들을 주문한 날부터 시작된 변화였을 것이다.

어려서부터 편식이 심했던 제논의 식사습관이 그 즈음부터 달라졌으니까.

그저 기상시간이 빨라졌다고만 생각했지, 그렇게 격렬하게 육신을 단련하는 줄은 생각지도 못했다. 이유를 아는 데까지 한 달여가 걸렸다.

그렇게 긴 시간 동안 아들의 변화를 모르고 지냈던 자신이 지금 와서 더욱 한심해지는 것이다. 일어나는 시간이 빨라지고 편식이 없어진 사실과 가혹할 정도의 운동사이의 상관관계를 전혀 매치시키지 못했다니.

'변화가 그것만은 아니지.'

김치라고 했던가? 어느 날 제논이 생전 처음인 요상한 요리들을 선보였다. 솔직히 처음에는 애들뿐 아니라 자신 역시 선뜻 손길이 가지 않았다.

그래도 메를린은 명색이 어머니였다. 사내자식이 음식재료를 주물러댄 것은 좀 못마땅했지만, 아들이 직접 발명한 요리라는데 맛은 봐줘야 할 게 아닌가.

의무감으로 입에 댔다.

그런데 웬걸? 좀 맵기는 했지만 감칠맛이 입안을 가득 채우는 게 그런대로 괜찮았다. 특히 두부김치가 그녀의 입맛을 사로잡았다. 삶은 두부를 김치에 쌈 싸서 한입 가득 채우면, 두부의 담백함에 매콤하고 아삭한 김치가 어우러져 그야말로 일품이었다.

배추김치나 깍두기만이 아니라 콩비지찌게도 이제는 이 집안에 없어서는 안 될 찬거리가 됐다. 늘 식탁에 앉으면 죽을 상을 짓던 폴도 식사시간을 즐겁게 기다리는 눈치다. 맵다고 잘 먹지 못하던 김치도 지금은 두부나 빵에 번갈아 얹어먹기까지 하며 좋아한다.

부수적으로 아이들의 성장도 두드러졌다. 아침에야 꿈나라를 헤매느라 제논의 운동을 따라하지 못하지만 오후부터는 제논의 뒤를 졸졸 따라다니는 애들이었다.

에어로빅이라던가?

그 망측한 춤사위의 명칭이?

여자애가 조신하지 못하게 손뼉을 반주삼아 허리를 막 흔

 제논 프라이어

들지 않나, 추파 던지는 천박한 무희들처럼 팔을 흔들어대지 않나, 다리까지 쩍쩍 들어 올리지를 않나. 보기에 좀 뭣하지만, 뭐 어떤가. 식구들끼린데.

더구나 애들 아빠가 세상을 떠난 후, 어딘가 그늘져 있던 아이들의 눈동자에 생기가 도는 것만으로 충분한 일이다. 솔직히 활기차게 다리를 올리는 동작들도 보기에 그리 나쁘지마는 않았다.

풍족한 영양공급과 충분한 운동이 성장기 아이들의 발육을 촉진시킨 결과는 매일같이 눈으로 확인됐다.

'즐거운 곳에선 날 오라 하여도~.'

언제부턴가 애들이 부르는 노래에도 익숙해져서 힘들고 피곤할 때면 메를린도 즐겨 흥얼거린다. 그것도 제논이 가르쳐줬다고 한다.

'우리 다닐 때는 배우지 못한 것인데, 요즘 학교에서는 참 재미있는 것들을 많이 가르치는구나.'

그녀도 프리-아카데미를 나왔다. 아카데미 진학에는 실패했지만. 어느새 꿈 많던 소녀시절로 돌아가는 그녀의 얼굴에 한가득 행복한 미소가 떠오른다.

변화는 또 있다.

식탁이 새로운 메뉴로 푸짐해지고, 그 원인이 가혹할 정도의 운동량에 있다는 것을 알고부터는 식비지출이 엄청 늘었다. 기껏 한 달에 한두 번 올리던 육류를 자주 올리는 것은 나름 자책의 보상이었다.

가뜩이나 남편이 저세상으로 떠난 후, 사업은 고전 중이고 수입은 지속적인 하향곡선을 그리는 상태라 생활비 충당마저 빠듯한 상황. 급격한 식비지출은 적자를 높이는 필연적인 결과였다. 하지만 저축한 돈을 야금야금 꺼내 쓰면서도 능히 감안할 수 있는 그녀였다.

하루가 다르게 생기발랄해져 가는 아이들의 모습을 보는 쪽이 훨씬 즐거웠으니까.

'휴우~ 모두 잘될 거야. 힘을 내야지.'

내리막길을 걷고 있는 사업에 생각이 미치자 한숨을 쉬는 메를린이었다. 걱정은 되지만 딱히 묘책이 있는 것도 아니지 않는가. 애들에게서 희망의 싹이 보이는 것 같아 그것으로 위안한다.

번쩍!

굳게 감겨 있던 제논의 눈이 떠지며 번갯불 같은 안광이 어둑한 공간을 가른다. 새벽 마나수련이 끝난 것이다.

'마나수련법이라…… 이렇게 피로회복 효과가 탁월하다니. 참으로 신기하단 말이야.'

단전호흡의 추상적인 면과는 달리 이제 현진에게도 상당히 구체적으로 다가오게 된 마나수련법. 첫 시도에서부터 괄목할 재미를 보아 매번 그 덕을 톡톡히 보고 있다.

원판에게 상당한 비중이었던, 아니, 최우선순위를 차지할 만한 기술이긴 했다.

가문의 숙원이 기사배출이었기에 어려서부터 수련해 왔는데, 재능의 한계를 절감하고 기사가 되겠다는 야망은 멀어졌지만 수련만큼은 멈추지 않고 있었다. 일반인은 배우고 싶어도 배울 길이 없으니 그만큼 유용한 점들이 많은 까닭이다.

마나수련법의 기초는 이렇다. 정좌를 하고 앉아 자석의 N극은 오른손 바닥에 S극은 왼손바닥에 들고, 중심어림을 배꼽아래 단전부근에 살짝 갖다 댄다. 그런 자세로 명상을 통해 마나라고 하는 어떤 특이한 흐름을 감지하는 것이 첫 번째 할 일이다.

일반적으로 재능이 있는 사람은 2~3년을 익히면 명상으로 마나의 흐름을 느낀다는데 제논은 열 살이 넘어서야 겨우 마나의 흐름을 느꼈다. 재능도 박약했고, 프라이어 가문의 열악한 마나수련법에도 원인이 있었다.

마나의 실체를 인식하게 되면 다시 수년의 수련을 거쳐 배꼽아래에 마나홀이란 것을 형성해야 한다.

마나홀이 형성되면 비로소 마나수련의 기초를 갖춘 것으로 간주한다. 제논은 14살 생일에야 갓 여기까지 수련한 상태였다.

기사가 되려면 기사예비학교에 들어가야 하는데 지원 자격 요건에 마나홀 형성이 포함된다. 문제는 기사예비학교는 열두 살까지만 입학이 허용된다는 점.

교육비도 장난이 아니다.

예비기사학교의 한 달 교육비는 프리-아카데미와 같이 30골드다. 거기에 여타 잡비명목으로 들어가는 비용을 추가하면 40골드를 상회한다. 평민으로서는 엄두도 낼 수 없는 천문학적 비용이 소요되는 것이다.

고가(高價)이긴 하지만, 전원 기숙사제로 운영되는 특색을 지녔기에 숙식비를 포함한 금액임을 감안하면 나름대로 타당한 학비였다.

학교 측으로써는 고급인력을 교사로 써야하니 인건비도 많이 들고, 생도들의 훈련강도가 높은 만큼 충분한 영양공급을 위해 식비지출도 만만찮았던 것이다.

아무튼.

마나홀의 형성을 성공하면 그 다음단계로 신체내의 신경망을 따라 마나의 흐름을 유도해야 한다.

기사를 지망할 경우엔 배꼽아래에 형성된 마나홀의 마나를 양손까지 유도한다. 마나 컨트롤이 능숙한 상급기사들은 검을 쓸 때 푸르스름한 방전현상이 일어난다는데 그 유도된 마나를 다시 마나홀까지 회귀시키는 경로형성을 '마나회로형성'이라 부른다.

마법사는 기사와는 달리 마나홀에서 머리꼭대기까지의 마나회로를 구축하여야 일 단계 마법사로 인정한단다. 이쪽은 뇌까지의 범위가 기본인데다 뇌기능과도 관계되기에 좀 더 까다로운 지식들을 필요로 한다. 그래서 수학과 과학을 강조하는 측면이 있었다.

'저릿하다.'

현진이 마나를 접한 소감이었다. 건전지를 혀끝에 댄 감각이랄까? 제논의 기억에서 처음 이 마나수련법이라는 것을 접했을 때는 일종의 초능력 개발 법으로 이해했었다. 그런데 막상 실행해 보니 그게 아니었다.

막연하게 기(氣)를 다루는 것이 아니라 구체적인 마나라는 것을 다루는 기술이었다. 그러니 실체가 있는 것이라 정의해야 옳으리라.

자석을 대고 있는 단전 어림에서 저릿한 감각으로 뭔가가 느껴지니 허상은 아닌 것이다.

전혀 새로운 지식에 대한 호기심 반(혹은 의구심 반), 육체를 빌려 쓰는 사람으로서의 예의 반으로 시작한 일이다. 마나에 대한 원판의 집착을 그저 묵살해 버릴 수만은 없었으니까.

제논이 수련하는 방식대로 명상에 들어 모든 감각을 마나홀에 집중했었다. 그런데 막상 마나홀에서 확연히 느껴지는 마나라고 하는 실체를 접했으니.

'그 다음이…… 이 마나라는 것을 척추 쪽 신경망을 타고 목 부분까지 유도하는 거였지?'

요령은 이렇다.

마나에 의지로 회전력을 가미하여 소용돌이 모양으로 나선운동을 시키고, 그것을 설정된 회로에 따라 운행시키면서 조금씩 새로운 길을 개척해 가는 것이다.

여기까지는 제논의 기억에 있는 그대로였다. 항상 하던 것이라 쉽게 되기도 했다.

'응? 왜 이렇지?'

예기치 않게도 기억과 다른 부분이 발생했다. 틀림없이 목 뒤까지만 회로를 만들었고, 거기까지 이르면 마나가 거의 사라진다고 원판은 기억하고 있었다. 그런데 목적지에 마나가 이르렀는데도 마나의 실체가 아직도 뚜렷하다.

'어떻게 할까?'

순간적으로 갈등이 일었다. 멈출 것인지 계속 진행할 것인지. 잘 모르겠으면 먼저 정보검색, 생활의 지혜다.

'아……'

원판의 기억세포에 메모리 되어 있는 프라이어 가문의 마나수련법에 의하면, 이러한 현상은 나쁜 일이 아니라 그 다음 진도를 나가도 된다는 뜻이라 했다. 다음 단계수련법에 대한 언급도 있었다. 그렇다면 머뭇거릴 이유가 없다. 현진은 대한민국 평균답게 고도리 정신에 충실했다.

못 먹어도 고(go)!

신기한 마음도 있었기에 어깨를 따라 손바닥까지 원판가문의 마나수련법에 따른 마나회로 건설에 즉시 착수했다. 그

랬더니 웬걸? 양손까지의 유도가 너무나 수월하다. 그러고 나서도 마나는 활력이 넘쳤다.

'에라, 모르겠다. 이왕 버린 몸, 다시 한 번 고!'

투고(two go)를 외치는 현진이었다.

성공이었다.

결국 마나홀에서 출발한 마나가 양손까지 갔다가 다시 마나홀로 돌아오는 완전한 회로망이 건설되었다. 원판의 기억으로는 엄청 어렵고 시간이 걸리는 작업이라는데 얼떨결에 일 단계를 성취해 버렸으니, 시험 삼아 가볍게 시도한 것치곤 아주 큰 성과였다.

'호오, 이거 정말 괜찮은데?'

어리둥절하기도 했지만, 체력단련으로 딱딱하게 긴장되어 있던 팔 근육이 그새 부드럽게 이완되어 있다. 원판을 통해 그런 효과가 있다는 것을 사전에 알고 있긴 했지만 긴가민가 했었는데, 최상의 피로회복제다.

피로회복과 근육의 유연성 강화에는 마나수련법이 최고의 비법이었던 것이다.

그날 이후로 현진은 마나수련의 운용을 새벽운동을 시작할 때의 일과이자 마무리 특활(特活)로 삼았다.

어떻게 원판이 그렇게 열성을 다해도 진도가 나가지 않던 수련이 순식간에 하나의 단계를 넘었는지, 지금도 궁금하기는 하다.

'짚이는 것이 있기는 하지만 확실하지는 않으니…… 어쨌든 오늘도 보람찬 하루를!'

나쁘지 않은 일인데 쓸데없이 발생 원인을 고민하는 것은 바보다. 어쨌든 체력단련 시간이 되었다.

그런데 날씨가 심상치 않다. 비가 오려는 모양새인데 진눈깨비라도 뿌릴 것처럼 시린 바람이 분다. 뒤늦게 꽃샘추위라도 닥치려는 건가?

현진은 당장 훈련메뉴를 시작했다. 변덕스런 기상상태를 일부러 기다려서 단련과정에 적용할 필요는 없었으니까.

*   *   *

아침부터 날씨가 좋지 않았다. 그러더니 결국 좁쌀 같은 눈비가 진열대까지 투둑투둑 들이친다.

지붕이 있을 리 없는 시장 통에서 장사를 하는 상인들에겐 정말 반갑지 않은 손님이었다. 야채랑 과일 등을 취급하는 상점들에겐 특히.

'휴우……'

한산한 가게 밖 거리를 내다보던 메를린도 벌써 몇 번째 한숨을 쉬는 것인지 모른다.

우중충한 기상 탓인지 오늘따라 더욱 기분이 저조하여 당최 기운이 나지 않는다. 오다가다 들르는 뜨내기손님마저 기대하기 힘든 날씨도 날씨지만, 진열하려다 안쪽으로 피신시켜둔 상품들의 상태도 상태지만, 더 큰 문제는 다른데 있었다.

'곧 제논의 생일인데.'

장남의 생일인데 챙겨줄 여력이 없었던 것이다. 물론 제논이야 제 생일이 다가오는 것을 기억하지도 못하고 있으리라. 단지 제 생일만이 아니라 날짜를 헤아려야 하는 그런 일에 있어 제논은 좀 둔감한 편이었다. 아마 이제껏 아이들의 생일을 신년 명절에 맞춰 한꺼번에 축하했기에 더욱 그러한 것이리라.

그러다 각자의 탄생일이 돌아오면 그때그때의 상황에 따라 조촐한 파티를 연다거나 아침저녁 식탁에서 선물을 주고는 했었다. 다른 집들도 보통은 경제적인 여유가 따라주느냐 아니냐에 따라 그런 식으로 아이들의 생일을 챙기는 편이었다. 그에 관한 원인이라면 뭐하지만, 교육도시인 토레노의 '입학' 시기 때문에 그랬다.

최초의 단체교육기관인 프리-아카데미와 기사예비학교. 12살이 되어야, 혹은 12살까지만 입학이 가능하다. 그런데 그 12살이란 기준을 세상 모든 아이들에게 똑같이 적용하긴 힘들지 않은가. 1월에 태어나는 갓난애들이 있는가하면 12월에 태어나는 갓난애들도 있으니까.

그래서 6월을 기준으로 6월 이전에 태어난 아이들은 신년을 계기삼아 1살을 미리 먹고, 7월 이후에 태어난 아이들은 다음해 신년 명절에야 제 나이로 인정받는다.

그렇게 일괄적으로 나이가 정해져서는 11월 말에 있는 입시에 응하는 것이다.

하지만 사실 그런 점들을 떠나, 남편이 별세한 후론 신년 명절마저 제대로 세지 못했다. 기우는 사업현황을 흑자궤도에 올려놓기는커녕 지난해든 올해든 예년수준에도 미치지 못하고 있으니.

근래 들어서는 아이들을 위한 식비지출과 같이 예정하지 않았던 가계지출에도 대담성을 보여 경제적인 여유가 더욱 없었다.

그런 판이니 내막을 눈치 채고 있든 아니든 제논도 아마 굳이 제 생일을 따로 챙겨주길 바라진 않을 것이다. 그러나 아들내미가 바라지 않는다고 어미 된 입장으로 아무것도 안 해주고 그냥 넘겨서야.

그나마 필히 기념해야 할 그런 날이 되면 수지가 극구 먼저 퇴근하겠다거나 하루 쉬겠다고 하여놓곤 힘닿는 선에서 최대한 신경 쓴 저녁상을 차려놓곤 했다. 그런데 가문의 장자인 제논의 올해 생일도 고작 그런 정도로 챙겨주고 넘어가야 할 형편이었으니.

물론 다른 때보다 넉넉하고 때깔 좋은 저녁상을 차려주는

것만으로도 제논은 만족해하겠지만. 제 생일임을 깨닫든 아
니든 고마워하겠지만. 그래도 어미의 마음이라는 것이.

'후우.'

휑한 공백이 도드라지기만 하고 있는 가게의 거래장부와
위태위태하게 지탱되고 있는 금전출납부의 잔액상황. 연달
아 한숨이 나올 수밖에 없었다.

그것도 누가 들을 새라 소리죽여 속으로 내쉬어야 했다. 몇
몇 남아 있지도 않은 주위 일꾼들의 사기를 마저 저하시켜버
리는 꼴이 될까 싶었으니.

'제논아, 미안하다. 내년엔 꼭…….'

결국 그렇게 혼자 다짐하는 메를린이었다.

Chap. 6
가업을 생각하다

가업을 생각하다

현진이 스스로 책정한 치밀하고 규칙적인 시간표에 따라 충실히 하루하루를 보내는 사이, 계절도 착착 지나고 있었다. 겨울북풍을 밀어낸 따사로운 봄볕이 온 누리를 비추던 것도 잠시, 이젠 슬슬 덥게 느껴졌고 일출마저 여름의 그것에 가까워지고 있었다.

그를 증명하듯 먼발치의 산등성이가 은근한 더위를 싣고 희뿌옇게 밝아온다.

'휴우~ 잘 안되네.'

정좌를 한 채 여느 날과 다름없이 아침수련에 임하던 차. 마나홀에서 두 팔에 이르는 마나회로를 단련하던 제논은 한

숨과 같은 심호흡을 토해냈다.

마나홀에서 출발한 마나의 힘은 마나회로를 도는 동안 소진되고 다시 마나홀에 돌아올 때는 미약해진다. 지속적으로 마나회로에 마나를 통과시키다보면 손실률이 줄어든다. 그 손실률이 30%이하가 되어야 비로소 마나를 활용할 수 있다.

하루 종일 마나수련만 한다면 성취가 빠를 것 같지만 꼭 그렇지만은 않다는 것도 체험으로 알았다. 마나를 느끼는 과정에서부터 막대한 정신력이 소모되기 때문이다.

이 정신력 강화를 위해 명상법이 마나수련법에 포함되는 것이다. 물론 수련할수록 속도는 빨라진다. 명상훈련을 통해 정신력도 강해지고 기하급수적으로 숙련도가 높아지는 것이다.

지금 제논의 마나손실률은 40%대 근처였다.

정해놓은 마나수련시간은 30분. 1회전에 들어가는 시간의 단축으로 여유가 생기자 회전수 증가를 위한 반복 수련에 투자했다.

처음에는 효과가 있었다. 회로를 일회전하는 시간이 더욱 감축된 것이다. 최초의 수련 때에 비하면 일회전에 걸리는 시간이 겨우 5분의 1정도일 뿐이다.

그런데 어느 날부턴가 더 이상 진전이 없다. 근 한 달간이나 마나 손실률도, 일회전에 걸리는 시간도 정체되어 있다. 그래서 근래에 다양한 변화를 시도하는 중이었다. 먼저, 회로를 타고 도는 1회전 마나의 양을 증가시켜 봤다.

프라이어 가의 마나수련법은, 마나홀에서 회로에 올려놓을 때 오른쪽으로 회전하는 가는 드릴 모양을 연상하며 이끌어내는 것이다.

마나가 이끌려 나오는 느낌도 그렇다. 일단 회로를 따라 마나를 돌리면 회로를 이루는 길이 조금씩 넓어지고, 그에 따라 이끌려 나오는 마나드릴도 두꺼워진다. 다양한 시도 결과 알아낸 사항들이었다. 결국 마나드릴의 두께는 부단한 노력과 시간만이 해결책인 셈이다.

오늘 수련한 방식은 회전하는 간격을 좁히는 시도였다. 이미지까지는 형성되었고, 마나홀에서 이끌어내는 것까지는 몇 번의 시도 끝에 성공했다.

그런데 그게 다였다. 통제가 되지 않았다. 한 번 더 시도해 보고 싶은 욕구가 없는 것은 아니지만 시간도 문제였고 정신력도 한계였다. 성과라면 최초 시도 때의 주먹구구식은 아니라는 정도였다.

'음…… 학교 갈 시간이군.'

그래도, 손에 든 자석을 내려놓고 자리를 일어서는 제논의 표정이 그다지 어둡지만은 않다. 첫 술에 배부를 수는 없는 법. 비록 실패했지만 가능성을 확인했다는 사실만으로도 충분한 것이다.

'근데, 수업을 꼭 들어야 하나.'

그동안엔 이 세상에 관한 뭔가 새로운 사실을 얻고자, 사소한 정보하나라도 놓치지 않고자 착실히 등교했었다. 그런데 갈수록 무의미한 노력으로 여겨진다. 의미야 만들면 되지만, 실은 학교생활이 그리 재미가 없었다. 기복이 너무 없어서 무료할 지경이었다.

교내외에 형성되어 있는 친교모임이나 스터디 그룹과 같은 자질구레한 모임들의 권유에도 매번 시큰둥했더니 이젠 아예 그런 초대조차 없다.

가뜩이나 사교성이 부족하여 같은 학급에서조차 친구라고는 없던 제논. 그마저도 현진이 육체를 접수하고 난 후엔 도를 더한 셈이다.

집안 식구들이야 매일 얼굴을 맞대다 보니 어느 정도 사교성을 발휘했지만, 학교 애들은 달랐다.

제논의 기억이 있다지만 성장환경과 문화적 차이에서 오는 장벽을 실감했을 뿐, 애초에 대화가 될 수 없었다. 거기에 나이차까지.

겉모습이야 엇비슷한 연령대의 십대 소년이었지만, 속은 팍삭 삭은 중년의 현진이 아닌가. 중학생쯤의 꼬맹이들과 쎄쎄쎄 하고 놀 군번은 아닌 것이다.

물론 처음에는 정보수집 차원에서 대화를 시도해 보기는 했다. 큰 기대도 없었지만 결국 얻은 것은 실망뿐이었다. 원판이 알고 있는 사항들을 크게 벗어나지 않는 고만고만한 수

 제논 프라이어

준이었던 것이다.

그렇듯 동급생들과의 교류가 별 의미가 없음을 깨달은 이 래로는 스스로의 세계에만 빠져 지냈다. 사실 학교생활은, 이 곳 세상에 대한 적응이 대충이나마 이뤄지고 분위기파악을 하자마자 미래를 위한 마스터플랜을 짜는 시간으로 바뀐 지 오래였다.

초기에 제논의 기억에만 의존한 정보력으로 기본적인 아 웃라인을 정했다면, 지난 5개월여의 기간은 현진의 시각으로 좀 더 세세한 계획을 입안한 것이다.

원칙은 하나.

해피한 삶을 누리는 것.

그러려면 세상의 흐름을 따라가는 수동적인 객체가 아닌 능동적인 주체가 되어야 한다. 흐름을 창출하는 것이 아닌, 수동적으로 끌려가는 막연한 생이란 현진의 삶으로도 충분하 지 않았던가?

설사 스스로가 정한 원칙을 오롯이 자신에게만 통용시키 려하더라도 외부와의 접촉과 마찰은 피할 수 없다. 그게 인생 이고 세상살이라고 배웠다.

그러니 어쩔 수 있나.

"학교가야지. 암! 오늘도 등교하고 만다."

체념에 가까운 결심. 결론을 내리자마자 재각 귀갓길의 메 뉴인 로드웍을 시작하는 현진이었다.

'그런데…….'

그런데 사실 등교여부가 문제는 아니다. 중속 정도에서 더 킹과 새도복싱의 형식으로 팔을 뻗었다 거두는 리드미컬한 동작의 반복 속에 현진은 생각했다.

마법을 포함한 고급정보의 입수를 위해서는 아카데미 진학은 틀림없이 '필수'였다. 그것은 이 도시를 떠날 수 없다는 핸디캡을 감안하고 일을 추진해야 한다는 뜻.

"흠, 무엇부터 손을 댄다?"

요 근래의 화두였다. 써먹을 지식이야 많지만 섣불리 손댈 수 있는 형편은 아니었던 것이다.

충분한 힘을 가지기 전에 특권층의 탐욕스런 레이더에 걸리게 된다거나하면 어찌 되겠는가. 그 순간 이미 운명은 스스로의 손을 떠날 것이다. 지킬 능력도 없이 보물을 가진 것은 죄가 되는 법이다.

그럼 지킬 능력을 기르려면? 첫째는 경제력이다. 재력을 키워야하는 것이다. 뭐니 뭐니 해도 머니(money)가 있어야 힘을 쓰는 법.

둘째는 수족을 만들어야 한다. 다굴에 장사 없는 법. 쪽수를 만들어야 하는 것은 당연하다. 그러려면 경제력도 받쳐줘야 하지만, 나이가 들어야하는 점도 있다.

사회적 동물인 인간이란 존재는 능력보다 연륜을 더 신뢰하니까. 사실 의외로 그런 편견이 옳은 경우가 많다. 하긴 경제력을 기르는 여건에 있어서도 어느 정도의 기간은 필히 필요하니, 그동안은 스스로의 역량확보와 주변의 신임을 얻는 것이 최선일 터였다.

15세 소년이란 입장은 집안의 신뢰를 확보하기에도 빠듯한 법이니까. 혹여 또 모르지, 빵빵한 집안을 배경으로 갖고 있었다면 알아서 따르는 수족들이 줄줄이 사탕으로 엮일 수도 있었겠지만. 심술궂은 조물주 덕에 그런 복도 없는 현진인 것이다.

"아차, 그러고 보니 빠뜨렸네."

스스로의 해피한 인생설계도 좋지만, 남의 몸을 공짜로 얻어 쓰고 있는 판이니 인간된 도리 삼아 기본적인 의무는 지켜야 할 것이 아닌가.

'세상은 '테이크 앤드 기브' 지.'

'되로 받고 말로 돌려준다.' 라는 가훈이 체화(體化)된 현진이었다. 일단 받았으니 돌려줘야함이 당연하다. 그런데 본인의 유고 시엔? 그 직계가족에게 돌려주는 것이 지당한 수순이다.

가업에 신경을 쓸 때란 이야기다.

프라이어 가는 사업이라 말하기에도 민망한 구멍가게 수준이긴 해도 엄연히 가업(家業)을 가진 가문이 아니던가? 집안의 신뢰만 확보된다면 의외로 일찍 최소한의 여건쯤은 일궈낼 수 있을지도 모른다.

배보다 배꼽이 크거나하여 앞으로의 장기계획에는 큰 도움이 되지 못할 수도 있으나, 경제적 안정성의 확보를 위해서라도 시도해 볼 만하다.

그렇지 않아도 모친 메를린의 얼굴에 걸핏하면 떠오르는 그늘이 상당히 걸리는 요즘이었다.

＊　　　＊　　　＊

"그러니까, 현(絃)을 구해달라고요?"

창고의 물건들을 마차에 싣는 작업을 끝내고 한숨 돌리려던 헤리슨. 불쑥 찾아온 제논이 부탁이라며 꺼낸 난데없는 말에 짐짓 의아해졌다.

"네, 현(絃)이요."

이 시각쯤이면 항상 아침운동을 끝냄을 알고 있었다. 그러나 땀에 전 제논의 얼굴은 천연덕스럽기만 할뿐, 헤리슨의 의구심을 선뜻 풀어줄 것 같지는 않다.

"가능한 다양한 종류로 부탁합니다. 동물의 털이나 힘줄로 만든 실뿐만 아니라 금속성분으로 만들어진 것들도. 길이는 약 2미터 정도가 적당할 것 같아요."

"예, 구해보도록 하지요."

용도가 궁금하기는 하지만, 꼬치꼬치 캐묻는 습관은 가지지 않은 헤리슨이었다.

가문의 아이들이 그를 삼촌처럼 대하고 안주인인 메를린도 고용인 이상의 대우를 해준다. 그렇다고 스스로의 본분을 망각할 정도로 어리석진 않았던 것이다. 더구나 전대 남작 역시 때때로 엉뚱하다 싶은 발상을 하곤 했었다. 시간이 지나면 다 알게 되는 것이다.

"그리고, 언제 차분히 시간을 낼 수 있을까요?"

"시간요? 저녁식사 후에는 그리 바쁜 일이 없으니 언제든 가능하기는 합니다만, 무슨 일로……?"

가문의 장자가 정색을 하고 시간을 내달라 요청하기는 처음이기에 더욱더 의아해진다.

"따로 알고 싶은 게 좀 있는데, 지금 묻기에는 여의치 않으니 가능하면 비는 시간을 내줬으면 합니다. 상세한 이야기는 그때 하지요. 괜찮을까요?"

"예에. 시간을 비워두겠습니다."

"그럼 저녁식사 후에 만나기로 하죠. 장소는 이곳으로 하고, 이번 주 내라면 좋겠네요. 그저 오랜만에 대화를 나누고 싶어서 그런 면도 있으니 행여 부담가질 필요는 없습니다. 괜찮지요?"

"예…… 그렇게 하지요."

"그러면 저는 이만. 수고하세요."

"네, 도련님."

용건을 마치자마자 활기차고 리드미컬한 동작으로 저택을

향해 뛰어가는 금발소년. 그런 제논의 뒷모습을 바라보는 헤리슨의 눈동자에 복잡다단한 감회가 어린다.

'으음.'

무엇이 알고 싶어서 시간을 내어달라고 하는 것인지 궁금하긴 했다. 하지만 그보다는 이제 다른 것에 더 신경이 쏠린다. 대화 중에 스치듯 느껴진 제논의 카리스마. 전대 남작의 얼굴이 오버랩 되었었다.

'아니, 혹시 그 문제로……?'

불현듯 떠오르는 전대 남작의 사망사실. 제논이 자신을 따로 만나 꺼낼 화제가 혹여 부친의 사망의혹은 아닐까? 만약 그렇다면 어떤 식으로 대화를 풀어가야 할지 난감한 문제다.

'며칠 뒤에 만나기로 했으니 그 사이……'

그사이 뭔가 제논의 관심을 돌릴만한 묘수가 생각날지도 모르고, 예상되는 반응을 타이를만한 훈계가 생각날지도 모른다.

미리 고민한다고 뾰족한 수가 생기지는 않을 터. 헤리슨은 제논이 사라진 방향에서 눈길을 거뒀다. 지금은 하던 일을 마무리 짓는 쪽이 더 급했으니까.

뒤뜰을 가로질러 주방 쪽으로 들어가니 애들의 아침식탁을 차리느라 분주하던 수지가 물어온다.

"아, 도련님, 이제 오세요? 얼른 식사하고 등교하세요. 근

 제논
프라이어

데 저, 창고 쪽을 거쳐서 오신거지요?"

"어, 네."

"그럼 혹시 거기서 우리 그이, 보셨어요?"

"네. 곧 올 것 같더군요."

"그래요? 서둘러야겠네. 마님 출근시켜드리고 집에 잠깐 다시 들른 것 같아서 새참을 좀 싸던 중이거든요. 그이도 그이지만 식욕이 없으신지 아침에 마님도 많이 드시지 못하더라고요. 여하튼 어서 식당으로 가세요. 마리 아가씨가 동생들과 기다리고 계세요."

"네……."

예의 마음에 걸렸던 어머니 메를린의 어둔 안색. 식욕이 일지 않을 정도였나 보다. 그 때문에 더욱 어떻게든 해봐야겠다는 생각을 하며 식당으로 향하는 제논이었다.

끼이익! 쿵!

"휴우~."

힘겹게 창고 문을 닫다가 무의식 중에 한숨을 쉬는 헤리슨이었다. 고아로 떠돌던 그를 받아준 사람은 작고한 전전 대 프라이어 가의 안주인이었다. 따뜻한 잠자리를 제공 받고, 하루 한 끼 얻어먹기도 힘들던 배고픔으로부터 해방된 것만도 당시엔 감지덕지였다.

그런데 언젠가부터 가족이나 다름없는 대우를 받고 있었

으니 프라이어 가에 대한 헤리슨의 애정은 각별한 바가 있었
다. 삼촌처럼 대하며 존대를 해오는 가문의 아이들에게조차
한번도 평대를 한 적이 없다.

쌓인 정이 모자라기 때문이 아니라, 프라이어 가에 의탁하
기 전에 이미 모진 세파를 겪은 덕으로 세상물정을 잘 알기에
그랬다.

동갑인 전대남작과 동무하며 자랐지만 스스로의 본분을
잊지 않은 것은 그 때문일 것이다. 아무튼, 지금 그가 한숨을
내쉬는 이유는 혼자 닫기엔 버거운 육중한 창고 문을 닫느라
힘들어서가 아니다.

매번 창고를 점검할 때마다, 기울어가는 가업(家業)의 현황
을 고스란히 대변하는 내부의 풍경을 접하는 탓이었다. 그럴
수록 친구이자 고용주였던 전대 가주(家主)의 생각이 간절해
진다.

'이대로 영영 끝나는 것은 아니겠지…….'

거대한 내부가 거의 텅 비어 있는 모습은 차라리 을씨년스
럽기까지 하다. 빈상자만 먼지가 덮여 군데군데 쌓여 있는 상
황. 어차피 뭔가 쌓아 둘 것도 없는 내실(內實)이 2년 가까이
나 계속 되었다. 관리를 포기한 안쪽엔 드문드문 잡초마저 보
이는 듯하다.

그래도 이쪽 창고는 입구에나마 몇 상자의 과일이 있지만
저쪽의 네 개 동은 지붕도 얹지 못한 채 벽과 지붕 골조만 완

성된 상태로 방치되어 있는 것이다. 가슴 아픈 기억이 떠올라 들여다보지도 않은지 오래다.

비상을 꿈꾸던 시절이 아득하기만 하다. 이 창고도 넓은 느낌인데 짓다만 네 동은 각각의 규모가 이쪽의 세 배는 되었으니, 관리할 엄두조차 나지 않는다.

'잠깐 가서 들여다볼까?

아니, 보지 않아도 뻔하다. 밭으로 사용하던 곳이니 바닥은 무성한 풀들로 뒤덮여 있을 것이다.

전대 프라이어 남작이 세상을 떠나던 해의 상황으로는, 이쪽 창고 하나면 넉넉하지는 않아도 그럭저럭 꾸려나가기에 무리는 없었다.

의욕 넘치는 친구이자 고용주였고, 그만한 능력도 있었다. 맨손이다시피 시작하여 과일과 채소 종목에서는 도시에서 열 손가락 안에 들어가는 규모로 키웠었으니 말이다. 성실과 신용, 그리고 남작의 탁월한 대인관계가 어우러져 거래처는 기하급수적으로 늘었었다.

그것을 바탕으로 마지막 가던 해엔 야심만만하게 사업 확장을 추진하던 차이기도 했다. 이쪽 계통의 꽃이라 불리는 곡물사업에 손을 댈 계획이었던 것이다. 그 일환으로 저 창고들을 지었다.

과일과 채소는 장기보관이 어려워 소규모일 수밖에 없고 그리 큰 창고도 필요가 없었으나, 곡물은 경우가 다른 것이다. 장기 보관이 가능한 만큼 충분한 저장 공간 확보가 필수니까.

제반 여건을 검토한 결과 승산이 확실하다고 여겼기에 그리 소출이 크지 않던 밭뙈기를 과감히 갈아엎고 창고를 지었다.

장기보관에는 문제가 될 수도 있다는 염려를 하기도 했다. 햇빛이 잘 드는 곳이라 따뜻했으니까. 하지만 그래도 통풍이 좋은 곳이고, 동일한 입지여건으로 사용 중이던 원래의 이쪽 창고에 별 문제가 없었기에 괜찮을 것이라는 계산으로 강행한 작업이었다.

"그때, 내가 갔어야했는데……."

때늦은 후회를 입에 올리는 것은 전대 가주의 그늘이 그만큼 크다는 것을 의미하리라.

생각할수록 회한이 든다. 한창 창고 짓는 작업을 하던 중에 신규업종의 계약체결을 위해 인근 지역으로 출장을 가야할 일이 생겼었다.

거기서 예의 사단이 났다. 고대하던 계약소식을 대신해 남작은 한줌의 재가 되어 돌아왔다.

사고라 했다.

목적지 인근의 마을에서 하루를 유(留)하던 중에 변을 당했단다. 갑자기 내린 폭우로 저수지가 터져 그 마을 전체가 수몰되는 대형 재해였다고 한다.

 제논 프라이어

믿기지 않았다. 그때나 지금이나 믿기지 않는다. 그렇듯 허무하게 갈 줄은 누구도 몰랐다.

치안이 그렇게 불안한 지역도 아니었고, 가문의 숙원을 이어받았기에 어려서부터 익힌 검술실력도 녹록치 않았다. 기사가 되기에는 부족했지만 중급 용병 한둘은 거뜬히 찜 쪄 먹을 수 있는 검술기량을 지녔었다.

그래서 따로 호위용병을 구하지도 않았었다. 떠날 때는 그렇게 건강하고 활기찬 모습이었으나 돌아온 것은 뼛가루 뿐일 줄이야, 누가 알았겠는가?

당연히 공사는 중단되었다. 짓다만 창고라 벽과 천장 골조만 완성되어있을 뿐. 지붕도 올리지 못했고 바닥은 잡초를 제거하고 그저 평평하게 고르기만 했었다. 물건이 들어오면 나무로 틀을 만들 예정이었기에 다지지도 않은 상태 그대로 지금껏 방치되었다.

'그는 그때가 가장 빛났었어.'

촛불은 꺼지기 전이 가장 밝다고 하던가? 아마도 그랬던 것 같다. 헤리슨의 낯빛에 암울함이 짙어만 간다.

그런데 그때.

즐거운 곳에서는 날 오라 하여도~

구릉을 넘어 저택 쪽에서 들려오는 은은한 노랫소리. 마리

의 맑고 경쾌한 음성이다. 무심결에 따라 흥얼거리는 헤리슨
의 얼굴에 고뇌가 걷혀져 간다.

'그래, 힘들어도 조금만 견디면.'

생동감 넘치는 프라이어 가문의 자손들이 있는 한!

'다시 일어설 날도 틀림없이 올 거야.'

날이 갈수록 제 부친을 빼닮고 있는 제논을 생각하면 그 희
망도 그리 멀지만은 않게 여겨진다. 카리스마 넘치던 조금 전
의 모습은 영판 전대 남작의 전성기 시절 그대로가 아니던가.
부정적인 잡념을 떨쳐 버린 헤리슨은 짐마차에 올라 힘차게
고삐를 잡아챘다.

*   *   *

"훅! 훅~!"

살랑대는 바람결을 따라 녹색으로 일렁이는 들길을 가르
며 구보에 열심인 현진. 꽤 먼 거리를 상당히 빠른 속도로 주
파했음에도 호흡 하나 흐트러지지 않았다.

촌각을 아껴 체력단련에 전력을 기울인 효과다. 삭풍에 헐
벗은 이 길을 달린지도 어느덧 세 계절이 지나고 있지 않은
가.

얼어붙은 땅을 비집고 돋아났던 연초록 새순이 지금은 짙
은 녹색으로 탈바꿈했다. 그 시간의 흐름만큼 현진의 체력단

련 또한 깊어진 결과인 것이다.

원래 오늘은 헤리슨이 퇴근하는데로 독대할 예정이었다. 그에게 둘만의 면담을 청한 것이 벌써 지지난 주의 일이다. 하지만 피치 못하게 계속 미뤄왔었다. 날만 잡으면 훼방꾼처럼 쏟아지는 소나기나 폭우 때문에 어쩔 수가 없었다. 장마는 아직 아니라는 의견이 대세던데 참 거치적거리는 기상이다.

그나마 오늘은 화창하여 고대하던 쇠뿔을 뽑을 수 있겠거니 했더니만, 갑작스레 전갈이 왔다. 가게에 일이 생겨서 조금 늦어진다고 한다.

'뭐, 조금 늦어지는 정도야 괜찮지만.'

호랑이 장가가듯 불쑥불쑥 비만 안 쏟아지면 된다. 아무튼 그렇게 덤처럼 생기곤 하던 여유시간.

매일매일 규칙적으로 임하는 정규메뉴를 제외하고도 하늘이 무얼 뿌리든 기회만 닿으면 항상 그래왔듯이 체력단련에 투자한 터였다. 그러한 열성 덕에 불과 수개월 만에 이만한 성과를 얻은 것이리라.

"훅! 훅!"

멀리 언덕배기 너머로 창고의 지붕이 보인다. 풍우에 시달려 빛바랜 그것이 석양빛을 맞을 채비를 하고 있다. 간략하게나마 분명 저녁운동을 하는 중인데, 해의 길이가 참 많이 길어졌다.

전갈대로라면 아마 헤리슨도 곧 도착하리라.

‘아······.’

갑작스런 물건입고로 약속시간을 어기게 됐는데 서둘렀음에도 역시 늦어버렸다. 그러나 창고 앞에 도착한 헤리슨은 이내 지각한 사실을 잊어버렸다.

우아하도록 유연한 동작으로 체조에 열중하고 있는 제논을 발견했던 것이다. 동작의 유려함이 마치 춤사위를 보는 듯 아름다워 그루터기에 엉덩이를 걸치고 조용히 감상했다.

“오셨습니까?”

“아, 네.”

시각이 가져다준 여운에 너무 깊게 취했었나 보다. 제논의 인사에 퍼뜩 정신을 챙기는 헤리슨이었다.

“오래 기다리셨지요.”

“그러네요. 계속 비 때문에 지연됐으니.”

“하하, 그러고 보니 그러네요. 그런데, 운동은 끝내신 건가요? 제가 방해한 것은 아니죠?”

방해는 무슨 방해냐는 눈빛으로 다가온다. 근데 오늘따라 그런 제논의 모습이 왠지 모르게 낯설다. 성숙해진 느낌이랄까? 벼르고 벼른 이번의 면담이 아니더라도, 예전엔 종종 저녁식사 후에 산책도 같이 하고는 했었는데. 바빠서였는지 그동안 서로 격조했다. 바람결에 흩날리는 금발이 황혼에 반사되어 눈부시기까지 하다.

 제논
프라이어

"어차피 오늘 저녁운동은 간단히 끝내려고 마음먹고 있었으니까요. 그보다, 헤리슨 아저씨."

"네, 상의하실 일이 있다 하셨지요? 어떤 일이신지…… 아, 도련님도 앉으셔야죠. 자리를 옮겨야겠습니다."

"저쪽으로 가지요."

고개를 끄덕인 헤리슨은 앞장서는 제논을 스스럼없이 뒤따랐다. 그런데 그러다 보니 자신과 소년의 키 차이가 확연히 느껴진다.

'그새 엄청 컸구나. 일 년 전만해도 나랑 비슷했는데. 지금은 나보다 5~6센티미터는 더 크겠어.'

평소에도 잘 자란다고 생각은 했지만 막상 나란히 걷고 보니 신장의 차이가 실감난다. 단지 키만이 아니라 딱 벌어진 어깨하며 균형을 이루고 있는 상체와 하체도 웬만한 성인의 몸집을 능가하고 있다. 키가 크기에 상대적으로 왜소해 보였을 뿐, 탄탄한 신체였다. 일종의 위압감마저 들 정도로.

"여기가 좋겠네요. 앉으세요, 헤리슨."

"네, 도련님도 앉으십시오."

그렇게 마주하고서야 드디어 본론으로 들어갈 수 있었다. 그러나 헤리슨은 제논의 첫마디에서부터 머뭇거림을 보여야 했다. 전의 우려는 그저 기우였다.

그건 차라리 다행스런 일이었지만 전혀 준비가 안 된 질문을 해온다.

“요즘 가게에 무슨 안 좋은 일이 있는 겁니까?”

“……그저, 그렇지요.”

매출감소를 피부로 체감하고 있었기에 괜찮다고 호언할 수가 없었던 것이다.

과일과 채소는 신선도가 생명이다. 예전에는 대량으로 구매하고 대량으로 판매되었으니 신선도를 맞출 수 있었다. 팔고 남아 신선도가 떨어지는 물품은 과감히 빈민촌에 나눠주고 새로 수확된 싱싱한 물건들을 들여다 팔았다. 매출의 규모가 커서 그렇게 하고도 충분히 수지타산을 맞출 수가 있었다.

그런데 지금은 그럴 여유 따윈 없으니, 가게에서 판매하는 물건 자체도 그리 싱싱하지가 않다. 그 결과 가게를 직접 찾는 손님들마저도 줄고 있는 추세.

대량 판매처가 있었던 당시엔 제철이 되기 전에 미리 농장들과 계약을 체결해 신선도 높은 공급처를 확보할 수 있었다. 하지만 이젠 도시에 들어온 물품만을 구입해야 하니 최초로 가게에 들여오는 물품의 상태마저 하늘과 땅만큼의 차이가 나는 것이다.

큰 거래처들부터 거래가 끊기는 것은 당연했다. 즉, 제품의 품질이 떨어지고, 마진구조마저 열악해진 상태. 설상가상 판매처와 구매처마저 등을 돌리고 있으니 출로가 보이지 않는 암담한 상황이었다.

“왜 무슨 말이라도 들었는가요?”

 제논
프라이어

"아니요. 다른 누구에게 특별히 들은 말은 없는데, 어머님의 안색이 날로 어두워지는 거 같아서……."

비록 열다섯 풋내기의 탈을 쓰고 있기는 하지만 실제의 나이를 감안하면 메를린과 그리 세대차가 크지 않은 현진이었다. 그런데도 언젠가부터 어머니라는 호칭에 전혀 어색함이 없다.

어쩌다 마주치는 눈길 속엔 차고 남아돌아 흘러넘칠 것 같은 깊은 애정이 담겨 있었다. 잠결에도 거의 매일 방을 다녀가는 사실 또한 알고 있다. 예전에 현진일 때, 어머니가 그랬듯이.

인간의 성(性)을 남성과 여성 두 가지로 구분하는 이분법(二分法)은 틀렸음이 자명하다.

인간의 성별은 여성과 남성, 그리고 모성(母性)으로 구분해야 마땅한 것이다. 거기에 하나 더 덧붙이자면 부성(父性)도 있긴 하겠지.

처음엔 메를린의 안색이 어두운 이유가 남편을 여읜 탓이려니 생각했다. 아니, 실은 무의식적으로 방어기제(defense mechanism)가 작동하여 원인을 알려는 시도를 애써 외면했다는 것이 옳으리라.

낯선 이 땅에서 살아남을 최소한의 육체적 컨트롤을 꾀하는 것이 최우선 과제였으니까.

그러나 이제 신체적 능력에 어느 정도 자신이 생겼고, 학교

생활을 통해서도 이 세상의 구조를 대강이나마 파악도 했기에 주변을 살필 여유가 생겼음이다.

수신제가 치국평천하(修身齊家治國平天下)라 했다. 수신(修身)의 기본은 닦았으니 제가(齊家)에 신경을 쓸 단계가 아니겠는가.

"호황은 분명 아닙니다만, 그럭저럭 돌아가고 있는 상황입니다. 그러니 도련님은 크게 신경 쓰지 말고 아카데미 시험 준비만 열심히 하시면 됩니다."

아카데미를 나온다는 것은 확실한 안정을 뜻한다. 수입에서 신분적인 부분까지 모든 이들의 시선과 대우가 달라지는 것이다.

입학만으로 이미 실질적인 상위 계층으로의 진입을 보장받음을 의미하는 것이니 더욱 그렇다. 그래서 판에 박은 조언처럼 열심히 공부하라 이르긴 하지만, 그렇다고 제논이 진학에 성공하리라고 기대하는 사람은 프라이어 가문 내에 아무도 없었다.

그도 그럴 것이, 프리-아카데미에서 황립아카데미에 진학하는 비율은 불과 10%미만이 아니던가. 고액과외와 같은 특권을 누리다 막판 뒤집기 식으로 들어가는 실권자들의 자제를 감안하면 더욱 좁은 문이었다.

귀족들이 설립한 사립 아카데미들은 영지귀족이나 수도권 유력가의 자제가 아니라면 입학한 전례가 없으니 아예 논외

 제논 프라이어

였고.

'시험 준비라.'

물론 현진도 잘 아는 사실이다. 하지만 웃어른으로서 해오는 헤리슨의 충고에 별다른 내색은 하지 않았다. 특이하게 이쪽 동네 입시 반은 시험이 없다. 스트레스는 한번이면 족하다나 뭐래나.

즉, 프리-아카데미 3학년 말의 성적이 공식적인 최종성적이 되는 셈. 당시 제논의 성적은 중상위권이었다. 아카데미 합격권은 머나먼 곳에 있다는 뜻이다.

그래서 근래 제논이 체력단련에 전력하는 것을 그냥 지켜만 본 것일 수도. 프리-아카데미만 그 정도 성적으로 졸업해도 먹고살 걱정은 없으니까. 프리-아카데미를 나온 사람도 상당한 대우를 받는 세상이었다.

"물론 어른들이 어련히 알아서 하시리라 믿습니다. 제가 안다 해도 별 도움이 되지 못하리란 점도 알고 있지요. 하지만 자식 된 도리로 집안형편에 대해 좀 더 정확한 상황을 알고 싶은 마음입니다. 어머니의 수심이 날로 짙어지는 이유 정도는 알고 있어야하니."

"그건 그렇지만……. 그래도 어차피 도련님이 해결할 수 있는 일이 아닙니다. 지금은 그저 공부에 매진하는 것이 모두를 돕는 최선의 길입지요."

궁색하지만 나이 든 사람만이 가지는 전가의 보도. 그러나 헤리슨은 직시해 오는 제논에게서 은연중 발산되는 위압감에 저도 모르게 시선을 피했다.

"가업의 문제잖아요. 집안을 이어야 할 장남으로서 꼭 알아야하는 권리이자 의무라고 생각합니다."

"그건 그렇지만."

"아저씨가 내 경우라면 공부에 집중할 수 있겠어요?"

역지사지를 강조하는 되물음.

결정타였다. 연유(緣由)를 반드시 알아야겠다는 의지도 확고히 깃든 말투다. 그런 단호한 결심이 온몸에서 풍겨 나와 사위를 압도한다.

"그렇게까지 말씀하시니…… 말씀은 드립니다만, 그냥 그렇다는 정도만 알고 있으세요."

무릇 설득이란 말주변보다 분위기로 하는 것이 효과적임이 증명되는 순간이었다. 현진은 흔쾌히 고개를 끄덕였다. 결국은 그렇게 슬슬 말문을 여는 헤리슨.

"사업이 좀 어려운 상황입니다."

"얼마나 어려운 상황인가요? 조금 어려운 정도로는 어머니가 저러실 리가 없지 않습니까."

"실은, 상당히 어렵습니다. 일꾼들이 한 손에 꼽을 정도밖에 남지 않았는데, 그마저도 한두 명은 더 감축해야 수지타산을 맞출 수 있는 지경이니까요."

"부진의 원인은 파악되었나요?"

"파악이야 했지만 대책이 없다는 게 문젭니다. 아니, 대책을 알고는 있지만 현재의 여력으로는 취하기가 불가능해요. 손 쓸 방법이 거의 없는 셈이지요."

"어떤 이유인가요?"

"……가게의 주 품목은 과일과 채소류들입니다."

"네, 그건 알고 있어요. 신선도가 생명이고 장기보관이 거의 불가능한 품목들이라는 것도."

"그 신선도가 문제입니다. 신선한 물품을 공급하려면 근교의 농장들과 미리 공급계약을 맺어야 하지요. 이맘때면 가을 품목에 대한 계약을 체결했어야 하는데."

"그렇군요."

일종의 밭떼기를 말하는 모양이다. 저쪽 동네에서도 그런 이야기를 들은 적이 있었다.

어차피 피상적으로 주워들은 수준이기에 헤리슨의 말들이 딱히 가슴에 와 닿지는 않는다. 하지만 어렵사리 말문을 연 상대의 신명을 위해 맞장구치는 현진이었다. 추렴은 대화의 중요한 요소이자 요령이니까.

잘 모르는 내용이라도 적절한 타이밍에 간간이 맞장구를 쳐서 화자(話者)의 흥을 돋워야 이야기가 술술 잘 풀리는 법이다.

"이 업종에서의 핵심은 작황에 대한 사전 예측력입니다. 예측의 실패는 수익률의 저하를 가져오고 손실로 직결되는 경우도 자주 있는 일이죠. 작황예측이 정확해야 차후 수확기의 가격을 예상할 수가 있고, 더 많은 차익이 생기는 계약을 체결할 수가 있거든요."

"작황을 정확히 알려면…… 기후의 영향이 크니 수확기에 가까울수록 정확도는 높아지겠군요?"

"그건 그렇습니다. 문제는 경쟁업체들에게도 마찬가지니까, 얼마나 빠른 시기에 정확한 예측을 하느냐가 관건이지요. 일반적으로는 파종기가 갓 지나자말자 근교 농장들을 대상으로 미리미리 사전계약을 체결해 놓는 것이 이 업계의 관행입니다. 예측에 자신을 가지지 못해 미적거리다가는 가깝게 위치해 있는 농장들의 대부분은 다른 업체들과 먼저 계약해 버리거든요."

"그럼……?"

"그렇게 되면 막상 가을이 되어서 그 품목이 시장에 나올 때면, 우리는 운송거리가 먼 지역에서 구입해야 하니 신선도가 떨어질 수밖에 없지요. 아니면 유통과정을 한 단계 더 거친 물건을 비싼 가격으로 구입해야 하니 마진이 아주 박해지고요."

"우리도 미리 계약하면 되지 않나요?"

"원래 작황예측은 전대 남작께서……."

아차! 헤리슨은 잠시 말꼬리를 흐렸다. 이야기가 결국 전대 남작에 관한 것으로 흘러버린다. 하지만 역시 상대소년의 현

 제논
프라이어

재 관심사는 전대 남작의 사인(死因)이 아닌, 사업부진 쪽이
었다. 그래서 면담 시작할 때 그랬던 것처럼 헤리슨은 안도감
을 떠올리며 말을 이었다.

"원래 도련님의 부친께서 최종예측을 내리셨던 터라, 일차
적으로 문제가 생겼던 게지요. 예측력의 부정확성도 문제지
만 망설이다가 그만 계약 타이밍을 놓친 경우도 있었고요. 작
년부터 꾸준히 그런 식으로 실패를 거듭하고 있는 형편입니
다. 이번 여름 품목도 사전계약을 못했고 그 결과 고전 중인
거지요."

"사전계약을 주저한 다른 이유는 없고요?"

"그 외의 다른 여러 문제도 얽혀 있긴 하죠. 자금력이 모자
란다는 문제도 있고. 판로에도 문제가 생겨서 강력하게 계약
을 진행하지 못하는 것이기도 하고."

결국 '자금'이 문제인가 보다.

"작황예측의 실패를 대비해, 여러 농장들과 각기 다른 조
건으로 사전계약을 체결해 왔었지요. 그래야 품목도 다양해
지고 위험이 최소화 되니까요."

"자금력에 기대어 위험을 분산시킨다는 뜻이군요."

"네, 그렇습니다."

일종의 포트폴리오를 이야기하는 모양이다.

어느 한쪽에서 손해를 보더라도 다른 품목에서 더 큰 이득
을 얻으면 되는 것이고. 한 농장에서 하나의 품목만 생산하는

것은 아니니 해당농장에서 나는 다양한 품목을 동시에 매입한다는 뜻.

그렇게 되면 불필요한 품목도 계약해야 할 경우가 생기니 거기서 판로가 중요해진다는 얘기다. 거래처가 많다보면 그런 품목도 처분할 길이 있을 테니까.

"그래서 판로문제가 대두된 거죠. 물론 거래처 확보라는 것은 어떤 장사에서든 기본적으로 적용되는 사항이기도 하지만, 예를 들어 가을에……."

만약 가을에 사과가 풍작을 거두게 되면 공급과잉으로 가격이 떨어지게 되고, 그로써 사전계약의 예측실패도 되니 역시 손해를 보게 된다. 하지만 판로가 충분하다면 원금의 일부쯤은 건질 수 있지 않겠는가. 그런데 문제의 그 판로가 부족한 입장이라면 기존의 판로까지 막힐 위험이 커져 버리니.

"음, 그렇군요."

"네, 그런 겁니다. 고정거래처가 적어서 팔 만한 곳이 아예 마땅치 않은 상인들은 통째로 손해를 보지만 판로가 충분한 상인들은 차액만 손해를 보니까요. 그런데 우린 지속적으로 판로가 줄어들고 있는 마당이니 상황이 점점 나빠지고 있는 거죠."

현진으로서도 골치가 아파오는 이야기들이었다. 제대로 이해하고 있는지조차 불분명하고, 듣는다고 뾰족한 수가 생길 것 같진 않지만 고개를 끄덕이며 맞장구친다.

 제논 프라이어

"큰일이네요."

"게다가, 소비자들은 항상 다양한 상품을 싼 가격으로 구매하고 싶어 하는데, 우린 그런 욕구를 감당할 수 없으니 갈수록 산 너머 산을 겪고 있는 게지요."

일종의 빈곤의 악순환인 듯하다.

다양한 품목을 기준으로 작황에 따른 원가를 예측해야 하고, 그 리스크를 최소화하기 위해선 풍족한 자금력을 필요로 한다는 뜻이었으니.

"그럼 그게 전부인가요?"

"세세한 이야기까지 하자면 더 길어지겠지만, 핵심적인 문제는 말씀드린 게 전부인 셈입니다."

"대책은? 아까 대책이 있긴 하다 말씀하셨죠?"

"대책이야 세울 수 있었습니다만……."

말꼬리가 늘어지는 것으로 보아 자신이 없는 모양이다. 그래도 내친김에 들어야 한다.

들어봐야 역시 도움이 될 묘안이 떠오르지 않을 수도 있겠지만, 대화란 것은 원래 화자(話者) 스스로의 생각을 체계화시키는 역할도 큰 법. 혹시 아는가, 말하는 도중에 헤리슨 스스로 좀 더 나은 해법을 구할는지.

"어떤 대책인가요?"

"일단 예측과 사전계약에 최선을 다해야 합니다만. 내년부터는 저쪽 창고 부지를 헐고 다시 농사를 지을까합니다. 예전이라면 저 정도의 밭뙈기에 작물을 키워봤자 그리 보탬이 되지 않았겠지만, 지금은 거의 시내상점에서의 직거래 매출에만 의지하고 있으니 일부의 채소류는 구입하지 않아도 될 테니까요."

아래쪽의 짓다만 창고들이 대상이었다. 고육지책(苦肉之策). 결국 규모에 맞춘 원가절감법이다. 가뜩이나 빠듯한 인력상황이니 가게에서의 직거래에만 기대서는 더욱 매출이 감소할 텐데.

그러나 역시 맞장구치는 현진이었다.

"하긴 지금이라면 지력도 어느 정도 회복되었겠군요."

"아마 그럴 겁니다."

땅을 갈면 원가를 거의 들이지 않은 식자재를 직접 생산해서 팔수 있을 테니 다른 상점들이나 소규모 농가들보다 유리하긴 할 것이다. 꽤 넓은 편이니 지력만 회복되었다면 의외로 큰 도움이 될 수도 있을 것이고.

그러나 또 문제는, 이 세계의 일반적인 농법이 삼부작인데 저 땅들은 지력이 나빠 이부작을 하던 곳이었다는 점. 그나마도 소출은 평균에 미달했던 것으로 원판은 기억하고 있었다.

'훗, 비닐하우스라도 있으면 대박 나겠구나.'

답답함의 반증인가.

선뜻 묘안이랄 게 떠오르지 않아서인지 쓸데없는 망상이 고개를 든다. 덩그러니 골조만 세워져있는 창고들이 꼭 비닐

 제논 프라이어

하우스 단지를 생각나게 했던 것이다. 그렇지만 지금의 화학 수준으로는 석유화학 산업이 자리 잡기까지는 머나먼 꿈속의 일일 터.

자신에게 백작가 정도의 대규모 영지라도 맡겨지면 금생에도 가능할 일이겠지만.

농사에 대해서 아는 것이라고는 중고등학교 때의 농업과목이나 역사과목을 통해서 배운 것이 전부. 머릴 쥐어짜 봐야 획기적인 뭔가가 생각날 것 같지는 않다.

'아니지……'

십 년의 특수한 생활을 마치고 민간인으로 돌아갔을 때, 손에 배인 피 냄새를 없애려고 유기농 주말농장을 경험한 적이 있기는 했다.

화학적 소양에서 비료를 만드는 방법 등, 농법에 도움이 될 사항들도 실은 꽤 알고 있었다. 하지만 산업기초가 전혀 없는 이 세계에선 실질적인 조력이 되지 못하니 요원한 일이다.

'아니, 아니야. 뭔가……'

뭔가 놓치고 있다. 뭔가 할 수 있는 일이 분명 있을 것인데, 그게 무엇인지 당최 가닥이 잡히지 않는다.

구체적인 실체는 보이지 않고 떠오를 듯 말 듯 머릿속을 뱅뱅 맴돌기만 한다. 헤리슨도 막막하기만 한지 이제 더는 말이 없다.

찌르르. 찌르르.

　현진도 헤리슨도 각자의 생각 속에 침잠하니 풀벌레 소리
만 공허하게 정적을 깬다. 그렇게, 제논이 처음으로 트레이닝
을 땡땡이친 기록적인 밤이 깊어가고 있었다.

Chap. 7
이 동네에서의 첫 사업

이 동네에서의 첫 사업

"그러니까, 버려진 유리와 석회를 구해달라고요?"

"네, 최대한 많이. 많으면 많을수록 좋겠습니다. 병 유리로 모양낸 것 말고 창유리 형태로 된 것으로."

"……."

하교 후 곧장 시내에 들러 가게를 찾아온 제논. 대낮의 햇살을 등지고 있어 금빛 후광을 두르고 있는 것처럼 눈이 부시다. 이곳 거리의 장사하는 상인들을 기준으로 구축된 모임에 나가서 메를린은 자리에 없었다. 그래서 헤리슨이 대신 제논을 맞았다.

"흠집이 있어도 된다고요?"

"네, 창문용으로 버려진 것들이라도 상관없어요."

"그럼 구하기 어렵진 않겠습니다."

사실 그리 어렵지 않은 부탁이었다. 토레노는 유리의 주산지였으니까. 서쪽의 강줄기 너머에 수많은 유리공장들이 산재해 있다. 불량유리를 버리는 곳들도 있으니 쉽게 구할 수 있을 것이다. 유리 공업이 발달할 수 있었던 원동력이 석회석에 있었으니 석회도 일정량은 거저 얻을 수 있을 터였다.

"꼭 부탁해요, 헤리슨."

"그런데, 어디에 쓸 예정이신지요?"

"그건 나중에 이야기해 줄게요. 조만간 알게 될 겁니다."

"……?"

궁금증만 남기고 경쾌한 걸음새로 돌아서는 소년의 모습을 지켜보려니 더위까지 싹 가시는 헤리슨이었다. 요즘은 정말 점점 더 알 수가 없어지는 신비한 제논인 것이다.

반면에 현진인 제논은.

'그동안 너무 큰 것만 생각해서 어려웠던 거야. 간단한 것, 할 수 있는 것부터 차근차근 하나씩.'

"훅훅."

집으로 향하는 발걸음이 마음과 달리 빨라진다. 아예 운동 메뉴를 귀갓길에 대입하며 생각을 잇는다.

집안사업에 관한 헤리슨의 설명을 들을 때는 딱히 도울 방

책이 떠오르지 않았었다. 그렇다고 그냥 손 놓고 있을 수는 없는 일. 마음 한편에서 끊임없이 방법을 모색했다. 무슨 일이든 시작하면 끝장을 보고야 마는 현진의 집중력은 결국 이 문제에서도 빛을 발했다.

몇 주간의 숙고 끝에 실현 가능성이 꽤 높은 해법을 찾아낸 것이다. 원판의 기억으로도 겨울에는 채소를 거의 구경하지 못하는 세상이란 것과 유리가 힌트였다.

겨울 채소재배.

비닐하우스가 최고지만 비닐은 구할 길이 없으니 패스. 이 도시의 주산업이 다른 것도 아닌 '유리' 산업이라는데 착안하니 해법이 나왔다.

온실재배.

짓다만 네 동의 창고까지 있으니 금상첨화였다. 지붕과 남쪽, 동쪽, 서쪽 벽을 유리로 처리하면 햇빛은 충분히 확보될 것이다.

'대충, 이 동네에서의 첫 사업이…….'

농사일이 될 모양이다. 주말농장에서의 유기농 경험이라면 생각보다 큰 도움이 될 수도 있을 것이고.

"쩝."

폼은 조금 안 나지만 어쩔 수 없는 일이다. 생존을 위한 기초역량 배양과 지배계층에의 진입에만 몰두하다가 자신이 할 수 있는 유용한 일들을 많이 놓치고 있었다.

작지만 큰일.

집안을 안정시키는 것이 우선이었다.

집에서 학교까지의 거리보다 집에서 시내까지가 더 멀었
다. 게다가 학교에서 시내의 상점에 들렀다 온 시간도 있어서
다른 때보다 귀가가 늦었다.

그런데 늦은 것은 제논만이 아닌 모양. 오후 출근을 위해
바삐 움직이던 수지가 외쳐 온다.

"제논 도련님! 식사는 하셨어요?"

"어, 대충 먹었습니다. 부족하면 알아서 챙겨 먹을게요."

"네, 그럼 저는 이만 가볼게요!"

황급히 대문을 나서며 던져 오는 인사말에 '아이들 잘 부
탁해요!' 라는 당부도 녹아 있다. 아닌 게 아니라.

"오빠. 오빠! 이제 오세요?"

"응, 너희들도 공부 많이 했니?"

"네~."

현관에 들어서자 쌍둥이들이 쪼르륵 달려와서 안긴다. 마
리를 통해 제논이 가르쳐 준 노래를 덩달아 배우고부터는 더
욱 살갑게 대하는 애들이다.

"어디보자, 우리 꼬맹이들 많이 컸네."

"아하하!"

양팔에 한 명씩 한 바퀴 빙그르르 돌리려니 짤랑짤랑한 웃

음이 거실에 가득해진다.

"오늘은 우리랑 놀아줄 거죠? 마리 언니가 오빠랑 놀면 오후 공부시간은 좀 늦춰도 된댔어요."

"응, 나도 그러고 싶은데, 수련을 해야 해."

"치이! 오빠는 맨날 수련, 수련. 지겹지도 않아요? 예전처럼 검술을 익히는 것도 아니고 맨날 그 무겁기 만한 쇳덩어리들을 들었다 내렸다 하기만 하면서."

"맞아요, 맞아요! 그런 수련이 뭐가 좋아요?"

쌍둥이답게 스테레오다. 거기에 먼저 귀가해 있던 마리까지 합세해 온다.

"오빠, 오늘도 나가야 한다구요?"

"응, 수련이란 꾸준히 해야 하는 게 핵심이니까."

"그렇구나……."

마지못해 대꾸하는 아이들의 얼굴에 실망의 기색이 완연하다. 관심을 돌려보고자 제논은 화제를 바꿨다.

"그런데, 너희들 에어로빅 연습은 했니?"

"낮엔 이제 너무 더워서, 이따 할 거예요. 그치 애들아?"

"네, 맞아요! 낮엔 너무너무 더워요. 가만히 있어도 땀이 나는 걸요. 저녁에 할 거예요."

"열심히 연습해야 해. 여자는 몸매야 몸매!"

"피이~ 그런 게 어딨어. 어머니는 분명 '여자는 따뜻한 가슴이 최고' 다, 하셨는데요?"

“맞아요, 맞아요!”

이것들이 아주 합창을 하는구나. 그래, 반항아여도 좋다, 쭉쭉 빵빵으로만 자라다오. 하지만 미련을 버리기엔 이르지 않나 싶은 생각에 덧붙이는 제논이었다.

“그럼 몸매와 가슴, 둘 다 중요한 것으로 하지 뭐. 하지만 역시 핵심은 S라인이야. S라인~.”

“에스라인이 뭐예요?”

“흠! 멋진 레이디가 되기 위한 필수조건이지.”

“에어로빅을 열심히 하면 S라인이 돼서 멋진 레이디도 될 수 있는 거예요?”

레이디라는 말에 키라의 눈이 유난히 반짝인 듯 느껴짐은 착시만은 아니리라. 마리도 은근히 귀를 쫑긋 세운다.

“당연하지! 그러니, 절대 단 하루도 에어로빅을 빼먹으면 안 되는 거란다. 알았지?”

“알았어요. ‘절대로’ 빼먹지 않을게요.”

“저두요!”

키라야 딸내미니까 그렇다 치지만. 폴, 넌 좀 빠져라. 무엇보다 성 정체성 확보가 시급한 녀석이다.

“오빠~! 이상한 이야기는 그만하고, 수련하러 나가기 전에 노래부터 가르쳐 주면 안 되나요?”

“으응. 그러자, 마리.”

노래를 가르쳐 준다는 말에 환호하듯 다시 환해지는 애들의 얼굴이 참 보기 좋다.

"오늘은 무슨 노래를 가르쳐 줄 거예요?"

"어디보자……."

그래 '사람이 꽃보다 아름다워'로 하자. 제논에게는 정녕코 꽃보다 아름다운 프라이어 가의 사람들이었으니.

"애들아, 그만 내려와. 노래 배워야지."

멍석 깔듯 당장 제논의 팔에서 동생들을 떼어내는 마리였다. 아무래도 그녀의 목적은 다른데 있는 것 같다는 생각이 뇌리를 스친다. 하긴, 지금 노래를 배우게 되면 학과 공부시간은 늦은 오후쯤으로 조정할 수 있을게 아닌가. 더운 대낮에 제 공부만도 아니고 동생들의 공부까지 봐주는 일이 쉽지는 않겠지.

"오빠, 우리 준비됐어요. 얼른 가르쳐 줘요!"

"알았다, 알았어. 그럼 먼저 부를 테니 따라해."

"네!"

강물 같은 노래를 품고 사는 사람은 알게 되지
음, 알게 되지
내내 어두웠던 산들이 저녁이 되면 왜 강으로 스미어
꿈을 꾸다 밤이 깊을수록 말없이 서로를 쓰다듬으며
부둥켜안은 채 느긋하게 정들어 가는지를

지독한 외로움에 쩔쩔매 본 사람은 알게 되지
그 슬픔에 굴하지 않고 비켜서지 않으며
어느 결에 반짝이는 꽃눈을 갖고
우렁우렁 잎들을 키우는 사랑이야말로
짙푸른 숲이 되고 산이 되어 메아리로 남는다는 것을

그래, 어차피 하루하루 죽음으로 향해 가고 있었을 뿐인 현
진이었다. 유일한 위안이었던 다슬이를 제외한다면, 저쪽 동
네에서의 삶은 더 이상 꿈도 희망도 없는 그저 살아 있기에
사는 것일 뿐이었으니까. 인간은 아무래도 사회적 동물임이
확실한 모양이다.

누가 뭐래도 사람이 꽃보다 아름다워
이 모든 외로움 이겨낸 바로 그 사람
누가 뭐래도 그대는 꽃보다 아름다워
노래의 온기를 품고 사는

바로 그대 바로 당신
바로 우리 우린 참사랑

*   *   *

'오늘도 실패구나….'

마나드릴의 간격을 좁혀 촘촘히 만드는 것까지는 비교적 수월히 진행되고 있었다. 그 다음의 컨트롤도 조금은 나아져서 마나홀에서 이끌어내고 마나회로에 올리는 것까지는 두 번에 한번 정도는 성공한다. 약간의 통제력을 발휘하게 됐다는 소리다.

그런데 거기까지가 전부다. 그 이상은 진도가 나가지 않는 것이다. 마나회로에 올리고 난 이후의 통제력 상실이 문제다. 마나가 컨트롤을 벗어나 폭주하게 되는데, 아직도 마땅히 제어할 방법을 찾지 못한 탓이었다.

사실 마나드릴의 간격을 좁히는 것만으로도 충분한 효과를 얻고 있었기에 연습방향이 잘못되었다고는 전혀 생각하지 않는 터였다. 일반적인 방법으로 마나수련만 할 때보다, 자신이 착안한 새로운 방식을 시도하고부터 체력회복 효과가 더 탁월했으니까.

물론 정신력이 갑절 이상 소모되는 반대급부는 있지만, 정신력이야 악으로 깡으로 뭉친 현진이니 결코 포기할 수 없는 것이다. 다 고도리 정신 덕이다. 쌍피가 떴는데 쌀 때 싸더라도 일단 먹고 봐야 하지 않겠나.

'어쩔 수 없지. 그나저나…… 시간됐네.'

마나수련 성취에의 아쉬운 마음을 접고 바삐 일어난다. 해야 할 일이 많았으니까.

현재 정확히 새벽 다섯 시 반. 평소라면 지금부터나 마나수련을 시작해 체력훈련으로 이어갈 시각이었지만 오늘은 30분 일찍 일어났다. 사람의 의지력, 혹은 마인드 컨트롤은 심오한 바가 있어서 개인용 시계가 따로 없는 상황인데도 마음먹은 시간에 눈을 떴다.

마음을 정하기까지는 신중한 고려의 시간을 가지지만 일단 한번 결정을 내리면 뒤돌아보지 않고 즉각 행동으로 옮기는 것이 현진의 방식이었다. 그것도 강한 집중력을 발휘하여 완전히 몰입하는 쪽이다.

집안일에 도움이 되기로 마음먹었고, 시설재배로 마음을 굳혔으니 현진의 하루 일과가 변동되는 것은 당연한 일. 새벽 기상시간을 30분 당겼다. 첫 수순이 마나수련인 것과 다음 순서가 체력단련인 것은 변하지 않았지만, 체력단련의 메뉴는 개편되었다.

알다시피 남자들이 주로 도맡는 농사일이란 무리해서 근육을 혹사하지만 않으면, 그 자체로 대부분은 체력단련의 효과를 가진다. 단지 특정부위의 근육만 편향적으로 단련되는 것이 문제일 터.

낫질이나 곡괭이질에서 잘 쓰이지 않는 근육의 단련을 주 메뉴로 훈련계획표를 재편(再編)한 것은 필수였다.

신발 끈을 단단히 조여 맨 제논은 본채와 별개로 위치해 있는 저택부지의 마구간으로 향했다.

저벅.

안에 들어서자 말똥냄새가 코를 찌른다. 넓은 축사의 규모가 한 때의 번성을 내포하고 있어, 몇 마리 남아 있지 않은 말의 수효가 썰렁함을 부추긴다.

어머니의 출근용으로나 가게 짐마차 용도로 쓰이는 말들이라 대부분이 흰 바탕에 검은 털이 드문드문 나있는 전형적인 잡종 짐말들이었다.

푸르륵. 푸륵.

익히 대하던 주인을 알아본 말들이 반갑다고 푸르륵대며 꼬리를 흔든다. 제논은 어려서부터 말을 좋아했다. 그때는 기사가 되겠다는 꿈을 가졌기에 더욱. 그 탓에 현진도 승마는 기본적으로 가능한 상태였다.

푸르릉!

두 움큼의 건초를 주둥이에 가져다 대자 얼른 받아먹는다. 어머니의 출근길에도 간택되지 못할 법한 제일 나이 든 말을 끌어냈다. 어렸을 때부터 제논이 곧잘 타던 말이어서 그런지 고삐를 끌자 순순히 따라 나온다. 어린 제논이 '얼룩이' 라고 불렀던 것이 기억난다.

얼룩이의 등에 안장을 얹고 올라탔다. 대문을 거쳐 저택 부지를 벗어나자 산 쪽으로 방향을 틀며 속도를 올린다. 시간여유가 그렇게 많지 않았고, 예정한 목적지는 꽤 떨어져 있다. 걸어서 한 나절 거리에 직접 눈으로 확인해 둘 일이 있었던 것이다.

리드미컬한 말의 움직임에 따라 몸을 스치는 깨끗한 새벽 공기가 기분을 상쾌하게 만든다.

다각다각.

구릉지와 들을 지나 집에서 뒷산이라 부르는 산 좌측 능선을 타고 넘었다. 땔감용 나무를 곧잘 베어낸 데다, 도시인근에 위치한 지리적 여건 탓에 아름드리 거목들은 씨가 말랐고 길도 꽤나 잘 닦여 있다. 그러나 그것도 초입의 이야기. 깊이 들어갈수록 숲이 울창해지고 길이 험해져서 속도를 줄인다.

한참을 들어가자 목적지가 보였다. 산 사이 계곡 안쪽의 산 비탈에 꽤나 널찍한 평지였다. 이 계곡 양쪽의 산들이 프라이어 남작가 소유다.

대부분의 나무들이 건축자재로는 쓸 수 없는 잡목들이라 큰돈이 되기는 애초에 그른 산림이었지만, 집안의 땔감 걱정은 면하게 해주는 소중한 자원이었다.

평지에 도착해서 말을 멈춘다. 잡초들 사이로 뻘건 황토가 군데군데 드러나 있다. 공터 한편에 산비탈을 의지한 채로 산더미처럼 쌓여있는 장작더미도 보인다. 지난겨울에 잘라놓은 나무들이었다. 집안뿐만 아니라 일꾼들 집안을 포함한 일 년치의 땔감용이다.

그때만 해도 집과 가게의 일꾼이 열 명 안팎, 그 예년 도엔 이십여 명이 넘었었으니 적어도 그만큼의 땔감이 필요하리라 하는 생각으로 준비했던 거였다. 하지만 지금껏 수거되지 못한 땔감들.

금방 나아지겠지 하는 마음도 있었고, 현실을 인정하는 것이 두려운 탓도 있었으리라. 게다가 사업의 특성상 겨울에는 크게 할 일도 없었으니 장작더미를 쌓기엔 충분한 인력이었다. 그때의 일꾼들마저 이제 반 이하로 줄어들었는지라 애꿎게도 쓰지 못할 장작들만 쌓이게 된 형국.

탁.

저벅저벅.

말에서 내린 현진은 장작더미로 다가갔다. 20센티미터 정도로 제법 반듯반듯하게 쪼개져 있다. 그중의 몇 개를 집어 살펴보고는 회심의 미소를 짓는다.

'흠, 이 정도면 충분하겠군.'

단단하고 묵직한 것이 예상한 대로였던 것이다.

겨울 채소재배를 위해 필요한 요소는, 충분한 햇빛과 적절한 온도 유지, 그리고 식물의 성장에 필요한 영양분의 공급이다.

첫 번째 요소인 햇빛의 확보는 일단 유리를 이용하는 방법을 생각해 냈고 이미 주문을 마친 상태다.

그 다음 문제는 온도 유지.

내부에 난로를 만들면 될 것이다. 연료는 장작밖에 없다. 문제는 그을음과 연기였다.

일차적으로 여기에서 막혔다. 난로에서 나오는 일산화탄소는 온실 곳곳에 창을 만들어 환기를 시키면 될 테지만, 난로에 설치하는 굴뚝만으로는 그을음과 연기를 방지할 자신이 없어 고민이었다.

그러다 해법이 나왔다. 현진의 저쪽 동네 최종 정착지가 그 해법을 수월하게 떠올리게끔 단초를 제공했다.

현진이 거주한 곳은 경주다.

경주하면 생각나는 것은?

신라의 고도, 번성한 천년왕국의 수도답게 그을음과 연기가 거의 나지 않는 연료를 사용했다.

그렇다. 숯!

숯의 원료는 단단한 나무. 그리고 숯을 만들기 위한 숯가마. 즉, 황토 흙이 필요한 것이다. 여기까지 생각이 진전되자, 바로 이곳이 기억났다.

'아마도, 저쯤이었지?

공터에서 장작더미와는 반대쪽으로 몸을 돌리는 제논이었다. 그쪽 산비탈은 나무는 거의 없고 잡초들만 나 있었다. 가까이 다가가 잡초들을 나뭇가지로 헤치자 시뻘건 황토가 모습을 드러낸다.

어린 시절, 어른들이 나무를 하는 동안에 그들을 따라왔던 제논이 종종 흙장난을 하며 놀던 곳이다.

'그래, 이 정도면 됐어.'

이 흙으로 숯가마를 만들고 저쪽 장작을 넣어 굽기만 하면 숯이 제조되는 것이다. 그 다음에 착수할 일은 단위 면적당 수확량을 높이기 위해 창고바닥의 지력을 높이는 작업. 그리고 파종할 씨앗을 확보하는 것이다.

하교 후 가게가 있는 시내에 들렀다올 수 있으니 씨앗이야 언제든 구할 수 있다. 또한 지력을 높이는데 있어선, 현진이 아는 한 퇴비가 최고였다.

도시 밖의 외진 곳에선 소똥이나 말똥을 주워 모아 땔감용으로 쓰기도 하겠지만, 생활수준 높은 이곳 인구밀집지역 토레노에선 말이나 가축의 배설물은 땔감은커녕 거름으로도 잘 쓰이지 않았다. 보통 소각하거나 몰래 내다버리는 편이니 구하기도 쉽다.

풀이야 들에 널려 있으니 이제부터 베어서 준비하면 충분한 양을 마련할 수 있을 것이다. 석회 또한 쉽게 구할 수 있을 테니, 퇴비에 섞으면 금상첨화다.

스타트로 삼을 식자재는 이 동네의 최고 인기 부식인 상추와 오이, 그리고 딸기와 토마토를 염두에 두고 있다.

기온과 습기에 민감하여 재배가 쉽지 않은 탓에 공급량이 늘 부족한지라 가격도 상당히 높게 책정되는 품목들이었으니까.

‘유기농 경험이 큰 도움이 되는 걸. 그러고 보면, 작농 중에 도움이 되는 것들을 꽤 알고 있잖아?

조물주의 농간인지 여기까지는 일이 술술 풀리는 현진이었다. 그런네 그러다 보니, 왠지 약간 찜찜해진다.

꼭 누군가의 각본에 따라 움직이는 꼭두각시가 된 느낌이랄까?

‘하긴 조물주도 양심은 있겠지. 낯설고 물 설은 요상한 땅에 떨어뜨려 놨으니 이 정도 서비스는 해줘야지.’

처음 장을 담글 때도 그랬다.

이런 저런 우려와는 달리 콩으로 대충 빚은 메주가 훌륭히 푸른곰팡이를 피워줬기에 구수한 된장찌개를 접할 수 있었던 것이다. 그땐 미처 생각이 미치지 못해 장에 띄울 숯을 만들어 쓰지도 못했는데 말이다.

“웅? 한 놈이 없네?”

식전에 먼저 출근 준비를 해놓기 위해 마구간에 들어선 헤리슨은 잠시 멈칫했다. 겨우 서너 마리에 해당하는 말이 지내는 곳이라 딱 한 놈이 빠졌음에도 금세 눈에 들어왔던 것이다. 불현듯, 말 도둑이 다녀갔나 하는 생각이 들었지만 공연한 경계심의 발동이었다.

제논 도련님이 아마 오늘은 아침운동 삼아 승마를 하기로 한 모양이었다. 자리에서 사라진 말은 도둑놈도 사양할 만큼 나이 먹은 놈이었으니까.

　‘좀 더 나은 놈을 타고 가실 일이지.’

　하지만 그래봐야 다른 말들도 상태는 비슷비슷했으니 고를 것도 없었다. 짐마차를 끄는데 이력이 난 잡종들로 특별히 기운이 넘치는 놈이 따로 있진 않았던 것이다.

　‘후…….’

　그렇다고 건강한 새 말을 구입할 수 있는 여건은 추호도 되지 않았기에 한숨만 삼키는 헤리슨이었다.

Chap. 8
이제 이곳이 현실이다

이제 이곳이 현실이다

오전 일정도 그랬지만 오후 일정도 대폭 개편됐다. 학교를 파하고 돌아온 즉시 낫을 꺼내 들고 조금 높은 언덕 수준의 뒷동산을 넘어 창고 쪽으로 향한다.

그곳 주변은 저택이나 가게의 일꾼이었던 사람들이 자주 왕래했었고 지금도 헤리슨이 마차를 끌고 곧잘 다니기에 말끔하게 길이 닦여 있었다.

창고 근처에 이르자 남으로 향한 경사면의 아래쪽에 짓다 만 폐 창고들이 보인다. 남쪽으로 계단식 밭들이 있었고, 그 각 계단마다 하나씩 창고를 지은 것이다.

예전에 프라이어 가문이 명실상부한 남작가문이었을 때,

현 창고는 영지병사들이 기거하던 공동합숙소 자리였다고 한
다.

과거의 영광이라 말하지만 프라이어 남작가는 전성기 때
도 그리 잘나가는 집안은 아니었던 모양이다. 영지 병사들 전
체 숫자가 고작 백 명 남짓이었다니까.

첫 번째 폐 창고 자리는 훈련장이었다던가? 지금은 쓰지
않지만 첫 번째 창고 터에는 우물도 하나 있다. 불과 2년 전
만하더라도 일꾼들은 이쪽 창고에서 땀을 흘리고 나면, 저 아
래 창고 쪽 우물에서 등물을 했었다.

격세지감(隔世之感).

인간사 흥망이 그런 건가 보다.

문득 숙연한 마음이 드는 제논이었다. 병사들의 훈련장이
농지가 되었다가 창고로 바뀌고 이제 다시 온실로 뒤바뀌려
는 중인 것이다.

'흐음, 생각했던 것보다 넓어 보이네. 대형 비닐하우스 정
도의 평수겠는데? 숯이 많이 필요하겠어.'

첫 번째 창고에 도착해서 막상 작업을 하려고 보니, 마음에
와 닿는 규모가 밖에서 피상적으로 들여다보던 것과는 사뭇
달랐다.

내부공간만 거의 한 마지기를 너끈히 넘겼고, 눈대중으로
짐작컨대 4~5백 평은 되어 보인다.

먼저 아침에 준비해 둔 헌옷으로 갈아입고는 풀베기부터

시작했다. 제대로 다지지는 않았지만 어느 정도는 바닥을 고른 티가 남아 있어 낫질하기는 편안하다.

제논이 한 번도 낫질을 한 적이 없기에 처음에는 약간 어눌했지만, 체력단련의 효과에 현진의 숙련도가 더해지니 갈수록 속도가 붙었다.

날이 더운 탓에 풀베기를 끝낼 쯤에는 이미 몸은 땀으로 흥건하다. 삭초작업이 끝나자, 베어낸 잡초들을 두 번째 창고로 옮겨 한편에 쌓았다.

우선 첫 번째 창고를 온실로 만들고 두 번째 창고는 퇴비 만드는 용도로 쓸 생각이다. 욕심으로야 네 동 전부를 작업하고 싶지만, 지금으로선 두 동도 과욕일지 모른다. 나름 자신은 있지만 막상 실전에 있어선 예상치 못한 변수들이 비일비재할 수도 있으니.

우물가의 잡초들과 불순물들도 말끔히 정리했다. 전해오는 이야기론 우물을 판 이래로 아무리 가뭄이 닥쳐도 마른 적이라곤 없었다 한다.

농사에 물은 필수. 가뭄에도 마르지 않는 우물이 있으니 입지로는 거의 최상인 셈이다. 잡초들을 정리하는 와중에 발견한 두레박으로 우물물을 길어 올렸다. 한동안 방치된 우물이니 수질이 탁하진 않을까 내심 걱정했는데 의외로 차갑고 깨끗한 물이었다. 온실이 완성된 이후에 농업용수 걱정은 없을 듯하다.

'아니, 아니지. 물이 이러면…….'

역시나 일을 개시하자마자 예상치 않았던 변수가 생겨난다. 막상 물을 접하자 생각난 건데, 너무 차가운 물은 오히려 해가 되는 터라 농업용수로 쓰지 못하지 않던가.

'일거리가 하나 더 늘었네.'

어쩔 수 있는가.

물을 퍼 올려 상온에서 적정온도로 만들어야지. 그러려면 물 저장용 공간이 따로 필요하리라. 어깨를 으쓱한 제논은 길어 올린 물을 머리위로 가져가 대뜸 들이부었다. 현대식 샤워기가 아쉽지 않다.

하지만 얼얼하도록 차갑게 씻고 창고 그늘에 앉으니 당장 '아쉬워' 진다.

'이럴 땐, 시원한 감주 한 사발이 제격인데.'

주말농장의 주인아주머니가 작업이 끝나고 나면 사시사철 내놓던 식혜생각이 절로 난다. 사람들에게 탁배기(막걸리)보다 인기였다. 떠올리다 보니 더욱 입안이 마른다.

'아, 맞다! 그걸 남겨뒀던가?

그러고 보니 고추장을 만들 때 질금을 만든 기억이 난다. 남아 있는지 확인해 보고 식혜를 만들어야겠다. 모자라면 더 만들면 될 터였다. 만드는 방법을 다 알고 있는데 못 만들 게 뭐가 있겠는가? 김치와 두부, 심지어 된장과 고추장까지 만들어먹었는데.

‘아차, 담배는 없었지.’

습관이란 참으로 무서운 것인 모양이다. 조건반사라고 해야 할까? 예전 주말농장에서의 일들을 떠올리고 있으려니, 손이 제멋대로 왼쪽 가슴팍을 더듬고 있지 않은가. 무의식 중에 담배를 찾은 것이다.

실소가 나온다.

‘이 동네에도 담배가 있을까?’

막상 깨닫자 은근히 그리워지기까지 한다. 이 동네에서는 구할 수 없는 물건이기에 더욱 그렇다. 워낙 큰 제국이니 어딘가에는 있을지도 모르지만 현재로서는 구할 길이 없는 것이다.

현진이 담배를 입에 댄 것은 그 힘든 군의 첫 해 훈련 때도 아니었고, 사선을 넘나드는 임무기간도 아니었다. 십 년을 채우고 온전한 민간인이 된 지 한 달 만이었다.

적응장애라던가?

비정상적인 생활을 끝내고 일상으로 돌아왔건만 일상은 오히려 일상이 아니었다. 때문에 폭음도 했다. 어차피 특수한 훈련으로 면역이 된 상태였기에 술은 조금 덜 밍밍한 물이었을 뿐, 본래의 구실은 전혀 하지 못했다.

그때 담배를 알았다. 다슬이를 만나기 전까지는 담배만이 그래도 유일한 위안이 되어주었다.

그 즈음 경주에 들렀다.

아무 목적도 이유도 없이 그냥 떠돌던 시기였다. 팀 동료였던 도허의 이야기에 간간히 등장하던 진각이라는 노스님. 문득 그에 관한 생각이 나서 토함산 자락에 있는 자그마한 암자를 찾았다.

잘한 걸음이었다. 암자에 머문 지 사흘 만에 정착을 결심했다. 진각스님과 함께한 시간들은 속세를 벗어난 것이었다. 그래서인지 현진에게는 역으로 작용했다. 속세에의 향기를 느끼게 하는 시간이었으니까.

그렇다고 스님에게서 무슨 설법을 들은 건 아니다. 그저 이런저런 대화를 나누었을 뿐.

그렇게 현진의 경주 생활이 시작되었었다. 스님과의 격의 없는 대화만으로도 어느 정도 심적인 안정을 찾곤 했다. 스님의 권유로 주말농장을 찾아 유기농도 시작했었다. 몸에 베인 살기와 피비린내를 죽이려면 농사가 제격이라는 말이 옳았던 듯하다.

농사일을 시작했던 이래로 악몽이 많이 잦아들었으니까. 그래서 주말농장이지만 평소에도 매일이다시피 들렀었다. 그렇듯 안정을 찾아가고 있을 때 학원 강사 자리를 얻었다. 주말농장에서 알게 된 사람 중에 울산에서 학원을 경영하는 사람이 있었던 덕이다.

스님의 권유와 그이의 요청으로 강사 자리를 맡았다. 그 또한 잘한 일이었다. 애들을 가르치기 시작한 후론 밤마다 꾸던 악몽도 일주일에 한 번으로 줄었다.

그리고 그때 다슬이를 알았다.

꼬맹이와의 예기치 못한 입술접촉 사고 이후로 이상하게도 악몽이 사라졌다.

사고가 있던 그날까지,

단 한 번도 그 지긋지긋한 악몽이 없었다.

*　　　*　　　*

치적치적…… 치덕치덕.

무른 반죽 장난이라도 하듯 질척한 뭔가를 치적치적 가지고 놀다 눅눅한 벽에 치덕치덕 바르고 있는 누군가의, 혹은 뭔가의 기척.

눈을 뜨지 않아도 놈임을 알 수 있었다. 눈을 뜨고 고개 돌리지 않아도 그것들임을 알고 있었다. 언제나 그러하듯 의연히 무시하려하지만 주먹이 쥐어진다. 움츠러든 간담이 벌렁벌렁한다.

거부감과 두려움으로 심장이 옥죄여 온다.

식은땀이 송골송골 솟는다.

'그만!'

치덕치덕! 찰박찰박.

그러나 무던히도 끊이지 않는 수상쩍고 끈질긴 음향들. 야

유하듯 혹은 재촉하듯 점점 가까워진다. 점점 커진다.

　- 어서 눈을 떠.

　- 어서 눈을 뜨고 여길 봐.

　'싫다.'

　- 보고 싶을 텐데? 기억하고 있을 텐데? 네게 번쩍번쩍한 훈장들을 안겨준 자랑스러운 사적(事績)들이다. 네가 쏟게 한 핏물이야. 네가 죽인 사람들이야.

　총알구멍 송송한 머리통. 썩둑 썰린 모가지. 푹푹 찍힌 뱃가죽. 서걱서걱 잘리고 찢긴 사지. 후드득 터져 나온 내장. 남녀노소, 감지 못한 송장들의 부릅뜬 눈.

　난자된 피. 피…… 피!

　- 봐. 어서 봐라. 기다리고 있잖아. 확인사살 해야지?

　'으…….'

　틀렸다. 소용없다. 회피할 수 없다. 감고 있는 눈꺼풀에 혼신의 노력을 기울임에도 압박해오는 가위눌림이 멋대로 형상을 갖춰버린다.

　히죽.

　놈이 웃는다. 단절시켜 둔 경계 밖 전쟁터. 선을 그어둔 경계 밖 소요사태. 고작 정치권의 일회용 도구로 투입되었던 온갖 음모와 위험이 판치는 사회의 어둔 뒷면. 그 블랙홀과 같은 어둠을 내다보고 있던 놈이 웃는다.

　덩치 큰 정신 지체아처럼 형체 없는 벽을 더럽히다가, 실전에 나서기 전 검댕을 바르듯 제 얼굴에 치덕치덕 피 칠을 하다가, 히죽.

이내 뽐내듯 돌아본다. 공들여 수집해 온 듯 차곡차곡 쌓아 모셔둔 시체더미. 그 틈바구니에서 늘어나는 고무줄처럼 쭉쭉 고개를 빼오는 놈의 형상.

히죽!

그리곤 또 웃는다. 면전에 닿을 듯 가깝게 확대된 저 익숙한 얼굴. 저 잔인하고 흉포한 얼굴. 저 꺼림칙한 눈빛! 소름끼친다. 숨이 막힌다.

- 이거 봐. 우리 어때?

'우리' 어때? 너와 나. 너이자 나. 우리 어때?

'아니! 난 네가 아니다.'

악몽에서 빠져나오고자 발버둥 치듯 꿈틀거린다. 그러나 비웃듯 귓가에 속삭여 오는 냉혹한 스스로의 음성.

- 보라니까. 똑같잖아.

'꺼져.'

- 다시 칠할까?

'개자식, 꺼지라니까!'

스스로의 음성이 아닐 때도 있었다. 때론 사지(死地)에 버려두고 와야 했던 동료의 처연한 표정과 음성으로, 때론 무고함을 짐작하면서도 명령에 따라 죽일 수밖에 없었던 희생자들의 원통한 낯빛과 음성으로, 때론 자기가 그랬던 것처럼 차라리 자살해 버릴 것을 권하던 아버지의 좌절어린 음성으로.

그렇게 놈이 속삭인다. 그렇게 놈은 속삭여왔다. 낄낄거리며 웃는다. 끊임없이 괴롭힌다.

언제까지나 그럴 줄 알았다. 언제까지나 끝나지 않을 줄 알았다. 영영 계속될 줄로만 알았다. 진심으로 끔찍하고 지긋지긋했다. 그런데…….

*   *   *

괜한 기억을 떠올렸다.

회상에서 빠져나온 현진은, 아니 이제 제논인 금발소년은 '현실'이 된 주변으로 신경을 돌렸다. 그러나 옛 악몽을 되살린 여파인지 기분도 찜찜하고 머리도 왠지 멍하다. 고개를 흔들어 정신을 차린다.

'……시간이 남네. 어떻게 한다?

예정상으로는 저녁식사 시간이어야 했다. 그런데 생각보다 시간이 그리 많이 걸리지 않았다. 강인해진 체력과 낫질의 요령을 익히 알고 있었기 때문이리라.

'낫질은 계획한 분량을 끝냈으니 됐고.'

생각했던 김에 식혜를 만들어볼까 하는 궁리를 한다. 잠깐 쉬는 동안 헛생각을 떠올린 바람에 갈증이 더욱 심해졌다. 가슴이 탁 트이도록 시원한 뭔가가 필요했다. 기분까지 개선시

 제논 프라이어

켜줄 뭔가가 필히 필요하다.

그것이 고작(?) 식혜와 같은 음료라 해도 나쁠 것은 없지 않은가.

햇빛에 말려뒀던 옷을 챙겨 입고 저택 쪽 구릉을 넘어가는 제논의 발걸음이 빨라진다. 스스로도 마시고 싶어서였지만 저택 지붕이 보이자 어린 동생들의 초롱초롱한 눈망울이 건물에 투영되었던 것이다. 식혜라면 아마 아이들도 틀림없이 좋아하리라.

돌아오자마자 지난번에 쓰고 남겨 둔 질금(엿기름)을 확인했다. 저쪽의 대식구를 거느리고 있던 어머니의 기준으로 산정해서인지 상당한 양이 남아 있었다. 하긴, 재료인 겉보리는 넘칠 정도로 있으니 질금 정도야 모자라면 싹을 더 틔우면 될 터였다.

당장 필요한 재료들을 가지고 다시 창고 터로 돌아간다. 우물가 근처에 돌들을 쌓고 흙을 이겨 발라 야외용 간이화덕을 만들었다. 저택의 우물가와 주방에서 작업하기엔 난감하여 취한 조치였다. 늦은 오후라 해도 날이 꽤 더웠으니까.

먼저 물을 데워야 한다. 솥을 내다걸고 장작을 날랐다. 임시 아궁이에 장작을 넣고 불을 붙이자 후끈한 열기가 올라온다. 물을 끓이고 그것을 다시 식히는 동안, 질금을 빻았다. 남아 있던 질금의 양이 조금 많을 듯도 싶었지만 과감히 전부를 빻았다.

일타 쌍피의 효과다. 주방이 있는 저택과 이쪽 우물이 있는 창고 쪽 화덕을 왔다 갔다 하니 체력훈련도 되고, 맛있는 간식거리를 만들어 동생들의 행복지수도 증진시킬 수 있으니 말이다.

저쪽에서도 이렇게 머슴용(?) 작업들은 온전히 현진의 몫이었다. 몸이 멀면 마음도 멀어진다는 말이 진리여서인지, 사람은 역시 환경에 적응하는 동물이라 그런지 모르겠지만 요즘은 가족들 생각이 그리 간절하지 않다.

꼬맹이는 아직도 문득문득 떠오를 때마다 가슴 한 구석이 아려오긴 하지만.

'잡념은 그만! 일이나 하자.'

빻은 질금을 미지근한 물에 넣고는 쌀을 꺼내 밥을 안쳤다. 빵과 육류가 주식인 동네에서 이렇게 흰쌀도 접할 수 있으니 참, 한국적 입맛을 가진 현진에겐 불행 중 다행인 일이다.

메인요리에 따라 가끔은 부식이나 별식 삼아 쌀밥이나 보리밥이 식탁에 오르기도 했다. 밥그릇에 넉넉히 담기는 것이 아니라 납작한 접시에 얇게 깔리거나 다른 색색가지 부식들과 더불어 그저 입가심용이나 장식용으로 정렬되는 정도였지만.

그래서 쌀과 보리는 밥으로 해서 먹기보단 약간의 건더기와 함께 죽으로 끓여먹는데 더 자주 사용되는 곡류였다. 특히 없이 사는 계층의 사람들에게. 보리빵도 때때로 굽긴 하지만 밀로 빚은 빵에 밀려나 빈민층들이나 애용하는 식품으로 굳혀진 지 오래였다.

어쨌든 만인의 음료인 식혜엔 꼬들꼬들하게 지어진 쌀밥이 필수라는 사실!

밥이 되는 동안 물에 우려내던 엿기름을 비벼 국물의 농도를 더했다. 우려내고 난 건더기는 버리면서 쉬엄쉬엄 작업을 진행한다. 그렇게 웬만한 준비들은 다 끝내고 앙금이 가라앉기만을 기다리는데 언덕너머 저택 쪽에서 아이들의 노랫소리가 들려온다.

즐거운 곳에서는 날 오라하여도
내 쉴 곳은 작은 집 내 집 뿐이리

첫 곡은 반드시 '즐거운 나의 집' 이다. 작사가인 존 하워드 페인에 관한 일화가 기억난다.

머나먼 땅 알제리에서 사망한 지 31년 만에 그의 유해가 군함 편으로 뉴욕에 돌아오던 날, 미합중국 대통령을 비롯해 국무위원과 상원위원 등등, 수많은 국민들이 항구에 나와 모자를 벗고 조의를 표했다지.

좋은 가사는 시공을 가리지 않는 모양이다. 낯선 땅에서도 이토록 사랑받는 것을 보면.

'기타도 만들어야하는데……'

울림통은 제법 그럴듯하게 만들었다. 그러나 알맞은 현을 구할 길이 없었다. 헤리슨이 여러 현들을 구해다줬지만 음감은 고사하고 음계도 맞출 수가 없었던 것이다. 탄력 있는 다양한 줄들을 좀 더 구해봐야 판정 가능하겠지만, 지금으로선 기타의 제작은 비관적인 상황이었다.

나보기가 역겨워 가실 때에는~

노래가 어느새 '진달래꽃'으로 바뀌어 있다. 원래는 두 번째나 세 번째부터 올리비아 뉴튼존의 피지컬이 들어가는데 날이 후덥지근해서인지 에어로빅 곡들은 찬밥이다.

'이거 날씨가……'

아무래도 오늘밤쯤엔 또 비가 오려는 모양이다. 무더운 공기를 무겁게 짓누르는 습도의 농도가 상당하다. 찜찜한 기상 상태에 제논는 낮게 혀를 찼다.

'숯가마도 만들어야 하는데. 비가 이렇게 자주 오면 어쩌자는 거야.'

일의 진척에 날씨가 방해요인이 될 듯하다. 기상문제야 인력으로 어찌할 수 없으니 날씨라는 변수를 감안해 그때그때 가장 효율적인 진척상황을 꾀하는 수밖에.

애들의 노랫가락을 들으며 생각에 잠기는 동안 앙금이 다 가라앉았다. 꼬들꼬들한 밥에 엿기름 우려낸 맑은 윗물을 부

 제논 프라이어

었다.

탁탁탁탁.

"오빠, 뭐하세요?"

노랫소리가 끊긴 지 얼마 되지 않아 여동생 중의 하나가 달려와 묻는다. 키라였다. 가뜩이나 후덥지근한 날씨인데 며칠은 못 본 것처럼 착 달라붙는다. 습한 기온에 화덕의 불기운까지 더해져 저 역시 이마에 송골송골 땀이 맺히고 있는데도.

키라의 주특기가 바로 이렇게 착착 감기는 것이다. 언니인 마리도 이목이 없는 자리에선 은근히 그러기는 하지만 체면을 꽤 차리는 편인데.

"응, 우리 이쁜 키라 주려고."

"제게요?"

"그래, 키라 먹을 간식 만들고 있지."

지금은 마무리 작업으로 강한 불에 달이는 중이었다. 그것도 거의 끝나간다. 이제 식히기만 하면 된다. 두어 바가지를 퍼서 차가운 물동이에 띄워둔 그릇에 담았다. 그러자 찬찬히 지켜보던 키라가 말한다.

"간식까지 오빠가 만들어요? 그런 건 여자가 하는 일이라니까요. 김치랑 두부도 만들더니."

프라이어 남작 부인의 현모양처 교육이 또다시 빛을 발하는 순간이다. 제논은 설핏 웃으며 대꾸했다.

"우리 키라가 너무 예뻐서 그래."

"마리 언니도 예쁜데……."

"그래그래 폴도 귀엽고 마리도 예뻐. 음, 다됐다."

이야기하는 동안에도 몇 번인가 찬물을 퍼 올려 양동이의 물을 갈았더니 충분히 식었다.

"이제 간식 만들기가 끝난 거예요?"

"응, 약간 미지근하기는 해도 먹을 수는 있겠다. 자, 한 입 먹어봐. 김치처럼 매운 거 아니니까 걱정 말고."

컵에 담아 쥐어줬지만 처음 보는 뽀얀 액체라서 그런지 선뜻 입으로 가져가지 않는다.

"이걸 마시는 거예요?"

"응, 그냥 물을 마시는 것처럼 마시면 돼."

시범 삼아 한 컵 더 담아서 벌컥벌컥 들이켰다. 설탕을 넣지 못해서 단맛은 조금 덜했다. 하지만 입안 가득히 달콤하고 쌉싸래한 맛을 여운처럼 남기며 식도를 지나간다.

"카아! 바로 이 맛이야."

'이게 대체 얼마 만에 먹어보는 단 거냐?'

종종 후식시간에 꿀이 조금씩 나오기는 했지만 그저 맛만 보는 정도였다. 이 동네에도 설탕이 있기는 하지만 프라이어 가문의 재력으로는 언감생심 꿈도 못 꾸는 고급사치품이고 말이다.

"……후룩."

입술 끝에 조금 대어보던 키라도 자화자찬 같은 오빠의 탄성에 호기심이 생겼는지 후룩 마신다. 연이어 깨끗이 비우곤 입맛을 쩝쩝 다신다.

그러면서 은근히 바짓가랑이를 잡아당기는 모양이 더 달라는 이야기다. 기꺼이 한 컵 더 담아준 '인심 후하고 자상한' 오라비 제논은 솥의 감주를 본격적으로 양동이에 퍼 담아 우물가에 두고 식혔다.

"이거 언니랑 폴에게도 가져다 주면 안돼요?"

그새 또 빈 컵을 들고 있는 키라에게 한 컵을 더 퍼주니 하는 말이었다.

"그래도 되고말고. 조심해서 들고 가야 해."

"네, 오빠."

혀를 살짝살짝 내밀어 입술에 남은 단맛을 핥는 것으로 보아 저도 더 먹고 싶을 텐데, 나름 욕심을 절제하고 형제를 챙기는 모습이 더욱 이쁘다.

냉큼 안아 올려 부비부비하고 한 컵 더 담아 주니 양손에 들고 쫄랑쫄랑 집으로 향한다. 그 모양을 지켜보는 현진의 입가에 미소가 걸린다.

'에구, 귀여워라.'

그래, 실제 인생을 송두리째 두고 왔다 싶지만 차라리 이곳이 자신에게 어울리는 곳일지도 모르겠다. 누나들만 있는 막내로 자랐던지라 오빠라는 말이 처음엔 정말 어색했다. 그런데 이제는 너무도 정겨운 느낌으로 다가온다. 가족이라는 단어도 이제는 현진의 가족이 아니라 프라이어 가를 지칭하는 의미로 바뀌고 있다.

이방인으로서 그저 의례적인 환대로 인식하며 적응했던 때와는 사뭇 다른 느낌이다. 오롯이 이 집안 공동체의 일원으로 온전해진 듯 하달까?

찌걱. 찌걱. 찌그럭찌걱.

동산너머, 저택을 향해 덜그럭거리며 달려오는 마차소리가 들린다. 특유의 4분의 4박자 찌그럭대는 리듬이다. 메를린의 귀가를 뜻하는 저 소릴 들을 때면 종종 송대관의 네 박자가 떠올라 홀로 웃음 짓기도 한다.

'애들에게 전수할 다음 곡들은 뽕짝에서 골라야겠다. 사랑타령이 대부분이라 쪼까 거시기 하지만, 뭐 어때. 송대관으로 할까, 주현미로할까. 흠, 뽕짝은 아니지만 조용필의 노래도 괜찮겠지?

노래 선곡이야 어쨌든 이제 가정(sweet home)으로 돌아가야 할 시간이다.

 제논
프라이어

Chap. 9
자신만만

자신만만

딸깍!

모두의 신경이 소리의 진원지로 향한다. 저녁식탁의 상석
에 앉은 메를린이었다. 손대면 바스러질 것처럼 딱딱하게 경
직된 동작이지만, 결코 품위를 잃지 않고 사뿐히 스푼을 놓고
있다. 그럼에도 스푼이 식탁에 닿는 소리가 창밖의 천둥보다
크게 느껴지는 것은, 그만큼 분위기가 경색되어 있기 때문이
리라.

"저, 마님, 그만 드시게요?"

간간히 식당과 주방을 오가며 음식을 조달하던 수지의 질
문에 말없이 고개만 까닥인다. 그렇게 얼음장 같은 얼굴로 일

어난 메를린은 곧 출입문으로 향했다. 당최 밥을 목으로 넘기기 힘든 오라를 풍기면서.

'대체 왜 저러는 거지?'

동석해 있는 헤리슨이나 동생들도 그랬지만 제논도 무척이유가 궁금했다. 귀가하고부터 내내 냉기서린 표정이었다. 근래 몇 개월 동안 전혀 없던 일이다. 바깥에서 아무리 힘든 일이 있었더라도 저택에 들어서는 그녀의 얼굴엔 항상 웃음기가 떠나지 않았었는데.

움찔.

문득 걸음을 멈춘 메를린이 차가운 시선을 착 향해온다. 그때문에 허를 찔린 것처럼 저도 모르게 움찔한 제논은 앵무새처럼 되뇌었다.

"제논, 식사 끝나면 서재로 오너라!"

"서재요?"

"그래, 서재!"

구구한 질문은 허용하지 않겠다는 듯, 말이 끝나자 어투의 냉랭함만큼이나 단호한 걸음으로 식당을 나가버린다. 덕택에 약간 늦게 대답한 제논의 음성이 표적을 잃고 허공을 맴돈다.

"네, 어머니……."

영문을 알 수가 없어서 제논은 멀뚱멀뚱해졌다. 맞은편 자리에서 빤히 바라보는 마리의 시선에 이유를 말해달라는 독촉의 뜻이 실려 있다. 하지만 자신도 모르는 터에 동생들의 궁금증을 해소해 줄 방법이라곤 없지 않은가.

흠칫.

'어? 헤리슨?

그는 무슨 일인지 알고 있는 모양이었다. 별 의미 없이 눈을 굴리다 헤리슨에게로 눈길이 옮겨갔는데 흠칫거리며 시선을 피하지 않는가.

묵묵히 식사를 마저 하는 태도로 보아서는 짐작하는 바가 있긴 있되 발설하기 곤란한 모양이다. 하긴, 심각한 사안으로 제논이 우선적으로 알고 있어야 할 일이라면 미리 귀띔하지 않을 리는 없을 터.

어차피 어머니의 부름에 따라 서재로 가야하는 상황이다. 직접 대면하면 알게 될 일. 헤리슨이 저렇게 말해주기를 꺼려하는 사안을 꼬치꼬치 다그쳐 캐묻기도 그렇다.

'약해지면 안 돼!'

왠지 스산한 저녁나절이었다. 석양과 함께 찾아온 빗줄기는 겨우겨우 땅을 적실 정도로 빈약한데 먼 하늘의 천둥소린 섬뜩하도록 주변을 긴장시키고 있었으니까.

게다가 매번 이 시각이면 슬슬 들려왔어야 할 아이들의 노랫소리가 온데간데없어 진 탓도 있으리라. 그래도 다시 한 번 마음을 다잡는 메를린이었다.

‘그것만은 안 된다.’

사태의 발단은 헤리슨의 분주함이 메를린의 눈에 포착된 탓이었다. 가게영업과는 전혀 무관한 일로 온종일 분주하게 들락날락했던 것이다.

어차피 예정상 들어올 물건도 낼 물건도 없었던 날이라, 놀고 있는 마차였다. 빈 짐칸에 가게와는 무관한 짐이 실린다고 굳이 지적할 이유는 없었다. 항상 어련히 알아서 챙기는 헤리슨이었으니 하는 일에 꼬치꼬치 토를 달았던 적도 없다.

종종 그러하듯, 집근처의 마을 사람들이 부탁한 짐들일 것이다. 그런데 짐칸에 실린 짐이 제법 많았던지라 궁금증이 가중됐다. 그래서 지나는 투로 물었다. 누가 부탁한 물건이냐고. 질책의 의미는 전혀 없는 순수한 호기심의 발로였다.

의외의 대답을 들었다.

제논이라고 했다.

제논이 왜 그런 유리들과 석회 등등의 것들이 필요하단 말인가? 학교에서 저런 과제물을 내줄 리 만무했다. 특히나 제논은 4년차 입시반이 아닌가?

마침 옆에 있던 수지도 요즘 제논이 거의 공부에는 신경을 쓰지 않는 눈치였다는 말을 보탰다.

‘그거구나!’

순간적으로 느낌이 왔다. 무엇에 쓰려는 것인지는 모르지만 한 가지 사실만큼은 확실했다.

'제논이 아카데미 진학을 포기했구나!'

순간적으로 눈앞이 캄캄해왔다. 짐작은 하고 있었지만 강렬히 치솟는 실망감은 어쩔 수가 없었다. 그래도 느낌만으로 지레짐작은 안 된다. 아득해지는 정신을 추스르고, 혹여나 하는 마음에 헤리슨을 추궁했다. 전후사정을 알아야 내막을 가늠할 테니까.

가업의 경기를 물어보더라는 것도, 어떻게 대답하고 반응했는지도 전부 듣자, 추정은 확신이 되었다.

장남, 차기 프라이어 남작은 아카데미 진학을 포기해 버린 것이 분명했다.

아카데미 진학은 실질적인 제국의 지배층에 진입한다는 뜻이다. 약간의 시간차가 있을 뿐, 학벌에 걸맞은 실력으로 충전시켜서 입학자는 반드시 졸업시키니까.

공식적인 집계로 일억 명이 넘는 인구 중에 아카데미라는 고급 교육기관을 졸업한 사람은 소수점 몇 퍼센트. 그렇기에 졸업과 동시에 합당한 대우를 통해 각 중요 기관에 배치되어 왔다.

물론 메를린도 알고는 있다. 작년 제논의 성적으로 미루어 짐작컨대 황립아카데미에의 진학은 거의 불가능에 가깝다는 사실을.

그렇다 해도 사람이란 확실한 결과가 나오기 전엔 일말의 희망정돈 품는 법이다. 비록 이루지 못할 희망일지라도 미미하게나마 희망이 있는 것과 아예 없는 것은 전혀 의미가 다르지 않는가.

또한 최선을 다하고 실패를 경험하는 것과 시도도 하지 않고 중도에 포기하는 것과의 차이 역시 얼마나 큰지도. 그렇기에 최선을 다하기를 바랐다.

그런데…….

어떻게 가게에서의 이후 시간을 보냈는 지도 기억나지 않는다. 망연자실한 탓이다.

'그래…… 그랬었어.'

요즘 들어 왠지 느낌이 좋지 않았다. 따끔한 말을 건네려가도 제논의 얼굴만 대하면 남작의 젊었을 때 모습이 떠올라 번번이 실패했다. 오늘만 해도 그렇다. 단단히 벼르고 귀가했건만, 마차에서 내리는 순간부터 메를린은 마음이 약해졌다. 집에서 흘러나오는 아이들의 밝은 웃음과 노랫소리 때문이었다.

그래서 스스로의 약해지는 마음을 다잡으려고 더욱 표정을 엄하게 굳혔다. 그리고 제논을 서재로 불렀다.

똑똑똑.

"어머니, 접니다."

"들어오너라."

서재 문이 열리고 말끔한 정장을 차려입은 제논이 들어선

다. 메를린 자신도 정장차림이다. 남편이 쓰던 서재였다. 그 전에는 전대 남작, 또 그 전에는 전전 대 프라이어 남작이 사용하던 서재.

가문의 시조가 이곳에 터를 잡아 뿌리를 내린 이래로 서재는 남작가의 집무실이 되어왔다. 그래서 서재를 출입하는 사람은 반드시 정장차림이어야 했다. 집안 대대로 전해 내려오는 불문율이다.

"부르셨습니까?"

"게 좀 앉아라."

막상 아들의 얼굴을 대하자 또다시 마음이 약해지기에 더욱 어조가 싸늘해지는 메를린이었다.

"무슨 일이신지요?"

이건 마음에 든다. 현진의 생각이다. 서재에서는 차림새에 발맞춰 말투도 사무적이어야 한다는 관례였기에 평소의 약간 어리광 섞인 제논의 닭살 어투를 사용하지 않아도 되는 것이다.

"오히려 내가 묻고 싶구나. 어떻게 할 생각이냐?"

"무엇을 말씀하시는지……."

피치 못하게 말꼬리가 흐려진다. 어머니의 쌀쌀한 표정은 원판의 기억을 뒤져 봐도 전혀 전례가 없는 일이었다. 물론 제논이 워낙 에프엠 모범생이었기에 꾸중들을 일이 없었던 덕이기도 했지만.

메를린이 신봉하는 교육의 원칙은 '꾸중과 체벌'이 아닌 '칭찬과 격려'를 통한 자발적인 습득이었다. 그 때문에 늘 자애로운 미소가 입가에 떠나지 않았던 그녀였는데. 나름대로 켕길 수밖에 없는 현진이었다.

자신은 사실 제논이 아니라, 원판인 그의 육체를 무단점거하고 있는 '현진'이니까. 이제는 사뭇 자연스럽게 그녀를 어머니로 인식하고 있는 터에, 이유없이 쌀쌀해진 상황이니 더욱 그렇다.

"아카데미는 포기한 게냐?"

말이 늘어지면 더는 스스로가 냉정함을 유지할 자신이 없어서 직설적으로 문제의 핵심을 짚는 그녀였다.

"네? 그게 무슨 말씀이신지요?"

저쪽 동네에서도 공부에 대해서는 단 한 번도 채근을 받아본 적이 없는 현진이었다.

"근래 들어 공부보다 엉뚱한 쪽에만 신경을 쏟고 있지 않느냐?"

"아니요. 전혀 그렇지 않습니다."

기우였다. 운동과 온실 일에 매진하느라 공부를 등한시할 것을 우려하는 모양이다. 세상 모든 입시생 부모가 그러하듯이. 현진 스스로가 가장 확신하는 일이었기에 자신감 넘치는 대답이 논스톱으로 나간다. 일말의 거리낌 없는 맑고 명쾌한 음성으로.

 제논
프라이어

"당연히 아카데미에 진학해야죠."

"……."

"요즘 체력단련에 시간을 많이 투자해 그렇게 짐작하신 모양인데, 입시 문제라면 제 나름대로 충분히 준비하고 있으니 전혀 걱정하지 않으셔도 됩니다."

너무도 자신만만한 태도였다.

제논의 성적수위를 익히 알고 있는 메를린마저도 아들내미의 아카데미 합격은 지당하리라는 착각이 들 정도로 확신에 찬 어조다.

주지하다시피 설득이라는 것은 설득자의 확신을 듣는 대상에게 전이(傳移)시키는 작업인 것이다. 남을 속이려면 먼저 자기 자신을 속이라는 말이 공연한 것이 아니다.

결국 설득력이란 말보다는 확신에서 우러나오는 분위기가 핵심임이 다시 한 번 증명되는 순간이다. 대답 직후, 묘한 적막이 서재를 감돌았던 것이다.

예상치 못한 제논의 답변에 말문이 막혀버린 메를린이었기에 정적의 시간이 길어졌다. 그녀가 준비한 대화는 제논이 진학포기 사실을 시인하는 것에서부터 출발하는 것이었기에 더욱 그러했다.

예상한 '포기'라는 답변이 나오면 대화의 흐름을 이렇게 잡으려했다. '다가올 11월의 입시를 최선을 다해 준비하는 것'에는 '아카데미 입학시험 통과냐 아니냐'는 단순한 결과 이상의 의미가 있음을 설명하고, 그 내용을 충분한 훈계를 거쳐 납득시킨다.

그리고 수험문제를 떠나 학생신분으로서의 소홀함에 대한 제논의 반성을 받아냄과 동시에 배전의 노력을 종용하려던 참이었다.

물론 현재의 성적으로는 제논의 진학이 '아주' 힘들다는 것을 알고는 있지만, 결과보다 과정이 중요하다는 일반론에 입각해 대화를 풀어나갈 생각이었던 것이다.

그런데.

"제논아, 그러니까…… 진학할 자신이 충분히 있다는 뜻이냐? 포기한 게 아니라?"

"네, 그렇습니다. 이제까지 제 사전에 '해보지 않고 포기한다.'는 문장은 없었습니다. 내일 당장 시험에 응해도 무난하게끔 충분한 준비도 해왔고요."

"……꽤 어렵다는 것은 알고 있니?"

그래도 불가능을 내포하는 단어를 쓰지 않고, 그저 '꽤'라는 표현을 사용하는 것은 그녀의 마음 한편엔가 일말의 기대감이 남아 있었기 때문이리라.

"네. 다들 그렇다고 하더군요."

"시험을 코앞에 두고 딴 짓을 할 정도로 만만한 게 '전혀' 아닌 것으로 알고 있는데?"

너무도 천연덕스런 제논의 대답이었기에 '전혀'를 강조했

 제논 프라이어

다. 무모함에 대한 우회적인 질책을 담기 위해.

"입시준비와 더불어, 요즘 계획하고 있거나 진행하고 있는 일들을 병행할 정도의 여유는 있습니다."

"음……."

또 말문이 막힌다. 뭔가 대화가 어긋나고 있다는 느낌을 지울 수 없는 메를린이었다. 그러나 딱히 대화의 흐름을 바꿀 만한 방법이 없다.

애초에 준비한 지적사항이며 강조하고자 했던 요지(要旨)가 진학자체보다는 '최선을 다하는 것'과 '스스로 역량의 한계를 깨닫는 것'.

그리고 실패에서 오는 좌절감을 극복하고 '극복 과정에서의 자신감 확보'에 있었으니까.

지금까지 제논의 행동거지를 반추해 보아도, 가족들을 포함한 사람들과의 대화에의 기본은 '정직'임을 어릴 때부터 주입하다시피 해온 프라이어 가문의 가정교육을 의심할 근거라곤 아무것도 없다.

제논뿐만 아니라 가족 중의 누구도 거짓말을 배우지 않았고 거짓을 행하는 것 또한 보지 못했다.

그저 주제파악에 조금 문제가 있어 보이지만, 그것을 질책하는 것은 어리석은 일이다. 입시기회가 한 번만은 아니니 터무니없는 자신감이 어떤 결과를 낳는지 체험해 보는 것도 나쁘지 않은 일일 것이다.

스스로가 초래한 결과를 자력으로 극복하는 과정이 바로 진정한 어른이 되는 길이니까.

그래서 메를린은 대답했다.

"그래, 제논. 알았다. 네가 그렇게 자신한다니 결과를 지켜보마."

"네. 실망시켜 드리진 않을 것입니다."

"……나가서 볼일 보도록 하렴."

"네, 나가보겠습니다."

'정말 다 컸구나……. 그래 이거면 충분하지.'

씩씩한 대답을 남기고 문을 나서는 아들의 등이 매우 넓고 든든해 보이는 날이었다.

서재를 뒤로한 제논은 문득 의아해졌다. 너무 조용하다싶었다. 위협하듯 울리다 어느 틈인가 기세를 잃고 멀어져 간 천둥소리처럼 방밖의 인기척도 뚝 끊겼다 했더니, 거실에 아무도 없었던 것이다.

'다들 어디에 갔……? 아, 자릴 옮겼구나.'

현진은 곧 순간 연유를 깨달았다. 집안의 내력, 혹은 충실한 가정교육의 성과라는 말의 의미도. 프라이어 남작가엔 '우발적으로라도 가족의 치부를 엿듣는다.' 라는 법은 없는 것이다. 미필적 고의도 고의니까.

그 때문에 모두들 서재에서의 대화가 들리지 않는 곳으로 자리를 피한 것이리라.

　그리 나쁘지 않아 보인다. 이 집안에 어울리는 가장이 되는 것도. 낯설기만 하던 이 세계가 더욱 친숙하게 다가온다. 동시에 이방인(異邦人)이 아닌 한 명의 구성원으로 소속되고 싶다는 강한 열망도 함께한다.

＊　　　　＊　　　　＊

　언제 천둥이 쳤냐는 듯이 화창하게 갠 새벽하늘. 개편한 기상시간에 맞춰 오늘도 아침수련을 시작으로 일찌감치 하루를 열었다.

　'오, 이제 그럭저럭 컨트롤이 되는 걸?'

　모친과의 면담은 성공적이었다고 자평하는 제논이었다. 공식적으로 온실 만드는 작업을 허락받은 셈이니 말이다. 지난밤 어머니와의 그 면담이 끝난 후 마음의 갑옷을 한 꺼풀 벗은 탓일까?

　항상 마나홀을 벗어나는 즉시 폭주를 시작하던 마나가 오늘은 왠지 순해진 느낌이었다.

　기분 탓만은 아닌 것이 몇 번의 시도 끝에 완전하지는 않지만 마나드릴 일부를 목뼈 부근까지 인도하는데 성공했다. 정신력이 한계에 다다랐지만 한 번 더 시도해 보고 싶은 욕망이 인다.

하지만 안 될 일. 애써 욕심을 누르고 일어선다. 과욕은 금물이며 서두름이 좋은 결과를 가져오는 경우는 익히 없음을 잘 알고 있으니까. 더구나 할 일은 많고 시간은 정해져 있다.

'자, 오늘부터 본격적으로 움직여야지.'

낫을 챙겨들고 말을 몰아 숯가마 예정지를 찾았다. 창고바닥의 삭초는 완료되었으니 다음으로 착수해야 할 일이 바로 숯가마 예정지의 삭초작업이었던 것이다.

가마터를 고르기 위한 기초 작업의 성격도 있지만 다른 이유도 있다.

농사의 기본은 퇴비다. 땅이 비옥해야 소출이 높은 것. 지금처럼 제한된 농지를 가진 상태에서는 더욱 퇴비의 중요성이 증가하는 것이다. 제논이 지금 열심히 풀을 베어야 하는 이유였다.

썩썩, 썩썩.

어둑새벽에 꾸벅꾸벅 졸다가 얼결에 끌려나온 얼룩이가 산그늘에서 그 큼직한 눈을 끔벅이며 낫질하는 제논을 쳐다보고 있다. 뭣도 모르는 얼룩이는 자기 먹을 양식을 마련하는 줄 알고 속으로 기뻐하고 있겠지만, 천만의 말씀 만만의 콩떡이다.

며칠 간의 작업 덕에 낫질요령은 이제 온전히 몸에 익은 모양이다. 30여 분 남짓의 낫질 끝에, 이틀 치 작업량으로 예정한 산자락의 풀을 모두 베어 한편에 모았다. 베어낸 잡초더미를 뿌듯한 시선으로 돌아보며 안장에 오르는 제논의 얼굴이 무척이나 밝다.

나머지 지대의 삭초(削草)작업도 사흘만 더 투자하면 얼추 끝날 듯싶다. 어차피 운반은 며칠 치를 모아 마차로 한꺼번에 실어 나르면 될 일이었다.

집에서 가까운 쪽에도 풀을 벨만한 곳을 몇 군데 점찍어두었다. 네 동의 창고와 이곳의 풀들만으로는 아무래도 퇴비가 모자랄 것 같았으니까.

설사 남더라도 어차피 지력을 도우려는 것이니 퇴비를 넉넉하게 사용하면 될 것이다. 여하튼 그쪽은 가까우니 말이 없어도 된다. 오후에 작업해도 된다는 뜻이다.

"오빠 대체 어디로 사라진 거람?"

퉁퉁 부은 얼굴로 대문 앞을 서성이고 있는 마리의 독백이다. 등교하기 전에 오빠를 만나야 할 일이 있기에 평소보다 일찍 일어났다.

간단히 세안을 마치자마자 뒷동산 너머 오빠가 수련하던 장소를 찾았는데 제논이 없었다. 이른 아침부터 송골송골 땀이 나는 것에도 아랑곳 않고 다이렉트로 달려왔건만 막상 찾는 사람이 없으니 황당했다.

큰 소리로 부르며 근처를 샅샅이 뒤져 봐도 찾을 수 없었다. 결국 허탕만치고 집으로 돌아왔다.

도착 즉시 현관을 살피니 오빠의 실내화가 눈에 띄었다. 분명 밖에 나갔다는 뜻이다. 집안 곳곳을 찾아 헤매던 중에 마구간에 들러보니 말도 한 필이 없었다. 그럼 또 말을 타고 갔다는 이야기가 된다.

오빠가 벼락을 맞았던 뒤뜰을 대신해 새롭게 수련장소로 삼았던 곳이 바로 뒷동산 너머 창고 부근이다. 그런데 그보다도 먼 곳까지 나간 모양이다. 덕분에 더 이상 찾을 생각을 포기하고 대문간에서 기다리고 있는 참이었다. 자꾸 조급해지는 심정을 누르며.

"빨리 좀 오지!"

마리가 등교 전에 오빠를 꼭 만나야만 하는 사연은, 어제 냉기를 풀풀 풍기며 돌아온 어머니 덕분에 '여름'이란 곡을 배우다 말았기 때문이었다.

새로운 노래를 배우는 것은 그 자체로 즐겁고 기쁜 일이기에 늘 제논을 졸라대는 마리였지만, 요즈음은 반드시 배워야 하는 또 다른 이유가 생긴 터였다.

학교 친구들 때문이었다.

사실 제논의 신곡을 기다리는 사람들은 프라이어 가문 내의 사람들만이 전부가 아니다. 오히려 마리의 학교 친구들이 더욱 간절히 기다리는 편이었다.

처음에는 오빠에게 배운 곡들을 동생들에게만 가르쳤다. 물론 수지에게도 가르쳐줬다. 흥겨운 노래들이었기에 틈만

나면 흥얼거리는 것은 가문내 사람들 모두에게 새로이 생긴 습관이었다.

그러다 보니 학교에서도 쉬는 시간이면 나지막이 흥얼거리곤 했다. 마리의 생소한 노랫가락을 접한 짝꿍이 몇 번 따라 흥얼거리더니, 이틀 만에 가르쳐 달랬다.

앞서 거론했다시피, 천생 접장스타일인 마리였다. 동생들에게 가르치듯 살뜰하게 가르쳐 줬다. 다음날에는 마리의 몇 안 되는 학교친구들이 같이 따라 배웠다. 그러다 평소 잘 어울리지 않던 나머지 다른 친구들까지 마리의 노래시범에 귀를 기울였다.

그때부터 마리가 폭발적인 인기를 얻기까지는 불과 며칠 걸리지도 않았다. 결국 반 전체가 배우게 되었다. 쉬는 시간이면 마리 주변의 책상은 모두 사라지고 그 자리에 반 아이들이 죄다 몰려들곤 한다. 마리에게서 노래를 배우기 위해서였다.

유행은 들불처럼 번지는 것. 순식간에 옆 반으로도 퍼져 나갔다. 어느 날부턴가는 몰려든 애들로 출입구가 막혀, 화장실 출입조차 곤란해졌다.

생리적인 문제해결에 상당한 애로를 느낀 같은 반 아이들이 다른 반 애들의 출입을 통제시켰다. 그 때문에 약간의 소요가 일었다. 마리의 추종자 중에는 교사들도 있었기에 파문이 더욱 확산될 조짐조차 보였다.

교사들의 주재(主宰)로 문제해결을 위한 자리가 마련되었다. '마리를 사랑하는 사람들의 모임', 일명 'I ♡ Mary' 가 그 자리에서 전격 결성되었다. 그리고 일사천리로 타협안까지 통과시켰다.

일단 같은 반 애들과 각반의 '러브 마리' 대표들이 먼저 마리에게 노래를 배우고, 그들이 각자 자기반 아이들을 가르쳐주는 조건으로 협상이 이루어진 것이다. 그렇게 마리 프라이어는 재학 중인 프리-아카데미 내에서 이 시대 최고의 음유시인으로 통한다.

적어도 이삼 일에 한 곡씩은 제논에게서 신곡을 배우고 그것을 학교에서 발표해왔다. 그런데 요 며칠 오빠의 얼굴을 보기가 상당히 어려워졌으니 신곡발표가 끊길 수밖에. 그 결과 인기의 부작용이 일어났다.

여기저기서 마리에게 압력이 가해진 것이다. 뭐 압력이래야 '졸라대기' 가 전부였지만, 사람이 많다보면 그중에는 좀 더 교묘한 사람들도 있기 마련이다.

선물공세와 같은 것으로 심적인 부담감을 지우는 부류가 그런 유형이었다.

어제는 선생님들에게서 옷까지 선물 받았으니 반드시 신곡을 배워가야 하는 것이다. 반대급부로 신곡을 가르쳐 달라는 조건이 붙은 것은 아니지만, 선물의 의미를 모를 정도로 마리가 둔치는 아니었던 것이다.

그런 것도 모르고 제논이 행방불명이 되어버렸으니.

'둔팅이 오빠 같으니라고!'

집밖에선 절대 발설하지 말라는 당부가 있었지만, 실은 모두 오빠에게 배운 노래들이라고 확 불어버릴까 보다, 하고 생각하는 마리였다.

푸르릉~.

말의 투레질 소리!

반사적으로 고개를 돌린 마리의 시야에 모퉁이를 돌아오는 제논의 모습이 포착된다. 더 기다릴 것 있는가. 구르듯 한 달음에 달려가며 외친다.

"오빠~! 대체 어딜 갔다 오는 거야?"

"으응. 볼 일이 좀 있어서. 얍~."

"앗."

흠, 서구적인 외형이라 원판이 좀 그림이 된다. 삐쳤는지 입술을 삐죽이며 쪼르르 달려오는 모습이 너무도 귀여워 달랑 들어 앞좌석에 앉히는 현진이었다.

푸릉!

갑작스런 무게 증가에 얼룩이가 약간 휘청거리는 기색을 띈다. 그야 일선에서 따돌림 받을 정도로 노쇠한 녀석이긴 하나, 그동안 마리도 에어로빅을 꾸준히해 왔지 않았던가. 언뜻 보기에는 분명 살이 꽤 빠졌는데 말(馬)에게 부담을 줄 정도인……? 아무튼, 질량보존의 법칙은 생각지도 못한 곳에서 작용하고 있는 듯하다.

"기다린 모양이구나. 오빠가 그렇게 보고 싶었어?"

"그으래! 너무너무 보고 싶었다."

꼬집.

"욱~ 여자애가 웬 손이 이렇게 맵냐?"

쌓인 게 많은지 옆구리로 날아오는 손톱 공격이 제법 맵다. 엄살을 떨어보이자 고소해 하는 척한다.

"흥~ 동생을 놀래 키고 걱정시킨 나쁜 오빠는 벌을 받아야 돼."

"그래그래, 미리 언질도 없이 우리 이쁜 공주님을 마냥 기다리게 하다니 오빠가 잘못했다. 어떻게 하면 우리 귀여운 공주님의 화가 풀릴까?"

"베에에. 말로만 이쁘면 뭐해? 어제 배우다만 노래부터 가르쳐줘요! 성의를 표시하는 게 먼저잖아."

"응? 이야기가 왜 그렇게 되냐. 그러니까, 오빠를 기다린 게 아니라 노래를 기다린 거구나."

"아니, 절대로! 단지 오빠가 동생을 얼마나 사랑하고 있는지 그 척도를 가늠하는 잣대로 여기고자 할 뿐."

"오, 제법 유식한 표현을 배웠……! 알았다, 알았어. 어제 가르쳐 준 가사는 다 외웠니?"

"응, 다 외었어요."

"그럼 내가 먼저 부를 테니 따라해 봐."
"응, 얼른 불러줘요!"
언제 통통 부어 있었냐는 듯, 하늘만큼 화창한 음색이다.

홍에 겨워 여름이 오면 가슴을 활짝 열어요~

이젠 한번만 불러주면 거의 따라하는 마리였다. 품에 폭 들어오는 조그마한 체구가 호흡을 고르고 리듬을 탄다.

산도 좋고 물도 좋아라 떠나는 여행길에서
홍에 겨워 여름이 오면~

마리의 발랄하고 고운 음색에 실린 노랫가락이 저택의 아침을 활짝 열고 있었다.

*   *   *

무더운 여름 내내 제논의 일과는 상황에 맞춰 거듭거듭 조정되었다. 새벽이면 간단한 수련을 마치고, 말을 몰고나가 풀을 베었다.
오전에는 등교하고, 오후에는 쟁기질에 곡괭이질로 창고 바닥을 일구는 작업을 진행했다. 하루하루 헤리슨이 실어오

는 유리로 틈틈이 창틀도 만들었다. 베어온 잡초 더미에 인분
과 마구간에서 나오는 분뇨를 뿌리고 석회를 물에 타서 뿌리
기도 했다.

그렇게 바쁜 여름이 지나고 있다. 노력한 보람인지 쇠스랑
으로 거름을 헤집을 때면 질척질척한 것이 제법 거름 티를 낸
다.

퇴비작업을 시작한 처음 며칠 간은 동생들은 아예 작업장
근처에도 얼씬하지 않았다. 주로 더운 한낮에 작업하기에 그
랬지만 실은, 분뇨냄새 때문이다. 일을 마치고 현관에 들어서
면 마리가 코를 막고 몇 번이나 다시 씻고 오라고 하는 판이
니 후자가 정답일 것이다.

샤워 크림이나 코롱까지는 아니더라도 노랗고 둥그런 다
이알 비누가 아쉬운 제논이었다. 이 동네의 잿물로 만든 비누
는 향긋한 향은 기대도 못하고 몸에 배인 냄새조차 잘 가시지
않았다.

그래도 명색이 전직 과탐 강사였기에 제조법 정도는 꿰차
고 있다. 그러나 그 뿐. 방법을 안다는 것과 실현한다는 것은
명백히 다른 문제다.

'그 또한 아직은 훗날을 기약해야겠지.'

전반적인 기반시설이 전혀 없는 터에 제조법만 알고 있으
면 뭐 하겠는가? 빛 좋은 개살구다. 물론 마음먹고 현재의 가
용자금과 시간을 총동원하여 그 일에만 매진한다면 제작이

가능할지도 모른다. 하지만 그렇게 만들어내는 것까지가 전부가 아닌 것이 세상사다.

만들고 나선 상품화의 길을 모색해 투입한 본전을 뽑아야 할 게 아닌가. 기반확충에 쓰여야할 귀중한 시간과 노력을 나눠 투자한 기회비용도 생각해야 한다.

모르긴 몰라도 시도만 하면 인기상품이 될 것임에는 틀림이 없다. 비록 소비자들의 구매력이 열악한 수준이라고는 해도 상당한 수요를 촉발할 것이니까.

문제는 이 세계가 법 없이 사는 특수계층이 줄줄이 존재하는 동네란 점이다. 프라이어 가는 먹이사슬의 최하층을 갓 면한 지점에 위치하고 있고.

하기야 그런 문제는 이 동네만이 아니라 저쪽 동네에서도 마찬가지이긴 했다. 중소기업에서 자금력의 한계까지 투자하여 기술을 개발해 특허를 획득하면 성과는 대기업이 독식하는 것이 다반사였으니까.

그렇지만 그 정도가 이쪽은 더 극심하다는 이야기다. 특권층이 개입하면 멀쩡히 두 눈 뜨고 자기 것을 빼앗겨도 '아앗' 소리 한번 못 지르는 세상인 것이다. 지킬 능력도 없이 보물을 가지는 것은 명백한 죄악이다. 범죄를 유발하는 것이 나쁘냐 범죄를 저지르는 것이 나쁘냐고 묻는 것은 어리석음의 소치일 뿐.

먼저 지킬 능력을 확보하고 난 연후에 뭘 시도해도 시도해야 할 일인 것이다.

그나마 온실 농사야 정 안되면 방법을 오픈하면 그만이다. 아마 모르긴 해도 황실이나 공작, 후작가 정도라면 개인온실 정도는 가졌을 것이다.

유리산업과 마법을 비롯한 각종 연구 분야, 그리고 나름대로의 농법이 발달한 사회에서 극소수의 특권계층이 누리지 못할 것이 무엇이겠는가? 단지 그 방법이 일반에 나오지 않고 독점되어 있을 뿐일 터.

어쩌면 현진이 추측하는 방면으로는 전혀 발달되지 못했을 수도 있다. 그렇다고 하더라도 특권층이 관심을 기울일 부분은 산출물이지 농사자체는 아닐 것이다.

농법자체를 오픈해야 하는 최악의 경우가 되더라도 상황은 그리 비관적이지 않으리라는 계산도 있다. 너도나도 온실을 만든다고 하더라도 농법의 변화가 단기에 획기적으로 발전할 리는 없는 것이다.

물론 유리 등의 시설자재 가격은 급등할 소지가 있고 매출 또한 첫해보다는 많이 떨어지겠지만, 제철농사에 의존하는 것보다는 고수익을 얻을 수 있을 것이다.

외형적으로 보기에는 유리를 이용해 온실을 만드는 것이 핵심으로 보이겠지만, 제논이 생각하기에 온실재배의 핵심기술은 퇴비와 내부 난방에 있었다.

그러니 그쪽만 유출되지 않도록 조심하면 되는 것이다. 남들이 흉내를 내고 따라오는 동안 이쪽의 농법은 경험이라는 원군의 힘으로 일층 발전할 것이고, 선발의 효과로 단골고객 또한 충분히 확보할 수 있을 테니까. 이른바 틈새시장의 공략인 셈이다.

하긴 온실재배란 것은 저비용 고수확 품목은 아니니 대량생산은 무리인 기술임에 틀림없다. 그 때문에 대중화에 실패한 것일지도. 만약에 대량생산이 가능했다면 일반화 되었을 가능성도 높으니 말이다.

차치하고, 지금은 스스로의 역량 도야가 먼저다. 그리고 자금력도 문제인 상황.

참 그러고 보면 이러한 운명의 스토리 라인을 짠 조물주의 센스는 극악임에 틀림이 없다. 아마도 새디스트 계열일 듯싶다. 이왕 낯선 동네 낯선 이의 몸에 빌붙어 한 세상 살게 할 것이면 그 뭐냐, 애들 좋아하는 판타지 소설에 나오듯이 번쩍번쩍 잘나가는 집안의 후계자쯤으로 설정해 주면 얼마나 좋은가?

하긴, 무늬만 귀족이긴 해도 끼니걱정 안할 수 있는 제논의 몸을 점지해 준 것만도 감지덕지한 일일지도. 틈틈이 저쪽 세상에서 배웠던 것을 기록해 둘 시간도 낼 수 있으니 말이다. 이 동네의 일반 평민가정에서 태어났더라면 그나마도 불가능했을 것이다. 당장 먹고사는 전선에 투입되어야 했을 테니까.

그러니 이 정도라도 가지게 해준 조물주에게 감사를! 혹여 아는가. 아부가 통하면 좀 더 편한 길을 만들어줄지.

여하튼.

그날 서재에서의 면담이 있은 후부터 어머니가 적극적으로 도와준다. 직접 일을 거들어주는 것은 아니다. 간혹 뭐 필요한 게 없는지를 묻고 요청하는 것들을 재깍 구해다 주는 것이다.

뭔가 면담에서의 의사전달에 애로가 있었던 듯도 하지만 어쩌랴. 성적을 증명할 길이 없는 것을.

상추, 딸기, 토마토, 오이 등의 파종할 씨앗들은 충분히 확보했다. 여인네가 통도 크지, 부탁한 양의 몇 배를 구해왔다. 거기에, 유리도 큰 흠이 없는 반듯반듯한 것들로 구해줬다. 아마도 약간의 돈을 들였을성싶다. 창틀 만드는 것을 눈여겨 봤는지 아예 창틀도 대량으로 만들어 유리를 끼운 채로 가져왔으니.

헤리슨의 귀띔에 의하면 창틀용 나무를 구입해 두고 가게 일꾼들이 한가할 때 만들라고 시켰단다. 게다가 아들을 아예 농사꾼으로 만들기로 작정했는지, 곧 죽어 넘어져도 이상할 것 없는 얼룩이를 대신해 제일 힘 좋은 짐말을 제논 전속으로 넘겨줬다.

또 몇 년 째 뒤뜰에 방치되어 있던 낡은 짐마차를 수리해서 제논용으로 배정해 줬다. 덕분에 제논이 추진하는 일의 진척은 탄력을 받고 있었다.

‘……그들이 오는 모양이구나.’

제논의 민감한 감각이기에 감지할 수 있는, 미미한 땅울림과 함께 산곡의 공기파동이 미묘한 변화를 일으킨다. 누군가 접근하고 있다는 뜻이다. 이 시각 이곳에 오는 사람이라면 톰슨과 보비이리라.

제논의 온실작업의 진척을 가속화시킨 또 다른 요인이 바로 그들이었다. 어머니와의 면담이 있은 후 열흘 정도가 지났을 무렵, 메를린이 농사일에 밝은 그 두 사람을 지원해 줬다.

사업상황이 점점 나빠져서 추가로 인원감축을 하느냐 마느냐로 고심하던 시점이었기에 쉽게 인력을 돌릴 수 있었으리라 짐작된다. 당시 자구책으로 겨울쯤부터 폐 창고를 헐고 농사를 지으려는 계획까지 입안한 터였으니까. 그쪽 일을 담당할 예정이던 톰슨과 보비를 조금 일찍 가게 일에서 빼고 제논에게 지원해 준 것이다.

프라이어 가문의 사업은 농사와 밀접한 연관을 맺고 있는 일이다. 수확을 예측하려면 당해 농산물의 농법에도 조예가 있어야했다. 가업의 오너만이 아니라 지휘하는 일꾼들도 말이다. 그것은 곧 톰슨과 보비 둘 다 농촌 출신에 농사일에도 밝은 지원병이란 뜻.

사십대 초반인 톰슨은 프라이어 가에서 일한 지 십 년이 넘은 베테랑 일꾼이었고, 농사 전반에 걸쳐 지식과 경험을 두루 갖춘 인물이었다. 서른둘의 나이로 노총각인 보비는 가게 일을 도운 지 칠 년이 된 사람인데, 손재주가 특히 좋아 온실설 비뿐 아니라 숯가마 제작에도 여러모로 도움이 되는 사람이 다.

온실설비를 만드는 전체적인 기획은 제논이 했지만 세세 한 작업은 그들 두 사람의 몫이었다.

유기농 주말 농장에서 소일삼아 겪은 경험이 전부인 현진 이었으니, 수박 겉 핥기로 알고 있는 왕초보 농사꾼인 상태였 다.

현대적 농법을 맛본 가락이 있으니 몇몇 부분에서 조언을 할 수는 있겠지만 농사자체의 전문적인 지식은 이 동네 농법 에 익숙한 그들이 훨씬 낫지 않겠는가?

일반적으로 실생활과 관계되는 오랜 직업들은 지식보다는 실전경험이 더 중요한 법이고 농사는 더욱 그런 경향이 강한 측면이 있는 일인 것이다.

퇴비와 숯 제작, 그리고 온실의 기본 작업이 끝나면 정식으 로 농사를 지을 인력지원을 요청할 예정이었는데 메를린이 가려운 곳을 긁어준 셈이다.

사실상 제논의 역할은 거의 마무리 단계를 향하고 있는 상 황이었다. 제논이 기획하였던 가문의 부흥을 바탕으로 웰빙 을 누리려는 장기계획에 이번 작업이 큰 경험으로 작용할 것 임에는 틀림이 없었다.

그러나 애초에 농장주로 새 삶을 끝내고 싶은 생각은 없었으니 본격적인 농사일은 헤리슨의 지휘 하에 톰슨과 보비가 그 주역을 담당해야 할 것이다.

*　　　*　　　*

"카~ 시원하다. 역시 좋네요. 이거 맛 들리겠습니다."

'응? 뭘 마시고 있는 거지?'

꽤 잘사는 중산층 가정의 젊은 하인으로 주인내외의 심부름을 하고자 시장 통에 들어선 평범한 행인이었다.

뙤약볕을 피해 상점들의 처마가 드리우고 있는 그늘을 따라 걷는데 듣기만 해도 귀가 솔깃해지는 감탄사가 튀어나온다.

야채나 과일을 취급하는 상점들이 줄줄이 늘어선 부근. 막 지나치던 예의 가게도 그 지점에 있었다.

"아, 어서 오십시오!"

"아니 저, 물건을 사려는 게 아니고……."

호기심 때문이었는데 여하튼 기웃거리는 것을 대번에 알아채곤 재깍 환대해 오는 40대의 주인남자. 구입여부에 상관없다는 듯이 가게 일꾼들과 들이키고 있던 웬 음료를 한 컵 가득 콸콸 부어준다.

"안 사셔도 되니 걱정 말고 목이나 좀 축이십시오. 날씨가 엄청 덥지 않습니까. 더위 먹기 딱 좋죠."

"어, 이래도 되는 건지……."

말은 그렇게 해도 상술이거니 하는 생각이 들었지만 손에 닿는 차가운 컵의 감촉이 너무 유혹적이다.

희뿌연 빛깔의 음료였는데 희미하게 맡아지는 깔끔한 향기가 그리 나쁘지도 않다. 그래서 괜찮다고 재차 권하는 주인(?)남자에게 마지못한 것처럼 망설여 보인 행인은 음료를 들이켰다.

"……!"

그런데, 와! 정말 끝내준다. 생각지도 못했던 달콤함에 상쾌하고 쌉쌀한 맛이 어우러져 입안을 가득 채운다.

언뜻 밥물처럼 텁텁한 느낌도 있었으나 그것이 더욱 음료의 농도와 특성을 배가 시키고 있는 듯하다. 대체 이게 무슨 음료인지 모르겠다.

"한 잔 더 드릴까요?"

"어, 그래도 될까요?"

저도 모르게 입맛을 쩝쩝 다시는 모양을 보고 주인남자가 또 물어온다. 스스로가 좀 뻔뻔스럽게 느껴졌지만 그가 선뜻 다시 따라주는 음료를 기꺼이 받아 들었다. 그리곤 진열상품들을 구경하는 척하며 천천히 음미했다. 역시, 아주 시원하고 맛있었다.

"헤리슨, 여보! 뒤꼍에 가보세요."

"왜? 마님께서 부르셔?"

마님? 그럼 이 가게의 주인남자인 줄 알았던 저 사람은 주인이 아니라 고용인 측이었나 보다.

내실 쪽에서 고개를 빼곤 남편을 부르는 중년여자에게 그의 신경이 쏠린 사이, 휴식을 끝내고 일어나는 다른 일꾼들에게 컵을 돌려줬다. 머쓱해하는 태도로 조그맣게 답례하면서.

"잘 마셨습니다."

"아니, 뭘요. 이제 가시게요?"

"얻어먹기만 하고 그냥 가는 듯해서 미안하긴 합니다만, 다른 심부름을 가던 중이라서. 하지만 나중에라도 다시 들르겠습니다. 우리 주인댁에도 야채나 과일은 필요할 테니, 그땐 이리로 옵죠."

"네, 꼭 우리 상점을 이용해 주십시오."

"살펴가시오."

꼭 다시 찾아오겠다고 재차 답한 행인남자는 돌아섰다. 그리고 그는 다음날 바로 그 약속을 지켰다. 주인댁의 주방에 야채나 과일이 필요하진 않은지 일부러 알아보다 심부름을 자청했던 것이다.

헤리슨은 물건을 구입해 주러 다시 찾아온 그에게 문제의 음료를 유리병에 따로 더 담아주었다. 제논이 만든 바 있는 일명 '스위티' 였다.

*　　　*　　　*

덜컹덜컹 덜커덩.

'다 왔구나.'

이제 저 길모퉁이만 돌면 저택이 보인다. 메를린의 입가에 자신도 모르게 흐뭇한 미소 한 조각이 걸린다. 동승하고 있는 수지의 입가에도 그랬다. 직접 볼 수는 없었지만 마차를 몰고 있는 헤리슨의 입가에도 그럴 것이다.

와아~! 언니~이!

"……."

아닌 게 아니라, 마차가 모퉁이를 돌자마자 저택 쪽에서 새된 연호 소리가 들려온다. 갑작스런 고함임에도 일행들은 고사하고 마차를 끄는 말들조차 전혀 놀라지 않는다. 퇴근길 저택 진입로에 들어서면 늘 들려오는 소리라 완전히 면역이 된 탓이었다.

'비련' 이라고 했던가? 집안에서 요 근래 최고의 인기를 구가하고 있는 곡이다. 연호에 앞섰을 소리를 정확히 듣지는 못했지만 '기도 하는' 이나 '포옹하는' 이었을 것이다. 마리가 부를 때는 언니를, 제논이 부를 때는 오빠를 연호하는 것이 규칙이었으니.

듣자하니, 처음 제논이 그 노랠 시범했을 때, 온몸을 쥐어 짜듯 박력 있게 스타트하는 것을 보고 아이들이 무심결에 감탄을 했단다.

‘와아! 엄청 어려운 노랜 것 같다.’ 하고. 뒤이어 마리가 두 주먹을 불끈 쥐고 뒤질 새라 똑같이 흉내 내자 역시 ‘와아’ 하는 탄성이 튀어나왔다.

노래란 그저 보기 좋은 동작을 약간씩 곁들여 곱고 신나게 부르는 것이 최선인줄 알았던 아이들에게 신선한 제스처로 비춰져서 그랬던 것이리라.

그런데 그런 동생들의 반응에 눈을 끔벅이던 제논이 쿡쿡 웃다가 시켰단다. 감탄성이 후렴으로 쓰이면 더욱 분위기가 사는 곡이니 앞으로도 꼭 그렇게 하라고. 그러다 보니 저 노래의 시작이 저렇게 됐다.

이젠 ‘오빠~’ 나, ‘언니~’ 라는 연호가 없으면 노래하는 맛이 나지 않는다나. 지금은 헤리슨이나 수지까지 연호에 가세한다. 애들만큼 목청을 돋우진 않지만 가끔은 메를린도 동참하곤 했다. 그냥 경청만 하는 수동적인 감상법에서 같이 호흡한다는 능동성이 가미된 것이다.

가게에서도 유행이 되어간다.

수지가 노래를 부르면 가문소속 일꾼들뿐만 아니라 다른 가게의 일꾼들까지도 ‘누님~ 멋져요~’ 라고 한마디씩 던지며 지나치곤 하니까.

‘늘 지금만 같다면…….’

늘 지금 같은 날만 계속되면 얼마나 좋을까. 메를린의 소망이었다. 집안이 활기로 넘치지 않는가. 아무리 피곤하고 힘든 하루를 보낸 후라도 집으로 향하는 발걸음은 금세 가뿐해졌다.

집안에서부터 파생된 생동감이 자신과 헤리슨, 그리고 수지를 타고 가게까지 흘러들었다. 제논이 가르쳐 준 노랫가락은 이미 가게 주변에서도 쉬이 들을 수 있다. 쉬는 때에는 수지가 가르친 노래로 합창도 하고, 일하는 와중에도 곧잘 흥얼거린다.

그 때문인지 가게전속의 일꾼들조차 생기가 넘친다. 아마도 여유가 생긴 덕분일 것이다. 요즘은 사업도 눈에 띄게 매출이 신장되고 있었다.

'한몫하고 있는 스위티도 제논이 발명했었지.'

제논이 만든 식혜는 대히트였다. 달콤해서 스위티라고 명명했다던가? 집에서만 먹던 것을 오후에 출근하는 수지가 큼직한 유리병에 담아 가져온 것이 반전의 계기가 될 줄은 아무도 생각하지 못했다.

가게 뒤편에 있는 깊은 우물에 병 채로 넣어두고 틈틈이 꺼내 마시면 시원함이 단맛과 조화를 이루어 한여름의 더위를 싹 날려버린다. 셋만 마실 수는 없었기에 가게 일꾼들에게도 한 잔씩 나눠줬다.

그때부터 일꾼들은 수지의 출근시간을 애타게 기다리게 됐다. 그전에는 의례히 무거운 물건들을 옮기는 작업에 시원한 맥주를 내놨다.

 제논
프라이어

지금도 맥주를 마시기는 하지만 스위티를 맛본 이후부터
는 스위티를 더 많이 찾는다.

제논이 일차로 만든 스위티는 그렇게 금방 동났다. 이차 분
부터는 아예 오크통 수십 개 분량이 들어가는 거대한 통을 구
입해서 가득 차도록 많이 만들었다. 그나마도 며칠에 한 번은
새로 만들어야 한다.

아침 출근길에 큰 맥주 통에 스위티를 담아가는 것이 이젠
당연해졌다. 가게를 찾는 손님들에게도 접대용 별식으로 차
대신 내놨고 또한 대히트를 쳤다.

한번 맛본 손님들은 가게의 주력 상품인 과일이나 채소를
구입하기 보다는 스위티를 얻어먹으려고 오는 눈치다. 그래
도 장사하는 상점에 와서 접대만 받고 빈손으로 갈 수는 없는
법. 기꺼이 물건들도 구입해 가는 것이 조금씩 가게 매출을
상승시킨 원동력이 되었다.

그중에는 하버 백작가의 집사장 등 꽤 큰 거래처들도 있었
고 하루가 다르게 단골이 늘고 있다.

스위티 용으로 구입하는 쌀과 보리 때문에 지출이 상당히
늘었지만 그보다 가게의 수익증가가 몇 십 배 컸기에 하루하
루 뿌듯하기만 하다. 아침엔 오크통 세 통의 스위티를 마차에
싣고 출근하고 퇴근길엔 말끔히 비운 빈 통들을 실어오고.

집안에서 스위티 만들 줄 모르는 이는 폴뿐이다. 심지어 헤
리슨까지도 안다. 사내인 그가 음식 만드는 법을 배우는 것은

그리 마뜩치 않았지만 어차피 제논이 발명한 요리법이라 강력하게 막지 못한 결과다.

또한, 온실에서 아들이 예정한 성과를 얻느냐 못 얻느냐하는 것도 중요한 문제가 아니다.

장남이 공들여 하는 일이었기에 아침저녁 틈만 나면 제논의 작업장을 찾았었다. 하루가 다르게 퇴비가 쌓이고 버려져 있던 땅이 기름진 농토로 탈바꿈하는 광경은 메를린에게 또 다른 활력으로 작용했다.

퇴비가 큰 효과를 내지 못해도 상관없는 일이다. 대농장을 가지지 못한 농사꾼의 어려움을 알 수밖에 없는 직업을 가진 터. 아들을 최선으로 도우려면 가게와 사업을 처분해 가용자금을 총동원해 줘야 하리라.

하지만 그래봤자 그럴듯한 장원을 형성하기에는 턱없이 부족한 실정임을 안다. 조그맣게 농사를 지어선 입에 풀칠하기 바쁜 삶이 농사꾼의 현실. 대를 이을 장남이 힘만 들고 노력대비 효율은 극히 저조한 소규모농장의 운영자로 썩기를 바라지는 않았다.

그런 이유들로 아들이 농사를 짓는 것이 별로 탐탁지 않았지만 그녀가 높이 평가하여 제논을 적극 지원하는 것은 다른 측면 때문이었다.

꺼림칙하기 짝이 없는 냄새나는 거름을 아무렇지도 않은 얼굴로 만진다는 것, 변화를 이루려는 의지와 실행력, 그리고 궂은일을 자청하는 아들의 정신자세. 그러한 면모들이 가르치는 부모의 기꺼움을 너머 더욱 큰 의미로 다가왔던 것이다.

'그래, 그것으로도 충분해.'

그렇듯 생각에 잠기다 보니 어느 틈인가 주변의 형체가 흐릿해져 있다. 눈시울이 뜨거워진 탓이다.

"어머니~!"

"어머니, 다녀오셨어요."

멈춘 마차를 향해 폴이 앞장서 달려온다. 아이들의 인사에 답례하면서 메를린은 마중 나온 면면을 훑어봤다. 폴만이 아니라 마리와 키라, 그리고 며칠 전 저택으로 거처를 옮긴 톰슨 내외와 노총각 보비까지. 저택에서 함께 생활하는 식구들이 모두 모여든다.

그러나 안 보인다.

메를린의 눈가에 순간적이나마 실망의 기색이 스친다. 정작 가장 찾았던 얼굴이 없는 탓이었다.

"어머니, 안 들어가세요?"

"응? 들어가야지. 어서 들어가자꾸나."

"마님, 먼저 들어가십시오. 당장이라도 비가 내릴 것 같으니 집 안팎을 점검해 봐야겠습니다."

"네. 헤리슨 씨, 수고하세요."

'아, 맞아! 집에 못 들어올지도 모른다 했었지.'

그러고 보니 기억난다.

숯인가 뭔가를 만들어야 한다고 제논이 그랬었다. 행여나 눈시울이 붉어진 사실을 눈치 챌 새라 보폭 큰 걸음으로 자리를 뜨는 메를린. 그래도 눈길은 산 쪽 큰아들이 있을 곳으로 향하고 있었다.

Chap. 10
나를 세운 돌머리

나를 세운 돌머리

우르릉~ 쾅!

후드득!

날씨가 찌뿌듯하더니 결국 천둥소리를 선발로 굵은 빗방울을 떨어뜨린다. 이제 여름도 깨끗이 물러나서 몸에 닿는 빗물이 제법 차다.

빗줄기가 거세질 기미였던지라 제논은 황급히 움막으로 피신했다. 밖에서 크게 할 일도 없었고. 지난 일주일 간 첫 불을 지핀 숯가마를 지키느라 학교는 물론 집에도 거의 들어가지 못했다. 톰슨이나 보비가 교대를 해주는 낮 시간에 잠깐씩 집에 들렀었다.

학교는 숯가마 문제가 아니더라도 이제 등교할 필요가 없어진 상황이었다. 아카데미 입시가 몇 달 남지 않아 완전 자율학습 체제로 돌입했으니까.

아카데미 입시만이 아니라, 칼리지를 준비하는 학생들도 마무리 정리에 열중이라 교실은 삼분의 일도 차지 않는다. 그나마도 묘하게 들뜬 분위기였다.

진학을 포기한 학생들의 경우 진로 결정을 위해 여기저기서 열리는 스카우트 파티에 다니느라 정신없는 나날들을 보내는 터라 그랬다.

꼬르륵.

"음, 고기를 어디에 뒀더라."

숯가마를 지키는 일은 특별히 다른 일을 병행할 게 없었기에 기다리는 시간의 대부분을 체력단련에 투자한 제논이었다. 갈수록 격렬해지는 운동 탓인지, 아직 끼니를 때울 시간은 멀었지만 출출한 뱃속에서 신호를 보내와 움막을 뒤진다.

통나무로 지붕과 골조를 세우고 황토를 이겨 발라 제법 아늑한 공간을 연출하는 움막내부.

간단한 취사도구들 쯤은 이미 들여놨었다. 된장과 고추장 등을 포함해서 갖은 양념들도 움막 한편에 넉넉히 보관되어 있는 참이다.

숯가마 공사 틈틈이 주변에 올가미도 만들어 설치했었다. 눈에 띄는 족족 뱀과 개구리 등을 잡아서 영양보충 겸 별식으

 제논 프라이어

로 즐겼다. 때로 운이 좋은 날엔 산토끼나 노루를 비롯한 산
짐승들이 올가미에 걸려들기도 했다.

노루와 같이 제법 큰 짐승이 걸려드는 날에는 저택으로 가
져가 바비큐나 불고기를 해서 모두와 먹었고, 작은 산짐승들
은 즉석에서 해치웠다.

'하, 이럴 땐 이슬이 한잔이 제격인데 말이야.'

껍질을 벗기고 내장을 훑어내어 물에 헹군 고기를 석쇠에
얹었다. 움막 입구에 설치된 화덕에 올리고 불을 지피니 고소
한 냄새를 풍기며 자글자글 익어간다.

그 입맛 돋우는 모양을 지켜보노라니 갯장어에 소주 생각
이 절로 난다. 솔직히 노릇노릇 구운 뱀 고기에 씁쓰레한 맥
주는 좀 어울리지 않는다.

쏴아아!

'생각보다 큰 공사였어.'

세차지는 빗발너머 숯가마를 바라보며 생각에 잠기는 제
논이었다. 책상물림이라는 말이 괜한 이야기가 아니었다. 계
획할 때는 단순해 보였는데 막상 실행에 옮기자 이것저것 예
상치 못한 애로점들이 진척을 방해했다.

대한민국 군바리 기본 삽질 솜씨가 어디 가겠는가? 황토를
파내고 가마모양을 만드는 것까지는 금방이었다. 그런데 그
다음부터 난관이 하나 둘 나타났다.

첫 번째는 산불예방 문제였다.

숯을 만드는 과정에는 고온이 발생한다. 불길이 번져 산불이라도 나면 큰일이기에 숯가마 근처의 인화성 물질들을 제거하는 작업을 해야 했다.

계곡 양쪽 주변의 나무들을 먼저 베어냈고, 숯가마를 중심으로 깊이 2미터에 꽤 넉넉한 폭의 둥근 고랑을 파고 얼기설기 뻗은 나무뿌리들을 제거했다. 그래도 안심이 되지 않아 계곡 위쪽에 작은 댐 형식으로 물길을 막고 공터 주위를 성을 둘러싼 해자처럼 둥글게 판 고랑을 따라 물길을 유도했다.

황토 더미를 파내고 숯가마를 만드는 작업보다 산불방지 작업에 더 많은 노력을 기울였지만 소홀히 해서는 안 되는 일이었다.

혼자였다면 엄두도 내기 힘들었을 것이나, 톰슨과 보비가 도와줬다. 그리고 가게의 일꾼들도 틈틈이 원정해 주었기에 가능했던 대규모 공사였다.

두 번째는 여름이라서 발생하는 기후문제로 장마가 걸림돌이 됐다. 올해는 여름의 초입부터 비가 잦았는데 정작 장마철이 되자 그건 별거 아니었다. 실로 기록적인 폭우가 쏟아지곤 했던 것이다.

비바람이 몰아치는 날은 어쩔 수 없이 작업을 중단했지만, 비가 적게 내리는 날에는 톰슨과 보비에게 온실내부 작업을 맡기고 제논은 숯가마 작업에 매달렸다.

아예 산자락을 의지하고 움막도 지었다. 소나기가 내릴 때

면 잠시 비를 피하고 비가 잦아들면 작업을 강행하기 위해서
였다.

그렇게 여름 한철을 보내는 동안 숯가마가 완성되었다. 중
간에 작업이 지체되기도 했지만, 그나마 황토라서 흙을 파내
기 쉬웠고, 파낸 황토가 충분해서 물길을 막기도 수월했기 때
문에 가을 어귀엔 일을 끝낼 수 있었다.

저수지 공사를 겪은 적이 있는 보비의 경험 또한 작업에 큰
보탬이 되었다.

그동안 온실 지붕과 벽을 비롯한 외부 공사도 거의 끝났고
내부 작업도 완전히 마무리되었다.

말을 몰아 쟁기로 바닥을 몇 번이나 헤집었고, 운동 삼아
흙덩이를 나무망치로 으깼다. 그 흙에 퇴비와 재를 섞고는 뒤
집기를 여러 번 반복했다. 모종판을 만들어 뿌린 씨앗들도 제
법 키가 자라고 있다. 주말쯤에는 양묘가 가능할 것이다.

중간 중간 간격을 두어 난로형의 화덕도 만들어넣었고 굴
뚝도 세웠다. 벽은 미리 유리창을 달아뒀었다. 강수량이 높은
날에는 야외작업이 불가능했기에 겸사겸사 창으로 벽을 이루
는 작업을 먼저 진행했던 것이다.

애초에 한 동만 완성해 시작해 볼 생각이었는데 어머니의
전폭적인 지원으로 두 동을 준비하고도 재료는 남아 있다. 다
른 동들 역시 온실을 위한 기본적인 작업 정도는 끝내놓은 상
태다.

네 동 전체에 사용하고도 남을 만큼 넉넉히 마련했던 퇴비는 두 동에 사용하고도 반절이 넘게 쌓여 있었다. 시범적으로 완성한 두 동에서 수확의 성과가 보이면, 다음 주 쯤엔 나머지 두동의 퇴비작업도 진행할 예정이다.

유리만 더 구입하여 지붕을 올리면 네 동 전부를 가동할 수 있는 셈이다.

*   *   *

터벅, 터벅.

폭우를 동반한 어둠으로 한 치 앞도 보이지 않는 산길에 이질적인 발굽소리가 울린다.

번쩍!

언뜻 비춘 번갯불에 한 필의 말이 모습을 드러낸다. 빛의 반사로 순백으로 보이도록 하얀 백마.

푸르릉!

"그래, 제길. 재수가 완전히 뭐 같은 날이다."

불규칙적으로 뻗은 나뭇가지 때문인지 안장에 바짝 몸을 숙이고 있는 기수. 제 말의 투레질에 답하듯 왠지 맥없는 어조로 투덜댄다.

번쩍!

다시 한 번 지나치는 번갯불에 순간적으로 부각되는 몸매

의 실루엣으로 보아 젊은 여성임에 틀림이 없을 터. 어울리지
않게 입은 조금 심하게 걸다.

엘다 바워버드(Elda Bowerbird).

그녀의 이름이다. 제국 북부의 대귀족 바워버드 후작가의
차녀로 계승서열 2위의 특급 신분을 가진 고귀한 레이디다.
방년 이십칠 세.

꽃다운 나이지만 그녀의 신분을 감안했을 때, 이 동네 기준
으로는 이미 혼기를 한참 놓친 노처녀다.

고위귀족이라는 신분도 신분이지만 그녀 자신이 갖춘 역
량만큼 눈이 높은 것도 문제였고, 기사아카데미를 수석으로
졸업하리만큼 검술에 빠져 있었던 것 또한 혼기를 놓친 원인
이 되었다.

하기야 열다섯에 군사아카데미(=기사아카데미)를 수석으로
입학했고, 오 년간의 정규 과정을 마치는 즉시 제국법에 의
거, 의무 군복무를 해야 했으니 배필을 만날 기회 자체가 차
단된 셈이었다.

기사아카데미의 동문이나 군 동료간부들은 자신의 하수들
이니 마음에 찰 리가 없었고 말이다.

올해 의무복무 기간을 끝낸 그녀는 장래 진로를 결정해야
할 중대한 기로에 서 있었다. 계속 군문에 남느냐, 아니면 가
문으로 복귀하느냐.

가문으로의 복귀는 가문의 차기 후계구도라는 중요한 사

안이 연계되기에 복잡하고 까다로운 정치적인 문제들이 도처에 잠복해 있다.

사실 이성적인 판단으로는 어떻게 할 것인지 이미 결정이 났다 해도 지나치지 않은 사안이지만 마음속에 한 점 꺼려함이 남은 상태였기에 망설이는 것이다.

자신을 믿고 따르는 군부 내외의 동료들 및 수하들, 또 가문 내에서 그녀를 지지하는 제 세력들의 염원도 결코 무시할 수 없는 일.

더불어 그녀 스스로의 이상을 실현하기 위해서라도 후계 경쟁에 뛰어드는 것이 마땅한 일이리라.

결정의 시기가 그리 멀지 않은 차라 심란한 상황이었는데, 마침 연례행사인 토레노 행이 있었기에 자청해서 인솔을 맡았다.

가치관을 확립한 바 있는 아카데미 시절 추억의 장소에서 마음가짐을 확고히 하기 위해서다.

제국 내 유일하게 아카데미가 있는 곳이 토레노다. 매년 11월 말에 아카데미와 프리-아카데미 입학시험이 동시에 치러진다. 입시에 응시하기 위해 제국 각처에서 영재들이 몰려드는 것은 정해진 연중행사였다. 가문예하의 영재들을 입시에 응시시키고, 특정가문에 소속되어 있지 않은 인재들을 스카우트하는 것이 이즈음 토레노를 방문하는 각 가문들의 주목적이다.

아카데미 합격자야 말할 필요도 없고, 프리-아카데미를 수료한 것만으로도 충분히 눈독을 들일만한 인재인 터. 바야흐로 이 시기의 토레노는 치열한 인재 스카우트 경쟁이 벌어지는 시즌인 것이다.

신분상 이번 행렬의 인솔자가 되었지만 막상 새 인재를 등용하는데 있어 그녀가 직접적으로 할 일은 없다. 유비무환을 실천하는 여타의 가문들과 마찬가지로 그쪽 방면에 유능한 가문 내의 전문 인력들이 이미 토레노에 상주하고 있었으니까.

그러다 보니, 스카우트를 위한 물밑작업은 이미 끝난 상태였다. 수료식 때 새롭게 가문에 합류하는 인재들에 대한 격려 고무가 대표로서의 그녀에게 주어진 임무인 것이다. 그래서 약간의 짬을 낼 수가 있었다.

자유시간이라는 것은 그녀에게 생애 처음으로 겪는 것이라 해도 과언이 아니었다.

열두 살에 예비기사학교에 입학하고부터 시작된 엄격한 규율 속의 의무. 군복무를 끝내던 올해 봄까지 그 의무의 이행은 항상 따라다녔다.

따지고 보면 철들고부터 언제나 자신이 책임져야 할 사람들로 둘러싸여 살아왔던 세월이었다. 하긴 그마저도 바쁘게 지냈다. 이곳 토레노에서도 그녀가 만나 격려 고무해야 할 사람들은 넘쳐 났으니까.

큰마음 먹고 일정을 조정해 짜낸 혼자만의 시간이었다. 그렇게 출발한 하루의 사냥인데, 이 모양 이 꼴이니 기운이 빠질 수밖에.

그녀로서는 불운도 세트 메뉴로 찾아온다는 것을 온몸으로 부딪쳐 절실히 깨달은 날이다. 과신으로 준비를 소홀히 한 대가를 톡톡히 치른 여정이었던 것이다.

과욕을 부린 것이 화근을 키웠다. 충분히 스스로가 가진 자신감의 근거가 있기는 하지만 그것이 불운을 극복할 묘책이 되지는 못했다.

오랜만에 낸 자유 시간에 나선 사냥. 군사아카데미 재학시절에 곧잘 쏘다니던 코스였기에 산세나 지리에는 훤했다. 그리고 쓸 만한 사냥감이 어디에 가면 있는지도 충분히 알고 있었다. 맞다. 문장 그대로 '알고 있다' 가 아니라, '알고 있었다.' 라는 과거형이 옳다.

세월의 흐름이라는 변수를 감안하지 않았던 것이다. 지리는 크게 변하지 않았지만 식생은 변했다.

예정한 곳에 이르렀음에도 목표로 한 사슴은커녕 너구리 한 마리도 눈에 띄지 않았다. 한나절을 쏘다닌 결과 그녀가 목격한 사냥감은 처음 사냥을 시작할 때 보았던 아기 토끼 한 마리가 전부였다.

더 있기는 했다. 중간에 지나친 주먹만 한 새 몇 마리도 있었으니까.

‘그거라도 잡을 걸.’

때 늦은 후회였다. 살이 토실토실 찐 사슴을 목표로 한 그녀였다. 한 입에 털어 넣으면 그걸로 소화 끝, 입맛만 버릴 것 같은 작은 사냥감들이 눈에 찰 리가 없지 않은가. 그래서 그냥 지나쳤는데 그 이후로는 참새 한 마리 구경을 못했다.

나름 사냥에 자신이 있었기에 요기용 건량은 따로 준비하지도 않았다. 소금과 후추 등의 간단한 양념과 수통이 그녀가 가진 식량의 전부였다. 사냥에 실패했으니 결국 오늘 하루 종일 굶었다는 이야기다.

아, 완전히 굶지는 않았다. 물은 푸지게 먹었으니까. 타고 있는 애마가 걸음을 옮길 때마다 어디선가 출렁대는 소리가 나는 것이 결코 환청은 아닐 터였다.

오기를 부린 것도 문제다. 해가 지기 전에 사냥을 멈추고 귀가를 서둘렀어야 했다. 그 놈의 자존심이 뭔지, 반드시 한 마리는 잡고 사냥을 끝내겠다고 객기를 부린 것이 사태를 더욱 악화시켰다. 대도시 인근이라고는 하지만 산은 산이었던 것이다.

해가 지는가 싶더니 순식간에 어둠이 찾아왔다. 어쩔 수 없이 사냥을 포기하고 귀가를 결심했지만 이미 늦었다. 하늘을 뒤덮은 먹구름이 어둠의 지배를 가속화시켰고, 설상가상으로 이젠 비마저 내리는 것이다.

그것도 폭우였다. 군사아카데미를 졸업한 연후 군사령부

가 아닌 거친 야전지를 자원했었다. 그 와중에 쌓은 경험이 녹록치 않아 길을 잃지 않은 걸 그나마 다행으로 여겨야 할 판이다.

이쯤 되니 아무리 고운 입이라도 예쁜 말이 나올 리 만무한 것이다. 더구나 삶의 대부분을 군문(軍門)에서 기웃거린 그녀였으니 입이 걸 수밖에 없었고.

'그래도 그럭저럭 다 내려온 듯하네.'

산세의 흐름으로 보아 이제 난코스는 끝났다. 계곡을 따라 야트막한 산굽이 두어 개만 넘으면 시내외곽일 것이니, 사람 사는 터전이 시작되리라.

참담하기까지 한 하루의 일정이 이제야 비로소 막을 내릴 시간이 다가오고 있다. 그런데…….

푸릉 푸릉!

'응? 킁킁! 이게 무슨 냄새지?

고소한…… 고기냄새다!

농지들을 제하고는 굴뚝을 가진 인가가 가까운 근처엔 없는 것으로 아는데, 매우 뜻밖의 조우다. 때 아닌 냄새가 꾸룩거리는 위장을 한층 더 자극하는 바람에 소스라치듯 고개를 쳐든다.

그녀답지 않게 냄새 따위에 솔깃해 두리번거리다니. 이 얼마나 허기졌는지를 입증하는 사태인지.

'불빛?

언뜻 나뭇잎 사이로 반짝하는 불빛이 그녀의 시야에 잡힌
다. 하산하던 길과는 방향이 약간 다른 쪽이었다. 어쨌든 이
렇게 비오는 밤중에 인가와는 한참 떨어진 곳에서의 난데없
는 인적이라니.
　의아함보다 반가움이 먼저 치미는 이유는 후각을 자극하
는 기막힌 냄새에 깜박 홀려버린 탓이리라.

　쏴아아아!
　자글자글 익은 고기를 직접 담은 고추장에 찍어먹으니, 입
안 가득히 번지는 고소한 기름기가 이제 완연한 가을임을 알
린다. 봄에 비쩍 마른 고기를 뜯던 기억이 격세지감으로 다가
온다.
　문득 빗줄기 속으로 시선을 돌리자 유난히 도드라진 숯가
마가 눈에 들어온다. 연상 작용으로 도자기에 생각이 미친 제
논의 얼굴에 고심의 표정이 떠오른다.
　'도자기 가마는……. 흠, 암튼 믿을 만한 인력들을 키워 속
히 증원을 하긴 해야겠는데.'
　아무리 전공이 공학 쪽이라 상재(商材)에 어둡다고는 하지
만 넘치도록 현대문물을 접했고 엘리트 교육까지 받은 현진
이었다.
　숯이나 온실을 떠나 현재 양념 삼고 있는 고추장을 비롯해
이제껏 만들었던 자잘한 것들의 상품화를 모색하지 않았던

것은 아니다. 이모저모 따진 결과 단기적으로는 실현이 불가능하다는 나름의 답을 내린 상태였기에 미련을 접은 것뿐이다.

일차적인 장애이자 난점은 사람들의 식생활이 일종의 습관이라는 것이었다. 저택에서 같이 생활하는 사람들이야 제논에 대한 믿음이 컸고, 예의상 손을 댈 수밖에 없었으니 쉽게 새로운 부식(副食)에 익숙해질 수 있었다. 게다가 몇 개월간 엇비슷한 메뉴의 식단에 질린 탓도 있었기에 순순히 찬거리로 받아들여졌던 것이다.

그런 우호적인 여건의 도움으로도 집안 내에서조차 아직은 보조적인 개념이지 기존의 부식들을 완전히 대체하진 못한 상태다.

미묘한 차이지만 뭔가 당기는 맛이 부족하기도 했다. 어딘지 모르게 깊은 맛이 나지 않는 느낌인 것이다. 처음에는 뭔가 잘못 만든 탓이려니 생각했다.

그렇지만 다양한 시도 끝에 그게 아님을 알았다. 음식 맛자체에 문제가 있는 것이 아니라 다른 곳에 문제가 있었던 것이다. 김치건 콩나물이건 두부건 한국적 토속음식의 백미는 찌개에 있지 않았던가.

음식문화라는 것은 재료를 마련하는 것부터 시작해 요리하는 방법과 그 과정에 사용하는 용기(用器)까지를 포괄하는 집합적인 개념이지, 단순히 요리법 하나만을 따로 떼어낼 수 있는 것이 아님을 깨달았다.

여기서 상품화를 방해하는 두 번째 장애가 등장한다. 알다시피 찌개는 뜨거움이 생명이다. 그 때문에 뚝배기가 우리네 상에서 빠지질 않는 것이다. 그런데, 이 동네에는 도자기가 보이지 않는다. 있기는 있지만 고급 장식품의 성격을 띤 고가의 사치품이다.

일상적으로 쓰는 그릇은 주산업의 영향으로 유리로 된 것이다. 거기에 보조로 나무를 주재료로 한 것과 쇠로 만든 것들이 대부분이었다.

부식을 팔기 위해서는 뚝배기부터 보급하는 것이 먼저인 셈이다. 도자기 만드는 방법에 대해서는 대충 가마에서 굽는다는 것 정도가 현진이 가진 지식의 전부이니 시행착오의 과정을 감안해야 한다.

결국 개발까지 많은 시간과 노력이 들 것이다. 시간이 많고 인력이 충분하다면 한번 제작에 도전하고 싶지만, 지금으로서는 기대하기 힘든 상황.

'할 일은 많은데 몸은 하나뿐이니…… 웅?

갑자기 제논의 눈이 날카로워진다. 상념의 흐름을 끊는 이질적인 존재의 접근이 간질이듯 열린 감각에 감지된 탓이다. 산 쪽에서의 접근이다.

그렇다면.

'이거…… 사고라도 생기는 거 아니야?

불길한 예감은 기대를 저버리지 않는 법. 제논의 생각이 거기까지 이르렀을 때, 아니나 다를까 귓전을 파고드는 새된 비명성이 들려온다. 기겁하는 말(馬)의 울음과 함께.

히히~ 잉.

악!

프라이어 가문의 산은 그 흔한 약초하나 변변히 나는 것이 없는 그야말로 돈 안 되는 부동산이다. 유일하게 가치가 나갈 것이라고는 땔감용 나무가 전부.

그것도 이쪽에서 나무를 베어내면 저택 입구를 지나쳐야 하는 터라 도벌(盜伐)도 구조적으로 불가하다는 뜻이니 평상시 사람의 출입이 없었다. 그래서 숯가마 작업을 하는 틈틈이 산 곳곳에 덫을 놓았고 짭짤한 부수입을 얻고 있던 터였다.

그런데 이렇게 비가 쏟아지는 밤중에 기다렸다는 듯이 불협화음이라니.

'제길헐. 이거 단단히 사고가 났구만.'

순간적이지만 분명 뾰족한 고음이었다. 여자라는 뜻. 말(馬)의 비명도 들린 것을 보면 그럭저럭 행세깨나 하는 집안의 딸일 것이다. 다른 소리는 없는 것으로 보아 일행은 없는 것 같았다. 아니면 빗길에 일행과 떨어진 상태에서 사고를 당했거나.

날 궂은 이 밤에 뭐 하러 남의 산을 헤매고 다니는지는 모르겠지만, 말을 몰고 야밤 산행을 나올 정도라면 나름대로 한

가락 할 가능성이 농후.

비명소리를 듣자마자 반사적으로 튀어나가 달려가는 그 짧은 시간 동안 제논이 떠올린 생각들이다.

'내 이럴 줄 알았다.'

비명이 울린 지점에 도착하자 저절로 혀가 차진다. 맨 먼저 눈에 띈 것은 한 필의 말. 낙마하여 함정 근처에 엎어져 있는 여인을 보호권 내에 두고는 접근해 오는 제논에게 은근한 경계의 기색을 비추고 있다.

영리해 보이는 백색 갈기의 말(馬)이다. 녀석이 화풀이라도 했는지 함정은 엉망으로 훼손된 상태였다. 하기야 비록 의도한 짐승은 잡지 못했지만 사람 하나를 잡았으니 제 역할을 하긴 한 셈, 미련은 없으렷다.

그런데 칠흑처럼 어두운 주변에서 그 모든 걸 어떻게 구분하느냐고? 흠, 말하지 않았던가?

현진이 최고의 피로회복제로 꼽아온 마나수련법은 신체의 유연성과 오감(五感) 등을 개선시키는 효과가 있었다. 꾸준히 수련해 성취를 높여가다 보면 해당 기능들을 극대화시키는 결과도 얻게 된다.

실은 그 때문에 피로회복에 탁월한 것이다. 지쳐서 무뎌진 오감만이 아니라 체내의 전선역할을 하는 인파선 등의 신경망 활성과 혈액순환에도 큰 도움이 되니까.

초기에 한계를 벗어난 과격한 체력단련을 제논의 몸이 견뎌낸 비결도 사실상 마나수련법을 어려서 때부터 익혀왔던 덕분이었다.

프라이어 가문의 마나수련법은 여러 가지 정황으로 미루어 이 동네 평균엔 조금(?) 못 미치는 편. 그러니 이러한 비범한 현상은 마나수련법들의 공통적인 효능이라고 보는 것이 옳을 것이다. 제논이 가문의 마나수련법을 제외한 여타의 마나수련법을 접한 적이 없는 상태라 단정적으로 말하기는 곤란하지만.

마나수련법의 그러한 공능이 바로 아젤론 제국이 일천오백여 년의 역사를 지탱해올 수 있었던 동력 중의 하나이기도 했으리라. 지배세력이 피지배세력과 차별되는 특수역량을 지니고 있을수록 그들에 의한 지배가 오래갈 수 있는 법이니까. 그래서 더욱 마나수련법이 귀족계층의 증표가 될 수밖에 없었던 측면도 있다.

익히고 있는 마나수련법의 개량에 제논이 집착하는 이유 또한 그런 효능과 밀접한 연관이 있다. 마나회로를 흐르는 마나의 양이 많고 텀(term)이 작을수록, 즉 밀도가 높을수록 체력은 강화되고 오감은 더욱 발달하는 현상을 느꼈기 때문이다.

더구나 새로운 시도를 하고부터 원래의 마나수련법만 수련했을 때보다 현격히 이목(耳目)이 영민해졌음을 실감하였기 때문에, 계속 실패를 거듭하면서도 개량의 방향이 잘못된 것이라고 생각하지 않는 터였다.

지금 당장만 봐도, 비오는 야밤에 대낮만큼은 아니라 하여도 상당히 자세하게 현장을 파악할 수 있지 않은가. 전적으로 마나수련법을 수련한 덕분이다.

푸르르! 푸르르!

여자의 상태에 초점을 맞추고자 제논이 다가서자 백마 녀석이 말굽을 구르며 위협적으로 투레질을 한다. 자식, 제 실수로 함정에 걸린 것일 텐데 도와주려고 온 사람을 왜 박대하나.

"자자, 진정하자고. 걱정마라. 해치려는 게 아니다. 어디보자…… 네 주인이냐?"

대화가 통할 리는 없지만 어조의 평온함에 해칠 의사가 없음을 알았는지 말이 투레질을 멈추고 잠잠해진다.

"에구, 하필이면 그쪽으로 피했을꼬?"

앞에 쭈그린 제논은 빗물이 뚝뚝 흐르는 머리통을 긁적였다. 뒤통수에 약간 과장하자면 수박만 한 혹을 달고 땅바닥에 엎어져 있는 문제의 여인.

노출된 피부의 탱탱함으로 미루어 짐작컨대 이십 대 정도이리라. 드레스와는 거리가 먼 사냥용 바지에 타이트한 가죽 보호대 차림. 그렇지 않아도 체형이 드러나는 형식의 의복이었는데 비에 흠뻑 젖어 고스란히 몸의 굴곡을 내비치고 있는 상태.

혼자 사냥을 나올 만큼 나름대로의 혹독한 수련을 거쳤음을 짐작케 하는 그야말로 군살 하나 없는 S라인의 몸매였다. 이 동네에서 제논이 처음으로 접하는 쭉쭉빵빵이다. 아니, 쭉쭉까지는 맞는데…….

빵빵에는 2%가 부족하다. 눈대중으로 B컵 조금 미달인 듯했으니까. 아쉬운 일이다.

그녀의 어깨를 떠난 활집과 화살 통이 근처에 흩어져 있다. 아마도 타고 있던 말이 함정을 건드리자 반사적으로 몸을 날려 피하려 했던 것이리라. 그것이 그녀에게는 더 큰 불행이 되었지만.

피하는 방향 쪽에 일차 함정의 발동과 더불어 동시에 발동하는 이차 함정이 있었던 것이다. 절묘한 시간차로 날아오는 통나무에 정통으로 뒤통수를 가격 당했으니 혼절을 할 수 밖에. 주인이 온몸으로 통나무를 막아준 덕분에 말은 오히려 무사했던 것이고.

그녀로서는 그나마 불행 중 다행이었다. 제논이 덫을 설치할 때 시간이 부족하여 통나무 끝을 뾰족하게 다듬지 못했던 것이다. 운 좋게 목숨을 건졌다 해도 대단한 돌머리임에는 틀림없다. 정통으로 뒤통수를 얻어맞고도 혹 하나 단 정도로 무사한 걸 보면 말이다.

'그런데…… 이거야 원, 대단한 신분인 모양인데. 일행은 없는 모양이고. 그냥 묻어버려?

순간적으로 드는 갈등이었다. 경제력을 위시하여 이제 겨우 집안이 안정되어 가는 중이다. 공연히 문제를 일으키고 싶진 않았던 것이다.

푸르르. 푸르르!

제논에게서 이상한 느낌을 받았는지 곁에서 기척을 내고 있는 말도 잡 털 하나 섞이지 않은 그야말로 순백색이다. 그저 품종이 좋은 정도가 아니라 매우 우수한 혈통을 지닌 녀석임에 틀림없다.

게다가 녀석의 값비싼 안장에 걸쳐져 있던 검. 제논이 수련할 때 쓰는 검과는 비교도 안 되게 좋은 검이다. 그뿐인가? 활도 화살도 심지어 허벅지에 차고 있는 단검까지 어느 것 하나 허투루 볼 게 없다.

척 봐도 꽤나 있는 집안의 여자임이 분명한데, 데려다가 상처를 치료해 준다 해도 애초에 재난의 원인을 제공한 자가 현진이라는 것이 문제.

혹여 맘씨가 고와서 은(恩)과 원(怨)을 상쇄해 준다면 다행스런 일이지만, 그게 아니라면 문제가 심각해질 소지가 다분했으니. 일반적으로 권력의 중심에 가까울수록 자기중심적이고 편협한 게 사람이니까 말이다.

그렇다고 막상 묻어버린다 해도 문제의 소지는 남는다. 그녀가 이쪽으로 사냥 나온 사실을 주변에서 알고 있느냐의 여부 같은 것.

'흐음……'

확신할 수 없는 사항이다.

소지품 중에 야영 품목이 없는 것으로 보아 토레노에 거주하고 있을 가능성이 높다. 당일코스로 사냥을 마치고 귀가할 예정이었다는 뜻이니까.

혹 주변에 행선지를 말하고 나왔다면 미루어 추측컨대 당장 내일 인근 지역에 대한 대대적인 수색이 이뤄져도 이상할 것은 없겠다.

얼마만큼 대단한 신분이냐에 따라 그 수색의 규모가 다소 차이나겠지만, 소지품들로 어림해 보아도 일개 대대 급은 가뿐히 넘을 것임은 기정사실이다.

야간에 움직였으니 여기까지 이르는 동안 곳곳에 꼬리가 되는 흔적도 남겼으리라. 알다시피 이 동네엔 마나수련법 같은 것이 엄연히 존재하니 비범한 전문가 한둘쯤은 수색에 합류할 것이 당연지사. 여기까지 찾아오는 것은 시간문제일지 모른다.

결국 화근을 제거하고자한 섣부른 행동은 자칫 위험을 증폭시킬 가능성이 있다는 결론이 도출되니 증거인멸 건은 기각. 그렇다면 남은 길은 최선을 다해 치료에 임해주는 것밖엔 없다.

"이 아가씨의 심성이 착하기만을 바라야 되겠군. 흠. 빼어

난 돌머리 아가씨, 잠깐 실례……."

잠시간 스쳐간 갈등을 털어버리고 구하기로 마음을 정한 제논. 뒤통수의 혹에서 피가 배어나고 있는 이름 모를 여인에게 손을 가져간다.

날아온 통나무에 정통으로 맞고도 머리가 깨지지 않은 것을 보면 돌머리도 보통 돌머리가 아닌 듯.

혹만 컸지 다른 상처는 정작 그리 없어 보였다. 흐트러진 화살을 통에 모아 넣고 땅에 떨어진 활집을 어깨에 걸친 제논은 혼절한 상대를 안아들었다. 이왕 구하기로 마음을 먹은 것, 부상자를 점점 강해지는 빗줄기 속에 방치할 수는 없지 않은가.

"일단 움막에라도…… 보기보단 무겁네."

조심스럽게 들어 올리는데 묵직하다. 마른 듯 호리호리한 겉모습과는 달리 마리보다 훨씬 무겁다.

역시 신체단련으로는 체형조절만 될 뿐, 체중조절까진 불가능한 모양이다. 질량보존의 법칙은 여기에도 작용하는 게 확실한 듯하니까.

푸르릉! 푸르르.

"어, 그래. 너도 비를 피하려면 따라오려무나."

제 주인을 안아들자 제 등에 태우라는 듯 투레질하는 말에게 그렇게 말해주곤 걸음을 재촉한다.

행여 어디 골절된 곳이라도 있을 때를 대비해 흔들림을 최소화하고자 직접 안고 가는 것이지, 두 팔을 비롯한 접촉 부위들을 통해 전해져 오는 부드러운 탄력감을 놓치기 싫어서라거나.

모처럼 젊은 여인 특유의 은은한 라벤더 향을 만끽해 보고자 앞서거니 뒤서거니 하며 따라오는 백마의 안장에 태우지 않은 건 결코 아니다.

'정황을 모르는 사람이 보면 오해하기 딱 이겠네. 하지만…… 난들 어쩔 수 있나~.'

막상 움막으로 옮기고 치료를 하려니 문제가 생겼다. 상처를 확인하기 위해서는 옷을 벗겨야 하는 것이다.

'입술색이 벌써 푸르딩딩한데. 체온유지도 해줘야 하고. 숨은 상처가 있는지도 살펴야 하고.'

그렇게 자기합리화를 시키며 결국 조심스럽지만 단호하게 손을 뻗는 제논, 주저없이 가슴보호대와 가죽벨트와 무릎보호대를 벗겨냈다.

옮기는 와중에 느껴진 근육의 질감으로 판단하기에는 보통 이상의 무술수련으로 피부가 조금은 거칠 것으로 예상했는데, 의외로 맑은 우윳빛 피부가 부드럽기 그지없다. 여하튼 거기까지가 일 차.

저도 모르게 멈췄던 숨을 몰아쉬며 연이은 이 차 시도. 셔츠를 풀어 제쳐 팔을 빼고 다른 팔도 빼어 잡아당기고 재빨리 모포를 덮어…… 잠깐 스톱!

벗긴 상체에 모포를 덮어 가려주려 했건만, 피치 못하게 봐 버렸다. 앞서 내렸던 평가를 수정한다.

빵빵도 맞다. 봉긋 솟은 가슴둔덕, 한기로 더욱 봉긋한……. C컵이 확실하다. 타이트한 가죽 가슴보호대에 짓눌려 작아보였던 모양이다.

'생략. 다음!'

명치 부위에 대충 모포를 올려놓곤 바지 벗기기 작업. 어찌어찌 허리끈은 풀었으나 젖은 다리에 젖은 바지라 살갗에 착 달라붙어서 힘을 써야 할 판이다. 바지 단을 잡고 잡아당기다 잘 안 되어 그냥 허리춤부터 고기가죽 벗기듯 벗겨 내리는데.

"헉……!"

엉덩이 라인에 걸려 있던 바지를 겨우 끌어내리던 찰나, 동작을 딱 멈추곤 환희의 외침을 내뱉는 제논이었다.

"이, 이게 얼마만의 일이냐?"

실은, 그러니까 사실은…….

현진에게는 이쪽 동네에서 정신을 차리고 난 이후에 건강한 남자라면 당연히 있어야 할 게 한번도 없었기에 은근히 고민하던 문제가 있었다.

혹여 차원이동의 후유증인가 싶기도 해서 불안감이 가중되던 차였는데 전혀 예기치 못한 상황에서 고민이 말끔히 해소되는 사태가 발생한 것이다.

　역시 사람은 심성을 곱게 써야 하는 모양이다. 이렇게 감격의 외침이 절로 나올 수밖에 없는 사건이 터진 것을 보면. 이제 와서 고백하지만.

　원판의 탈을 쓰고 살아온 지 어언 일 년, 그동안 한번도 아침에 텐트를 친 일이 없었다. 아침에 텐트치지 못하는 자(者)에게는 돈도 꿔주지 말라는 말도 있는데.

　아침뿐만 아니었다.

　지금까지 단 한 번도 거시기가 선 기억이 없었다. 속이야 어떻든 열다섯 혈기왕성한 소년의 몸인데 전혀 서지를 않으니 심히 걱정이 되었을 수밖에.

　그런데…… 섰다!

Chap. 11
자꾸 신경이 쓰여

자꾸 신경이 쓰여

　노르스름하고 불그스레한 단풍으로 계절의 변화가 어림되는 산기슭. 한여름 무성했던 나뭇잎 사이로 드높은 하늘과 맞닿아 있는 지평선의 전경이 아련하다.

　그곳 먼발치의 인가에서 한달음씩 거리를 좁혀오는 뭔가의 기척.

　다각! 다각! 푸르릉~!

　말발굽 소리였다. 모이를 쪼던 산새들과 풀을 뜯던 초식동물들이 황급히 꼬리를 감춘다. 때 아닌 부산스러움이 잦아들 무렵, 산모퉁이 너머에서 말 한 필이 나타난다. 기수는 제논이었다.

'다 왔다. 잘됐으려나?

엉뚱한 아가씨 사냥으로 예정보다 이틀이 더 지체되었지만 '숯'의 완성은 자신의 눈으로 직접 확인해야 할 사항이었다. 그 결과가 오늘 나오는 것이다.

제논은 숯가마가 가까워질수록 어서 결과를 확인하고픈 조급한 마음이 됐다.

"워! 워!"

공지는 황토의 벌건 속살을 드러내고 있었다.

'이제 꺼내도 되겠지?

말에서 내려 숯가마에 손을 대본다. 싸늘했다. 그저께만 해도 열기가 남아 있었는데 다 식은 모양이다. 주말농장에 들락거리던 시절에 방법을 배웠고 실습도 해봤었기에 실패가 걱정되지는 않았다.

제논은 이윽고 단호히 곡괭이를 쳐들었다. 괭이질과 삽질을 하고 있으려니 속의 흙에서 아직도 온기가 느껴진다.

퍽! 팍팍!

"우훗~ 숯이다."

흙을 걷어낸 제논은 꺼내든 숯덩이를 쥐곤 요리조리 들여다봤다. 이젠 정말 농부가 다 된 모양새다.

행여나 하는 마음에 몇 덩이를 모아 불을 지피고 그 곁에 쭈그렸다. 숯불 열기로 쉼없이 땀이 났지만 그동안 기울여 온 노고에 대한 보람 때문인지 벙긋벙긋 웃음이 난다. 이제 모든 준비가 끝났다.

온실가동의 마지막 필수품인 숯.

모자라면 더 구워내면 될 것이다. 이제까진 굳이 온실이 아니더라도 작물재배가 쉬었던 계절이었다. 하지만 곧 날이 차지면 귀한품목이 될 계절식품들의 생산이 가능해져서 각광받게 되리라.

'어디보자, 그럼 이제 온실 부분에서도 내가 할 일은 거의 다 끝이 난 셈인가? 으음……'

이젠 톰슨과 보비의 손에 넘겨야 할 시점이 되었음을 알기에 시원섭섭 하달까, 묘한 기분이 되는 제논이었다.

*　　　*　　　*

엄마가 섬 그늘에 굴 따러~ 가면~

'아가가 혼자 남아~ 훗. 키라구나.'

소녀의 맑은 노랫가락에 잠을 깬 엘다 바워버드. 입은 열리지 않았기에 마음속으로 노랫말을 따라하며 파르르 눈꺼풀을 깜박인다. 그렇게 어렵사리 눈을 뜨자 하늘빛 사랑스러운 소녀의 눈동자에 스스로의 잿빛 시선이 떠오른다.

'황당한 일이었지……'

그래, 그날로부터 벌써 일주일이 지났다고 한다. 불행의 결정판이었던 불운한 사냥의 끝.

어두운 빗길에 말의 움직임이 비정상적임을 캐치하곤 위험하다 싶어 반사적으로 몸을 날렸었다. 그와 동시에 뒤통수를 위협하는 공기의 파동을 느꼈었다. 새가 아니었으니 공중에 뜬 상태에서 그녀가 할 수 있는 일은 한정되어 있었다. 고작 고개를 젖히는 것이 다였으니까. 최대한 그랬다고 기억하는데 여지없이 별이 쏟아졌다.

황홀한 별들의 향연에 취한 것처럼 정신이 달아났었다. 그러다 눈을 떴을 때 예의 머리맡을 지키는 저 하늘을 닮은 소녀의 눈동자를 처음으로 접했다.

키라라고 했다.

그때도 키라는 앞서 엘다가 따라한 노랫가락을 흥얼거리던 중이었다. 그 후 지금껏 잠을 깨기 전이면 항상 빠지지 않고 듣게 된 노래.

"일어나셨어요? 식사 차려올게요."

'응, 그래. 출출하긴 하네.'

노래를 멈춘 소녀가 늘 하던 매뉴얼대로의 대사를 읊는다. 그렇지만 기계적인 것이 아닌 살가운 태도의 명랑한 어투라 정감이 넘쳐난다.

"금방 음식 챙겨올 테니 잠시만 기다리세요!"

'자, 잠깐만. 그보다는 먼저……'

화장실이 급했다.

다급한 눈빛을 보냈지만 이미 늦었다. 자리에서 일어난 소녀가 그새 쪼르륵 방문을 열고 나가버렸던 것이다. 의사전달에 실패한 엘다는 눈을 질끈 감았다.

'에구, 정말 급한데……. 그나저나 엘다 바워버드, 참 한심한 신세로구나. 생리현상의 뒤처리마저 저런 꼬마에게 의지해야 하다니. 대체 이게 무슨 꼴이냐고.'

그렇다.

그녀의 불운은 비와 어둠 속에서 별들의 향연을 접한 것으로 끝이 아니었다. 부드럽고 따스한 침대에서 의식을 차리고, 그것으로 불운 종료.

다시 일상으로 돌아갈 것을 기대했건만 문제가 있었다. 그것도 아주 심각한 문제였다.

'도대체 어찌된 일이지…… 정신은 또렷한데.'

의식은 멀쩡한데, 움직일 수 있는 신체 부위가 아무것도 없었던 것이다. 손도 팔도 다리도 움직여지지 않는다. 심지어는 고개조차도 돌릴 수 없다.

혀도 잘 움직여지지 않아서 말을 할 수도 없었고 덕택에 간단한 의사전달마저 불가능했다. 어눌하게나마 입을 놀려 음식을 먹을 수는 있으니 그나마 다행이라고 해야 할까? 손가락 하나도 그녀의 의지에 따라주지 않는, 아주 황당한 경험을 하고 있는 중이다.

처음에는 미칠 것만 같았다. 감각은 있는데 움직일 수가 없고 의사전달마저 불가능하다니. 그런 조급함과 혼란스런 기분을 잠재워 준 첫 번째가 바로 '키라' 였다.

'프라이어 가문이라……'

방금 그 소녀를 위시하여 이곳 가문 사람들의 진정어린 보살핌 덕이 컸다. 물론 극한의 상황에도 결코 굴하지 않았던 엘다 스스로의 의지력이 전제되었기 때문이기도 했지만.

'그래도 그나마 조금씩 나아지고 있으니 기운내자. 조만간 정상을 되찾을 거야.'

마지막은 희망사항에 가깝다. 그렇지만 희망을 품을 만한 근거는 있었다. 처음과는 달리 눈동자와 안면근육이 그녀의 의지에 따라 미미하게나마 뇌(腦)의 명령을 수행하고 있으니 호전될 가망이 보이는 것이다.

요행은 아니었다. 세상에 저절로 이루어지는 것은 없는 법. 당혹스런 상황에서 그녀가 할 수 있는 일이며 의지할 것이라곤, 세살 때부터 하루도 빼놓지 않고 수련해 온 바워버드 가문의 마나수련법뿐이었다.

신체를 유연하게 하는 측면의 효능에 착안하여 혹시나 하는 기대를 걸었다. 그리고 그녀의 삶에서 어려울 때면 늘 힘이 되어주었던 마나수련법은 이번에도 기대를 저버리지 않았다. 매우 느리지만 조금씩 뼈와 근육이 반응해 오고 있었던 것이다. 그러나 지금 당장은 코앞에 닥친 현실이 더 다급했으니.

‘으윽, 마려워 미치겠다.’

생각을 더 잇지 못하고 엘다는 얼굴을 발갛게 물들였다. 요의(尿意)를 뜻대로 다룰 수 없는 상태이지 않은가. 그런데 곤란한 상황이 더욱 커질 조짐이 생긴다. 키라가 나간 방 밖에서 오가는 대화 소리.

“손님이 깨어나셨다고?”

“네, 오빠! 그래서 식사를 챙겨드리려고요.”

“네가 고생이구나. 그 흔한 소속가문을 나타내는 표식 하나 없으니 가족들에게 연락도 할 수가 없고.”

“포드 의사선생님이 곧 나아질 거라고 하셨잖아요. 그러니 조만간 다 나을 거예요.”

“그렇겠지……. 아무튼 키라, 오빠가 지금 올라가서 살펴보고 있을 테니 식사를 챙겨오렴.”

“네! 얼른 챙겨올게요.”

청각에는 전혀 이상이 없었기에 두런두런한 방 밖의 말소리를 잘 알아들을 수 있었다.

‘오빠라…… 제논이라고 했지.’

키라와 이야기하고 있는 저 목소리는 이 집안의 장남이었다. 간호하는 내내 노래를 부르고, 그 사이사이 미주알고주알 연극대사처럼 풀어놓는 키라의 이 집안사람들의 이야기에서 가장 많이 등장하는 인물이다.

모(某) 프리-아카데미의 마지막 학년이라고 했다. 올해 행정아카데미의 입시를 치르는 남자애인 모양인데, 대화를 종합해 보건데 그의 입시 통과를 굳건히 믿는 사람은 키라가 유일한 듯하다.

문제의 그 함정을 만든 당사자라고 했던가? 나름의 당당함을 잃지 않고 사죄하는 모습에서 진정성이 넘쳤었다. 괘씸한 마음도 있었지만 크게 원망은 없다. 남의 사유지에 침입한 스스로의 부주의함도 문제였으니까.

간간히 시야에 잡히는 몸집과 근육의 형태로 판단하건데 나이에 어울리지 않는 상당한 검술수련을 쌓은 것으로 보였다. 하루에도 서너 번씩 들르는 터라 엘다에게도 이제는 제법 익숙한 얼굴이다.

어쨌든 지금 그가 이쪽으로 올 모양이다. 하지만.

'안 돼! 오, 오지 마.'

"기분은 좀 어떠세요?"

꼬마숙녀에게 보이는 것만으로도 미치고 환장할 노릇인데, 아무리 한참 어린 연하라 해도 남자에게는 절대로 보이고 싶지 않은 장면이 진행 중이다. 오지 말라고 외치면 뭐하는가? 말로 만들어 내뱉을 수가 없는데. 차마 눈을 마주칠 수가 없어서 다시 질끈 감아버리는 엘다였다. 그 수밖에 없었다. 그런데…….

"응……? 얼굴이 왜 이렇게 빨갛지. 열이라도 있는 건가? 저기, 어디 아프신 것은……?"

'네가 문제란 말이야. 제발 나가주면 안 되겠니? 그러면 만사형통일 것 같은데 말이야.'

말이란 것이 얼마나 소중한 것인지 절실하게 깨닫는 엘다였다.

'아, 안 돼……!'

이마에 부드러운 손길이 와 닿는 느낌이 그리 싫지 않다. 그런데 문제는…… 나이 스물여섯, 엘다 바워버드, 신분도 직책도 소용없이 이 무슨 창피한 일이란 말인가!

"제길! 싸, 쌌잖아! 책임져~!"

고음의 외침이 저택을 쩌렁쩌렁 울렸다.

'어……?

얼결에 열려버린 말문. 그러나 성숙한 처녀가 내뱉기에는 그리 적절치 않은 첫 마디임은 명확했다. 제논 프라이어의 황당해하는 표정으로 미루어 봐도 그 점은 고스란히 증명되고 있었다.

＊　　　＊　　　＊

훅! 훅! 훅!

'응? 아…… 벌써 다섯 시경이구나.'

제논 프라이어의 새벽운동이 시작된 모양이다. 이제는 귓전을 간질이는 규칙적인 숨소리에 맞춰 새벽잠을 깨는 것에 익숙해졌다.

참 괴물 같은 소년이었다. 철들고부터 여섯시 기상을 습관화해 온 스스로도 부지런함에 있어서는 누구에게도 뒤진다고 생각지 않았는데, 이 집안 장남 제논은 한 술 더 뜨는 터였다. 밤늦게 잠드는 것 같은데, 새벽 다섯 시면 어김없이 일어나 아침 운동을 시작한다.

늘 그러하듯이 오늘도 자석에 이끌린 바늘처럼 약간은 어눌하지만 제법 빠른 몸짓으로 침대를 벗어나 창가로 향하는 엘다였다. 역시나 예상대로 어슴푸레한 새벽 별빛 속에 움직이는 그림자가 있다.

후~ 욱!

터질 듯한 근육의 움직임을 따라 허공을 오르내리던 바벨이 긴 숨소리를 끝으로 공중에 멈춘다. 역동적인 움직임에 익숙한 탓일 것이다. 바벨의 움직임이 멎음과 동시에 시간의 흐름도 멎은 듯 느껴지는 것은.

반사되는 땀방울이 눈부시다. 그리고 탄력적으로 융기한 자잘한 근육들의 유기적인 조합. 풀벌레 소리마저 숨을 죽인다.

'아, 아름답다. 바로 저거야……! 흡.'

하마터면 또 소리가 입 밖으로 새어나갈 뻔했다. 말문이 트인 날의 실수가 떠올라 괜스레 얼굴이 달아오르는 엘다였다.

자라온 환경이 환경이었으니만치 남자들의 벗은 모습을 질리도록 보아온 터였으나 땀에 젖은 근육의 역동이 아름답다고 느낀 것은 꽤나 생소한 경우였다. 한편으로는 부러움조차 이는 것을 숨길 수가 없다.

'미안하다, 아가야. 어미는 더 이상 너를 지켜줄 수가 없구나. 이제는 네가 네 스스로를 지켜야 한단다.' 세 살 적 어머니가 돌아가시기 직전, 고사리 같은 그녀의 손에 단검 한 자루를 쥐어주며 하던 그 유언이 시작이었다.

그때부터 검의 길, 무술의 길을 걸어온 지 어느덧 스무 해를 훌쩍 넘겼다.

무술의 길에서 첫 번째로 장애를 느낀 때가 열두 살 때였다. 자신이 여자이기에 필연적으로 부딪힐 수밖에 없었던 신체적인 문제, 체력이라는 벽을 만난 것이다. 경쟁상대가 남자애들이라서 그랬다.

그를 보완하기 위해 초반에는 무식하게 근육을 키우는 데만 온힘을 쏟곤 했다. 선천적인 체력의 열세를 후천적인 운동량으로만 극복하려한 것이다.

그러다 어느 순간 그게 해답이 아님을 알았다. 검이란 근력이 딸리면 불리하기는 하지만 그것이 전부가 아님을 깨달았기 때문이다.

힘의 격차를 극복하기 위해 스피드와 순발력 증진에 더욱 노력을 쏟으며 한편으로는 잠자는 시간을 줄여가며 체력강화에 매진했다.

일정 시기가 지나면서 근육의 질에 관심을 가지게 된 것은 필요가 발명을 낳듯 필연적인 일이었다. 단순히 근육의 크기와 양이 전부가 아니라 얼마나 탄력적인 근육이냐 하는 것과 자잘한 관련 근육들 간의 유기적인 조합이 얼마나 잘 이루어지느냐가 더 큰 관건임을 알았다. 그때부터 양이 아닌 질에 관심을 기울였다.

나름의 체력단련 매뉴얼을 개발하여 스스로를 포함한 휘하 병사들의 훈련에도 적용해, 일종의 임상테스트를 거치면서 최적의 코스를 찾았다.

그러한 데이터를 바탕으로 하나의 체력단련 체계를 최근에야 완성했다. 그 결과인 스스로와 휘하 병사들의 성취에 나름대로 만족하고 있는 중이었다.

'세상은 참 알 수 없는 곳이야. 어떻게 저런 소년 혼자서 저런 훈련법을 창출해 냈을까?

그런데, 역시나 세상은 넓고 인간의 발전력에는 한계가 없다. 그녀가 추구한 근육의 완성판을 이제 갓 열여섯의 소년, 그것도 전문적인 기사훈련도 받지 않은 민간인 소년에게서 보게 될 줄이야.

그녀가 추구하던 단련법의 극의를 거친 제논을 주시하는 엘다의 잿빛 시선. 거기엔 소년과 그녀 사이에 존재하는 열 살이 넘는 나이차나 신분의 차이는 이미 없었다.

웃차. 퉁.

흠칫!

바벨이 지면에 부딪치는 소리와 함께 멈춘 듯 하던 시간의 흐름이 다시 돌아간다. 그를 신호로 착각처럼 짧은 순간 두 사람의 시선이 마주치다 떨어진다.

'자꾸 신경이 쓰여.'

뒤뜰의 그를 지켜보며 엘다는 생각을 이었다. 참 알다가도 모를 일이다. 떠올리는 것만으로도 미소 짓게 만드는 공인 간호 역 키라, 또랑또랑한 눈동자의 폴, 현숙함의 화신인 듯 모정을 일깨우는 메를린, 의젓한 맏언니임을 자임하며 자신의 목욕과 빨래 등의 잡다한 뒤처리를 도맡아준 마리. 그밖에도 수지와 헤리슨 부부.

모두가 평온함으로 그녀를 취하게 하는 프라이어 가문의 일원들이었다. 그런데 그런 이 집안에서 유일하게 그녀의 신경을 예민하게 만드는 존재가 바로 저 제논 프라이어였던 것이다.

그렇다고 싫다 좋다하는 종류의 값싼 감정은 아니다. 묘하게도 그를 마주하다보면 원인모를 위축감이랄까 묵직한 존재감을 느끼고 행동 하나하나 표정 하나하나에 무의식적으로 반응을 하는 것이다.

보잘 것 없는 몰락 남작가의 장남, 모친을 끔찍이 위하고 동생들에게는 약간은 팔불출 느낌이 들 정도로 맹목적인 애정을 표하는 소년에 불과한데 말이다.

처음에는 민망한 모습을 보인 것 때문이라고 애써 자위하기도 했지만 그것만으로는 전혀 설득력이 없는 것임을 스스로가 더 잘 안다.

예비기사학교로부터 군사아카데미를 거쳐 야전에 이르기까지 남자애들과 부대끼며 지내왔다. 별의별 모습들을 보고 보였다는 이야기다.

인간의 성별을 남자와 여자란 것으로 나누어서 생각하는 것은 평범한 소녀들에게나 통하는 설명이지 그녀에게는 전혀 맞지 않는 기준인 것이다.

그런 그녀가 몸상태상 피치 못하게 조금 민망한 모습을 보였기로서니 이제 갓 젖비린내가 가실까 말까한 애송이에게서 남성의 향취를 느껴 내외(內外)한다는 것은 언어도단이었다.

그래도 명색이 타고난 신분에 의해서가 아닌, 엘다 스스로의 역량과 노력을 통해 일군(一軍)을 이끄는 인물로 성장해 왔지 않았던가. 나름대로 스스로의 검로(劍路)를 완성한 기사예비학교 고(高)학년 이후로는 누구의 앞에서도 위축된 기억이 없었다.

군사아카데미 수석 졸업자였기에 황궁 축하연에 참석하고 황제로부터 직접 기사작위를 받았다.

그때 그 자리, 1억의 신민을 다스리는 노회한 황제의 앞에서도 위축되지 않고 극상의 예의는 차리되 당당함을 유지했던 그녀였던 것이다.

그런데 왜 저 소년을 상대로는…….

'엘다…… 정체가 뭘까?'

우여곡절 끝에 그녀의 말문은 열렸지만 의혹은 전혀 해소되지 않았다. 성도 밝히지 않은 짧막한 소개로 '엘다라고 불러주세요.' 가 다였다.

그뿐이었다. 하루 한 번 포드 씨가 진료 차 방문하고 키라의 간호를 받으며 가족들과 꽤나 정겹게 지내는 등 말문이 트이기 전과 전혀 변함없는 일상으로 돌아갔다.

하긴 엄밀히 따지면 달라지긴 달라졌다. 말문이 열린 날로부터 눈에 띄게 신체의 기능을 회복해 가는 것 같았으니까. 그렇지만 여전히 신분을 비롯한 스스로의 신상에 관한 사항들은 철저히 함구한다.

'아니지.'

모친 메를린에게만은 털어놓은 눈치였다. 비밀에 붙이기로 약속했는지 그녀를 대하는 태도가 미묘하게 더 정중해졌을 뿐 메를린도 그녀의 신상에 관한 이야기는 일절 모르쇠로 일관한다. 그렇게 프라이어 가문의 식객으로 한자리를 차지하고 있는 의문의 여인이다.

아차, 한 가지 빼먹었다. 그녀 쪽이 아니라 제논 자신에게는 사실 엄청난 변화가 생기긴 했다. 이젠 아침 기립행사가

매일같이 계속 되는 터라 은근히 그녀의 체류를 환영하는 쪽
이었다.

"후우……!"

잡념 같은 생각들 속에 임했던 체력단련이 끝났다. 운동기
구를 내려놓으며 제논은 잠시 숨을 돌렸다. 저 엉뚱한 사냥의
결과물을 습득해 온 이후로 벌써 한 달 가까운 시간이 지났
다. 제법 큼직한 사건이었지만 그게 제논이 추진하는 일에는
큰 영향을 미치지 않았다.

예정된 또 다른 변화도 있었던 것이다. 숯가마를 포함한 농
사일에 관한 관리부분을 톰슨 씨와 보비 등에게 거의 대부분
을 일임했다.

직접적인 농사일에 관해서는 헤리슨보다도 못한 자신이
미주알고주알 입을 댈 처지도 아니었기에, 온실관련 일들도
이제는 오다가다 한 번씩 들러 진행과정을 지켜보는 것 뿐,
거의 위임한 상태다.

그래서 아카데미 수험이 머지않은 점을 의식해 입시공부
에 좀 더 신경을 쓰면서 체력단련에도 주력하는 방향으로 스
케줄을 다시 짰다.

그에 따라 생활반경이 저택을 중심으로 개편되어 더 많은
시간을 가족들과의 일상에 할애할 수 있게 됐다. 새벽 훈련장
소도 아예 집 뒤뜰로 옮겨왔다.

덕택에 저번처럼 마리가 대문 밖에서 초조하게 기다려야
하는 일은 없어졌다. 지금도 보라.

"오빠, 여기 수건."

"으응. 고맙다, 마리."

"이제 다 끝난 거예요?"

"으응, 그래."

"그러면 이제 약속한 새 노래 가르쳐 줘요."

"노래? 으음."

오늘은 무슨 노래를 풀어줄까 궁리하며 축축해진 얼굴과
목덜미를 닦는다. 그런데 땀에 젖은 몸을 스치는 바람이 꽤
서늘하다.

"날씨가 제법 쌀쌀해졌구나."

"오빠가 둔감해서 이제야 그렇게 느끼지, 겨울이 코앞인
걸. 어머니 생신도 며칠 남지 않았잖아."

"그, 그랬었지. 어머니 생신이…… 11월 초였지?"

"11월 10일! 이제 겨우 열흘 남짓 남았어. 잊고 있었지? 하
여튼 무심한 사람이라니까요, 오빠는."

하긴 진짜 까마득히 잊고 있었다. 꼭 현진이어서가 아니라
제논도 원래부터 그랬다.

가족들의 생일은 당연하고 자신의 생일마저도 마리가 알
려줘서야 알게 되는 무신경파였으니까. 지난봄에 있었던 제
논의 생일에도 그랬었다.

"마리, 이번엔 생신파티를 여시겠지?"

가게 쪽 일도 많이 나아지고 있음을 메를린의 얼굴에서 사라진 그늘을 미루어 슬슬 느끼고 있는 중이었다. 저녁식사 시간에 인력 증원문제를 헤리슨과 상의하는 것도 종종 듣고 있었다. 그러니.

"응, 당연히 이번엔 생신파티를 여셔야지. 동생들도 은근히 기다리고 있고 벌써 이 년이 넘도록 파티라고는 전혀 열지 않았으니까. 그래서 며칠 전에 어머니께 말씀드려 봤는데, 조금 심드렁하셨어."

"심드렁하셨어?"

"그렇다니까. 오빠가 한번 강력하게 이야기해 봐. 그래도 오빠 말은 다 들어주시는 편이잖아."

"응, 그러지 뭐. 저녁에 돌아오시면 말씀드려볼게."

"그냥 말씀드릴게 아니라 강력하게!"

"응, 알았어. 강력하게!"

마리가 건네 준 수건으로 땀을 닦으며 대화하는 제논의 눈동자에 동생에 대한 애정과 신뢰가 절절히 배어난다.

'……부러운 사람들.'

지켜보던 엘다의 눈가에 순간적으로 묘한 감정의 편린이 어린다. 아무리 다른 이유와 핑계를 대더라도 근본적인 원인이 여기에 있음을 스스로 속일 수가 없었던 것이다. 그래, 바로 이것 때문이었다.

생전 처음으로 느껴보는 정감 넘치는 분위기를 뒤로하기엔 발걸음의 아쉬움이 너무 크다는 점.

신체의 부자유스러움을 측근들에게도 보이기 저어한 측면도 물론 있었다. 하지만 그보다는 철들고부터 따라다닌 모략과 암투, 적의와 질시에 넘치는 살얼음판 같은 창칼 없는 전장으로의 '복귀', 하루라도 더 늦추고 싶었던 마음이 내심 크게 작용해 왔던 것이다.

'한 달 가까이…… 참 좋았는데.'

시간은 참으로 덧없이 흘러간다. 그 지내온 시간이 즐겁고 행복할수록 더욱 그런 듯하다.

그래, 그렇다. 오늘따라 더욱 감상에 젖는 것도 이제는 떠날 날이 다가왔다는 것을 알고 있기 때문임을 부인할 수가 없다. 이 부럽도록 넘치는 가족애의 현장을 떠나 계산과 비정만이 가득한 세계로 돌아가야 하는 것이다. 자신이 있어야 할 자리는 원래 그곳이니까.

'어쨌든 지금은 마나수련부터.'

생각은 생각, 마음이야 어떻든 지금은 마나수련법에 매진해야 할 때다. 모든 것은 자신의 육체에 대한 완벽한 컨트롤을 온전히 되찾고 난 이후에 생각할 문제니까.

Chap. 12
메를린의 생일 파티

메를린의 생일 파티

드높은 하늘에 선선한 날씨. 오늘따라 유난히 싱그럽게 들리는 새들의 지저귐. 야외파티를 열기엔 더할 나위 없는 날이었다. 그렇다, 파티.

프라이어 남작가의 안주인이자 가장이기도 한 메를린 프라이어, 바로 자신의 탄생기념일. 그러나 파티라고 해봐야 참석할 사람들은 저택에서 같이 생활하며 매일 얼굴을 맞대는 식구들과 엘다 양, 그리고 가게의 일꾼들이 전부라서 정찬을 조금 부풀린 정도다.

엘다 양은 현재 저택에 없었다. 폭우가 쏟아지던 한 달 전쯤의 어느 날, 몇 날 며칠 숯가마를 지키던 제논이 난데없이 산에서 주워왔던 레이디.

제논이 놓은 덫에 당해 회복이 의심스럽도록 최악의 상태가 되었었는데, 4주 남짓 체류하며 간호 받는 동안 깨끗이 완쾌되어 며칠 전에 제집으로 돌아갔던 차.

그녀도 오기로 했다. 친해지다 못해 나이 터울 많은 자매처럼 정이 들어버린 키라의 간곡함에 꼭 들르겠다하였던 것이다. 폴도 마리도 꼭꼭 약속을 지킬 것을 다짐 받으며 배웅했었다.

그래서인지 애들은 그때부터 지금껏 들떠 있었다. 아버지를 잃은 지 이 년하고도 몇 개월 만에 열게 된 파티인지라 더욱 들뜰 만도 하리라.

메를린도 오늘은 일찌감치 가게를 파하고 돌아왔다. 남정네들은 애들이 축가를 부를 무대와 파티장을 조성하는 일에, 여자들은 음식 장만에 투입됐다. 집안의 살림꾼인 수지가 아침부터 요리재료를 다듬었기에 음식 준비는 일찍 끝났다. 이제 손님들만 오면 된다.

아이들을 부르고자 뒷동산을 넘어 온실을 찾으니 큰딸 마리가 뛰어와 물어온다.

"어머니, 준비가 다 끝난 거예요?"

"그래 다 끝난 듯하구나."

"그럼 얼른 돌아가서 음식을 차려야겠네요."

"그래 서둘러야겠다."

 제논
프라이어

"동생들 데려가서 씻길게요. 그새를 못 참아 벌써 흙투성이가 됐어요. 옷도 다시 갈아입혀야겠어요."

"그래, 그러렴."

"애들아, 얼른 나와! 씻으러 가자!"

마리의 질문에 건성으로 대답하는 메를린의 눈길은 첫 출하를 앞두고 있는 온실에 고정되어 있었다. 마리의 호출에 막둥이들이 뛰어나오는 모습이 유리창 너머로 비춰 보인다. 유리벽이 완성되고 부터는 온실을 자기네의 놀이터로 점령한 지 오래였던 것이다.

처음에는 거름 냄새에 접근을 망설이던 마리도 이제는 많이 익숙해졌다.

'참 많은 것들이 달라졌다.'

달라졌다 뿐인가. 어느 날부턴가 매우 능동적이 된 장남의 여러 기발한 아이디어와 시도들로 집안 분위기와 기울어가던 사업을 비롯해 모든 게 개선되고 있었다. 제논이 생각해 낸 여러 메뉴들로 식탁은 풍성해졌고 아이들은 튼튼하고 밝아졌으며, 역시 제논이 개발한 스위티를 서비스해 여름한철 손님을 톡톡히 늘려왔다.

그리고 이제 곧 출하하게 될 온실의 상추와 딸기. 딸기는 시식할 수 있으려면 조금 더 시간이 필요했지만 풍부한 양분과 일조량으로 파릇파릇하게 돋아난 상추 정도는 오늘의 파티용으로도 쓰일 참이다.

‘제논은 참 어떻게 저런 생각을 다 해낸 걸까.’

아들이 하는 일이라 기꺼이 지원해 주긴 했지만 개장한 제논의 온실은 메를린의 예상을 뛰어넘는 성과를 가져올 소지가 다분해 보였다.

가깝게는, 상추나 딸기 외에도 메를린 자신이 조달해 주었던 씨앗들만 해도 꽤 되지 않던가.

그것들이 만약 제논이 추진한 저 온실이란 구조물의 목적대로 열매를 맺게 된다면. 그렇게만 된다면 정말 제철이 아니면 맛볼 수 없는 신선한 과일과 야채를 수확해 가게 상품으로 확보할 수 있으리라. 성공여부를 떠나 참으로 장한 노력이 아닌가.

“어머니! 어머니도 저희와 함께 빨리 가서서 준비하세요. 손님들이 곧 도착할 거예요.”

언덕을 올라가며 마리가 채근해 온다. 새삼스런 기분에 빠져 있던 메를린은 미소 지으며 답했다.

“그래, 가자꾸나.”

‘……평소엔 애어른 같이 굴더니. 자기 친구들이 온다니까 꽤나 신경이 쓰이는 모양이야.’

손님이래야 마리의 학교 친구들이니 여자애 서넛이 추가되는 정도이리라. 그럼에도 꼬박꼬박 손님이라 칭하는 마리의 호들갑이 소녀답다 여겨져 웃음 짓는 메를린이었다.

"오빠! 아무래도 무대가 낮을 것 같아! 조금만 더 높여 주…… 어라? 키라, 제논 오빠 어디 갔다니?"

"아까까진 저기 있었는데. 온실에 가신 거 아니에요?"

"아휴! 그새를 못 참고 또?"

"마리 아가씨, 저희에게 시키십시오. 얼마만큼 높이면 될 까요?"

"한두 뼘쯤이면 될 것 같아요."

열린 창가를 타고 끊임없이 올라오는 앞마당의 소란스러움에 메를린은 뒤죽박죽된 표정이 됐다. 기쁨과 민망함과 미안함, 그리고 약간의 설렘까지도.

'애들도 참. 나이 먹는 게 뭐 좋은 일이라고.'

거울에 비친 메를린의 표정을 알아보곤 머리손질을 해주던 수지가 윙크를 하며 말한다.

"마님, 가소롭지만 기특하고 뿌듯하시죠?"

"수지까지 날 놀리기야? 그리고 가소롭다니? 어미를 웃게 해 주려고 저리도 열심히 애쓰는데."

"네, 그러니 솔직하게 그냥 활짝 웃으세요. 사실 말이지, 이렇게 단장해 본 적도 정말 오랜만이잖아요. 남작님이 살아 계실 땐 딱히 기념할 만한 날이 아니더라도 조촐하게나마 모두가 모여 식사도 하고……."

거기까지.

무심결에 고인(故人)을 거론해 버린 수지는 재빨리 입을 닫

곤 여주인의 안색을 살폈다. 그러나 우려와는 달리 메를린의
표정은 별다른 변화가 없었다. 남편을 잃은 슬픔에서 많이 벗
어났다는 증거이리라. 짐짓 안도한 수지는 머쓱한 어조로 말
을 이었다.

"제논 도련님은 무대에 안 서시려나 봐요."

"손님들 앞이라 그렇겠지."

"거창한 손들도 아니고, 댄스 공연을 겸하는 것도 아니니
평소처럼 동생들과 노래하시면 좋을 텐데. 제논 도련님은 참
의외의 면에서 수줍음을 타신다니까요."

"그럴 나이잖아."

"하긴……."

처음엔, 마리와 쌍둥이들이 제논에게 배워서 곧잘 운동 삼
는 에어로빅도 오늘 재롱잔치의 메뉴가 될 뻔했었다. 하지만
메를린 자신이나 헤리슨 부부만 관람하는 자리는 아니지 않
은가. 은연중 그건 진짜 '가족용' 춤으로 인식하고 있었기에
제외할 것을 권했다.

그러니 저렇게 무대까지 꾸며 생일축하 공연을 준비하지
않아도 될 듯했지만 절대 그럴 수 없다는 반대에 부딪혔다.
특히 첫째 딸인 마리에게서. 제 열렬한 팬들이자 제자들이자
친구들이라는 학교 아이들도 초대받길 희망했다니까. 아무
튼 이렇게까지 구색을 갖춰 모처럼의 생일을 쉴 수 있게 된
것은 모두…….

 제논
프라이어

'다 제논 덕이지. 남작님, 우리 아들 너무 자랑스럽지요? 당신을 꼭 닮았는데. 지켜보고 있나요?'

그렇듯 혼자만의 기분에 취해 눈시울을 붉히던 메를린. 타박하듯 '역시 또…….' 하는 표정으로 설핏 웃는 거울 속의 수지에게 마주 미소 지었다.

"우아앗!"

그러다 불현듯 멈칫했다. 마리가 마당에서 다급한 톤으로 언성을 높이지 않는가. 그러나 메를린은 이내 안도의 숨을 내쉬었다.

"폴! 그러다 다치겠다. 방금 새 옷으로 갈아입었는데 케이크로 범벅이 됐잖니. 키라! 폴 좀 데려가서……."

"네, 언니! 폴, 이리와. 닦아줄게."

"그냥 새 옷으로 갈아입는 것이……."

"마리!"

낯선 음성의 호명이었다. 집안의 안주인 역을 하고 있던 마리가 의젓하고 살갑게 화답한다. 마리가 말했던 학교친구들 중의 하나이리라. 어떤 아이인지 호기심이 생긴 메를린은 창밖을 내다봤다. 마침 수지의 머리손질이 끝난 참이기도 했으니.

"회장 언니는 못 오신다고요?"

"응, 미안하다고 전해달래. 하지만 참석인원이 적진 않을 거야. 간부급 클럽회원들은 다 참석할 테고, 우리 부모님도 오시기로 했거든. 뭔가 도울 일은 없나 해서 난 미리 온 거야. 거들 일은 없니?”

“거들다니요. 친구들이 올 때까지 기다릴 만한 자리로 안 내해 드릴게요. 이리 오세요, 부회장 언니.”

‘부회장? 상급생인가 보네.’

창가에서 물러나던 메를린은 흐뭇하게 미소 지었다. 동급생 이상의 학생을 친구로 두고 있는 것을 보면 마리의 교우관계가 꽤 넓은 모양이었다. 학교친구를 집에 데려오는 일이 전혀 없어서 조금 걱정이던 제논의 경우에 비춰보면 다행스런 일이다.

호기심 어린 동작으로 창밖을 향해 고개를 빼고 있던 수지도 재촉하듯 말해온다.

“마님, 손님들을 맞으셔야지요.”

“그래, 내려가자꾸나.”

선뜻 답한 메를린은 곧 방을 나섰다. 그런데…….

“자랑스런 따님을 두셨습니다.”

“네. 어서 오세요, 교장선생님. 안쪽으로 들어가시지요.”

“네. 그럼.”

“마리, 교장선생님 좌석으로 모시렴.”

“네, 어머니. 선생님 이쪽으로 오세요.”

‘후우~ 이게 대체 어찌 된 일이지.’

이런 소규모 가족파티에 나타날 인물이 아닌 것이다. 무슨 대단한 실세 집안의 정식파티도 아니고, 그렇다고 평소에 특별히 친분이 있었던 것도 아닌데 프리-아카데미의 교장이 참석하다니.

딸아이의 딸아이가 마리의 친구란 설명이 있었다. 손녀딸 애가 친구네 파티에 참석하는데 혼자 달랑 보낼 수가 없어서 동행해 왔다나?

납득이 될 듯 말듯한 이유였다. 그런 이유라면 집사나 하녀를 동행시키는 게 일반적이니까 말이다. 하기야 대동소이한 이유로 이미 도착해서 자리를 차지하고 있는 시(市) 유력인사들을 생각하면 교장선생이란 명함이 초라해질 지경이다.

전혀 예상도 못한 손님들의 러쉬에 놀람과 당혹이 도를 넘어 이젠 오히려 덤덤해진 메를린이었다.

하지만 수지의 경우엔 아니었다. 곤혹스런 얼굴로 다가와 고민을 토로한다.

"마님, 아무래도 요리가 모자랄 것 같은데요?"

"그도 그러네. 다른 요리들은 큰 문제가 없겠는데, 돼지고기와 김치 종류가 모자랄 것 같구나."

안 그래도 메를린의 시선은 손님들을 맞는 내내 불안하게 뷔페식 음식 테이블을 살피던 중이었다.

빵과 케이크 등은 아직도 테이블에 많이 남아 있다. 문제는 집중공략 당하고 있는 양념불고기였다. 꺼내놓는 족족 쟁반이 바닥을 보인다.

"그래서 말인데요, 마님. 마을사람들에게 이바지하려고 남겨둔 돼지고기도 마저 꺼내야 할 것 같아요."

"그러자꾸나. 찾아온 손님들 접대가 우선이니 마을에는 나중에 따로 고기를 장만해서 나눠주는 게 옳겠어."

"네. 그렇게 할게요."

"김치는 창고에 담가둔 게 아직 남아 있지?"

"익은 것은 이미 다 꺼내 왔고, 새로 담아놓았던 게 조금 더 있을 거예요. 숙성은 덜됐겠지만 그거라도 꺼내올게요. 그리고 심려 놓으세요. 생각보다 파티가 커져 버렸지만 톰슨 씨 부부랑 보비를 비롯해 가게식구들도 알아서 챙겨주고 있으니까요."

"모두 뜬금없이 고생이구나. 파티를 즐기려고 왔다가 손님들 접대 때문에 심부름꾼 신세라니."

"심려 놓으시라니까요. 마님의 생신이잖아요. 그럼 저는 얼른 다시 가볼게요."

웃으며 배려해 준 수지가 그렇게 되돌아간다. 오랜만에 여는 파티라서 음식들을 분명 꽤나 넉넉하게 준비했다. 원래 잔치음식이란 나눌수록 풍성한 법. 마을 사람들에게도 나눠줄 생각이었기에 더욱 많은 양을 준비했다. 그런데 파티용으로 쓰기에도 모자라는 사태가 생기리라고는 전혀 예상치 못한 일이다.

참석해 올 사람들의 식성이래야 빤히 알고 있었다. 음식량 예측에 실패할 이유가 없었는데.

"어머니, 안내해 드리고 왔어요."

오늘 사태의 주범인 마리의 얼굴은 천연덕스럽기만 하다. 추궁하는 식이었지만 메를린은 물었다.

"마리, 어떻게 된 일이냐?"

"네? 뭐가요?"

"손님들 말이다."

"손님들이 왜요?"

"전부 네가 초대했다면서?"

"아, 그거요. 말씀드렸잖아요. 제 학교 친구들이 참석을 원하는데 오라고 해도 되느냐고요. 허락하셨잖아요?"

"그……."

어이가 없어서 말문이 막히는 메를린이었다. 물론 그랬었긴 하다. 하지만 학교 친구라기에 친한 애들 서넛일 줄 알았다. 또래 여아들이 그렇듯이. 그런데 이토록 화려한 면면들이 참석할 줄이야 꿈엔들 알았겠는가 말이다.

"어쨌든 그럼, 이제 다 온 거니……?"

"마리!"

그러나 질문이 끝나기도 전에 또 새로운 손님이 등장한다. 길모퉁이를 돌아 달려온 한 대의 마차. 창문 밖으로 손을 흔들며 딸아이를 호명하던 어린 소녀가 마차가 정차하자마자 바삐 내려선다.

손님맞이가 우선이었기에 메를린은 마리가 친구를 마중하러 가는 것을 무언(無言)으로 허락했다.

"내가 지각한 거야?"

"지각은 아니야. 그보다, 레베카. 친구들이 너무 많이 온 것 같아. 다들 동행들과 함께라서 더욱 북적거려졌어. 가족들끼리의 조촐한 파티라고 했었잖아."

"저런, 미안해. 처음엔 물론 몇 명만 오려고 했지. 그런데 우리 레티샤 언니가 네 팬클럽의 회장이잖아. 클럽의 정식 안건으로 다뤄져서 어쩔 수가 없었어."

"으음, 그래……."

"말도 마, 이만하길 다행이었어. 네 어머님의 생신이고, 네가 축가를 부르기로 했다는 소문이 나서 난리가 났었거든. 그 소동을 네가 직접 봐야 했어. 가만두면 전교생이 몰려와 기웃거리고도 남을 만한 사태였다니까. 그래서 각 반의 대표들이 참석자격을 '엄선' 했고 항의하는 가여운 무리들은 여지없이 처리(?)되었지."

"네가 한 일이야?"

"아니, 물론 우리 언니가."

호들갑 떠는 동년배에게 피식 웃어 보이는 마리처럼 메를린은 이제 어이없다 못해 실소가 나왔다. 학년 고하를 불문하고 학교친구들을 제 팬클럽 회원으로 두고 있는 마리나, 고작

자신의 생일파티에 오고 싶어서 안달하더라는 프리-아카데
미의 학생들이나. 그야 누구든 참석하여 축하해 주면 고마운
일이지만.

"흠! 막내야, 담소는 나중에 하고."

"아, 내 정신 좀 봐."

레베카라는 소녀의 뒤를 이어 고급스런 검은색 마차에서
내린 장년의 신사와 귀족부인. 조잘거리는 제 여식(막내딸인
가보다)에게 주의를 환기시킨다.

그들에게 눈길을 향한 메를린은 약간 주춤했다. 소녀의 부
모로 보이는 예의 부부는 정식으로 인사를 나눈 적이 없는 귀
족들이었다. 하지만 부부가 대동해온 쪽은 문제가 달랐다. 분
명 초면이 아닌 동행이었으니.

"마리, 인사해. 우리 부모님이셔."

"안녕하세요, 하버 백작님, 하버 백작부인. 어서 오세요."

"반가워요, 마리 프라이어 양."

'하버 백작부처였잖아!'

부부가 대동해 온 이는 가게의 고정거래처가 되어주었던
하버 백작가의 집사장이었다. 주로 헤리슨과 면담했었지만
메를린도 그의 얼굴쯤은 알고 있었던 것이다.

백작부처의 곁에 있다가 달려온 보비에게 마차와 말들을
인계하곤 슬쩍 목례를 해온다. 고맙고 반가운 마음에 메를린
은 인사를 해오는 그의 주인내외에게 맨발로 마중하듯 환대

어린 답례를 했다.

"하버 백작님, 하버 백작부인. 처음 뵙겠습니다. 저는 메를린 프라이어라고 합니다."

"오, 반갑습니다, 남작부인."

"저야말로 반갑지요. 잘 오셨습니다. 어서 안으로 드세요. 마리! 자리로 안내해 드리렴."

"네, 어머니."

"그럼, 조금 후에 다시 뵙겠습니다."

호의 어린 부부의 답례에 기꺼이 긍정적인 미소로 화답하던 메를린은 또다시 멈칫했다. 하버 백작부처가 섞여들고 있는 앞마당의 손님무리. 새삼스럽지만 경각심을 불러일으키는 구도였던 것이다.

시청을 비롯한 몇몇 관공서에서 근무하는 시(市)의 관료들을 포함하여, 한 사람 한 사람이 결코 가볍게 볼 수 없는 상류 계층들이 아닌가.

'이런. 아무래도 이건……'

"보비! 서둘러주게."

"네, 헤리슨 집사님."

하버 백작가의 마차를 옮겨가고 있던 보비에게 재촉의 말을 던진 헤리슨이 빠르게 다가와 입을 연다.

"저, 마님……."

"헤리슨 씨, 제논 어디 있죠?"

"네? 아, 마구간에 계실 겁니다. 잘못하면 손님들의 마구와 말(馬)이 뒤섞여 버릴 수도 있겠다고 아까 그리로 가셨지요. 그보다, 그래서 말입니다, 마님."

경직된 얼굴로 파티장을 둘러보던 메를린은 쥐어짜듯, 그러나 강경한 어조로 명했다.

"아까 언뜻 보니 작업복 차림이던데 마구간에서 말들을 돌보고 있다면 아직 그 차림이겠군요. 지금 바로 데려다 제대로 정장시키세요."

다각다각다각!

누군가 새로운 도착이 있을 것임을 알리는 말발굽 소리. 길모퉁이를 돌아 달려온다. 대문 인근에 이르러 속도를 줄이더니 검은머리 미녀기사가 선두로 멈춰 선다.

"헤리슨 씨, 제논을……."

새 손님들을 흘끔하던 헤리슨은 대답했다. 다짜고짜 아들을 데려다 정장을 시키라는 메를린의 속내를 알고도 남음이었으니까. 실은 바로 그 문제를 상기시키고자 여주인을 찾아온 것이기도 했다.

"예, 저와 같은 생각을 하셨군요. 오늘은 단순히 마님의 생신축하 파티로 그치지 않을 것 같으니까요."

"내 생일이 아니라, 수십 년 만에, 어쩌면 일이백 년 만에 열리게 된 '프라이어 남작가'의 파티이죠."

"네, 그러니 이런 날 마님을 에스코트할 수 있는 이는 제논

도련님밖엔 없죠. 말씀대로 잡아다 제대로 단장시키겠습니다. 시간 상 저녁파티가 되었으니 손님들도 조금은 더 기다려주실 겁니다."

동의 삼아 메를린은 거의 비장한 동작으로 고개를 끄덕였다. 그런 그녀의 행동을 의식한 검은머리 여기사가 안장에서 내리며 물어온다.

"부인, 무슨 일이 있으신가요?"

"아니요, 아무것도…… 아! 레이디 엘다셨군요. 잘 오셨습니다. 아이들이 몹시 기다리던데 반가워할 거예요. 몸은 이제 괜찮으세요?"

"나흘 만에 다시 듣는 우려군요. 수차례 답변 드렸듯이, 괜찮습니다. 괜찮고말고요. 계속 괜찮을 겁니다."

"네, 다행이에요."

유머러스한 그녀의 답변에 따뜻하게 답하던 메를린은 고갤 돌렸다. 손님들의 도착에 촉각을 세우고 있던 쌍둥이들이 기다렸다는 듯이 뛰어오며 반겼던 것이다.

"아, 엘다 누나다!"

"앗! 엘다 언니이!"

"안녕. 폴, 키라. 잘 있었니?"

"네! 어서 오세요!"

반색하는 쌍둥이들에 의해 인도되어 가는 엘다.

"실례하게 되었습니다."

"저 역시 실례합니다."

"네……."

딱딱하지만 절도 있는 언행으로 양해를 구하곤 상관이자 주군인 엘다를 뒤따라가는 두 명의 기사. 엘다는 물론이거니와 그들도 따지고 보면 결단코 낮은 신분은 아니리라. 아무튼 오늘은 보통 날이 아니었다.

'정신 바짝 차리자!'

생각하기도 싫은 황당무계한 파티가 되거나, 별세한 남편을 포함해 몰락을 유산 받았던 선대들이 소원한 다시없을 '기회'가 될 수 있었던 것이다.

메를린이야 미처 예견하지 못했던 일이지만 오늘의 파티는 결코 우연이 아니었다.

단순히, 정말로 어린 딸자식들의 성화에 못 이겨 동행해 왔거나, 어느 사교 자리든 의례히 함께하는 배우자 측의 의사에 따라 참석해 온 부류도 있긴 했다.

그러나 어찌 보면 그와 일맥상통하면서도 전혀 다른 각자의 목적과 관심도에 의거, 의도적으로 자리해 온 이들도 적지 않았으니.

예를 들면, 방금 전 마리가 자리로 안내해 준 하버 백작부처도 그랬고, 경우는 다르지만 그 직전에 자리로 안내받은 프리-아카데미의 교장도 그런 케이스였다.

먼저, 제 친구들에게로 가길 원하는 손녀딸을 보내주고 남작가의 앞마당을 채우고 있던 귀족무리에 합류하다가 누군가의 목례를 받은 바 있는 프리-아카데미의 교장. 그의 사정을 조명해 보겠다.

'음, 도착해 있었군.'

아는 척을 해오는 상대에게 교장도 짐짓 진중하게 눈인사를 건네 가까이 올 것을 권했다. 친분이 있는 모 칼리지 학장의 아들내외였던 것이다.

제 아비가 학장으로 있는 예의 칼리지의 행정과 책임자였고, 부인 쪽은 해당 칼리지의 교수였다. 마침 그들 부부의 딸도 교장이 재직 중인 프리-아카데미의 학생이었기에, 그것은 곧 마리와 같은 학교라는 뜻이기에 이 자리에 참석해 온 좋은 핑계거리가 되었다.

"다시 뵙습니다, 교장 선생님. 그간 무고하셨는지요."

"그럼 무고했지. 허허."

불과 며칠 만에 다시 보는 것인데 그새 무고하지 않으면? 인사를 해온 친구의 아들도 설핏 웃다 말을 잇는다.

"그런데…… 그 문제 말씀입니다."

"음, 생각보다 손님이 많구먼. 파티도 아직 정식으로 시작되지 않았으니 그 얘기는 기회 봐서 꺼내봄세."

"네, 타이밍을 잘 잡아야 할 듯합니다. 우리와 다른 목적을 가진 분들도 있는 듯했거든요."

“다른 목적?”

“프라이어 남작가의 ‘사업’ 말입니다.”

“아…… 알았네. 주의함세.”

상류계층에서도 내로라할 만한 귀족사회의 실세들. 주변 손님들 틈에 섞여있는 그들을 알아보곤 납득했음을 답하자 깎듯이 목례하곤 제 부인에게로 돌아간다.

그런 그를 바라보던 교장은 그의 아비이자 자신의 친구인 칼리지 학장과의 대화를 떠올렸다.

“마리 프라이어 양을 스카우트하고 싶네.”

“마리 양을? 흐음.”

칼리지는 사회전반의 각종 전문인들을 양성하는 직업학교다. 아카데미와 어깨를 견줄 순 없지만 최고의 인재들을 배출하는 교육기관임에는 틀림없었다.

그런데 보통은, 특히나 이곳 토레노에선 격에 맞는 평가를 받아오지 못한 교육기관이다. 아카데미 진학에 실패한 학생들이나 재수생들이 ‘어쩔 수 없이’ 택하는 진로(進路)라는 인식 때문이었다.

그래서 교장도 친분 있는 예의 학장의 발언에 그렇게 대꾸했었다. ‘흐음’ 하고. 그랬더니 그가.

“이 사람이 지금 콧방귀 뀌나? 학생으로 말고!”

“학생으로 말고?”

되묻자 정색하며 덧붙여 온다.

"그럼. 칼리지의 교수진! 우리 칼리지의 교수로 스카우트를 미리 예약해 놓고 싶단 말일세. 마리 양은 이제 겨우 2학년이 될 시기의 학생이 아닌가. 그러니 학생으로선 아직 스카우트할 단계가 아니지."

동감이었기에 교장은 고개를 끄덕였다. 그렇지 않아도 마리 프라이어는 학업성취도가 높은 학생이었다. 남은 프리-아카데미의 3년 과정을 지금처럼만 밟아간다면, 아카데미 진학도 능히 가능했던 것이다.

아무튼, 칼리지의 학장인 그가 마리 프라이어를 알고 있는 것은 세 가지 연유로 인해서였다. 칼리지의 행정과 책임자로 있는 아들의 딸이, 즉 학장의 손녀가 마리의 팬이었던 것. 그리고 가끔씩 만나 여가시간을 함께하던 교장이 제 학교 학생임을 자랑했던 것.

그 두 가지 이유론 사실 그런 여학생이 있구나, 하는 정도로 그쳤을 테지만 세 번째 이유가 문제였다.

직업학교이다 보니 '교직'을 목표로 공부하는 학생들도 있었던 바, 다른 여러 직종의 지망생들도 그랬지만 그들 역시 실습을 하는 연수생으로서의 기간을 보내야 했다. 쉽게 말하자면 '교생'인 셈이다.

그런데 학교 측의 추천을 통해 교장의 프리-아카데미로 실습을 나갔던 칼리지 생들에게서 안건이 올라왔으니, 그것이 바로 학장을 움직인 진짜 이유, 좀 더 정확하게는 그가 직접 나서게 된 '원인'이 됐다.

임시나마 여학생들을 가르치며 프리-아카데미에서 근무를 하다 보니 그들 중에도 마리의 팬이 생겨난 것은 당연지사. 해당 프리-아카데미보다는 늦었지만 덕택에 칼리지에도 마리의 곡들이 전파되고 있었다. 그에 강한 인상을 받은 칼리지 생들이 주축이 되어 전문적으로 연구하는 동아리까지 출범하기에 이르렀으니.

그렇지 않아도 학장은 문화예술 측면에 관심이 많았다. 특색 있는 신드롬이 교내에 일기 시작한데다 새 동아리 설립에의 안건까지 올라오니 예의 신세대 음악에 대해 세세히 알아보지 않았을 리 만무한 일.

그 결과, 마리 프라이어가 이제껏 선보인 노래들의 대중 전파력은 이미 넘치도록 입증되고 있는 상태라 판단하였고, 그런 새로운 패러다임의 출현을 일부(?) 학생들의 취미 정도로 치부하고 방관한다면 문화자산의 손실이나 다름없다는 입장을 굳히게 된 것이다.

문화야말로 칼보다 우위에 있다는 것이 학장의 지론이었기에 그랬기도 하지만, 자국(自國)인 아젤론 제국의 문화적 성향을 의식해서이기도 했다.

문학(文學)이나 미술 분야 등에 있어서는 어느 정도 체면치레를 하고 있지만 음악분야만큼은 주변제국이나 국가들의 아류가 주를 이루고 있는 판이라 평소 상당히 유감스럽게 여기던 차였던 것이다.

"그래서 꺼낸 얘기로구먼."

"그렇지. 어차피 자네네 프리-아카데미는……."

교장의 프리-아카데미만이 아니라 제국 내 모든 프리-아카데미는 어차피, 아카데미 수험을 주목표로 학과목이 조성되어온 맨 처음의 단체교육기관.

그렇다고 황립아카데미나 사립아카데미들이 나설 일도 아니다. 이러니저러니 해도 전통적인 학술분야에 집착하는 보수적인 측면이 강한 곳이니 대중음악 관련학과의 개설에 그리 적극적이진 않으리라.

하지만 칼리지는 다르다. 최초 설립목적 자체가 실용성에 주안점을 둔 인재의 양성에 있으니 새로운 학과목의 채택을 두고 고심해야 한다면, 관련사항을 검토하여 추진해야 할 측이 있다면 그건 바로 칼리지인 것이다. 거기에 학장의 개별적인 기대를 더하자면 여타 칼리지와의 차별화도 꾀할 수 있을 것이고.

"대중음악 학과의 신설이라."

"그렇지. 대중음악 학과의 초대교수. 우리 측 계획대로 추진만 된다면 마리 프라이어 양은 우리 칼리지, 아니 모든 교육기관들을 통틀어 최초의 음악선생이 되는 걸세. 교생들은 젊어서인지 판단이 빠르던데, 자넨 그 여학생의 교장이면서도 미처 생각하지 못했지?"

"생각이야 해봤지만."

재학생들에게서 폭발적인 호응을 얻고 있기에 주목은 하고 있었지만, 그 이상의 어떤 발상의 전환을 꾀하진 못했다. 프리-아카데미란 곳은 애초에 아카데미 입시를 위한 준비기관에의 성격이 강하지 않은가.

교육자로서의 역량평가도 몇 명을 아카데미에 진학시켰느냐가 관건이기에 학생 개개인의 재능개발 여부보다는 학과공부를 더 중시해 온 교장이었다.

"변변히 내세울 우리 음악이 없다는 것은 수치스런 일임을 내가 누누이 강조해 오지 않았던가? 이제 그 갈증이 해소될 격변의 순간을 맞이한 것이야."

"그 정도까지 가능할까?"

일시적인 유행이나 인기로 끝날 가능성도 있는 것이다. 애들의 변덕스러움을 수없이 접해오기도 했지 않은가. 그러나 학장이 단언하듯 말한다.

"자네네 프리-아카데미 애들이 태풍의 중심에 있으니까 그렇게 보이는 것뿐이네. 언제 느긋하게 시내를 산책해 보게. 마리 양의 음악을 즐기는 층이 어린소녀들만이 아님을 알게 될 테니까. 내보기엔 오히려 장년층에게 더 빨리 퍼지고 있는 듯하더구먼."

"흠, 그것도 그렇군."

그러고 보니 그랬다. 출퇴근길에 귀에 익은 멜로디와 가사들을 심심치 않게 접하던 참이었으니.

"하지만 마리 양은 우리 학교의 기대주인데? 졸업 후 학교에 눌러 앉힐 수도 있……."

"뭐? 아카데미도 진학할 만한 학생을 고작 프리-아카데미의 교사로 채용하려고? 예끼! 이 사람아."

"……."

학장의 면박을 묵살할 겸 골똘히 생각에 잠긴 교장은 오래지 않아 그에게 동조하기로 결심했다. 충분히 일리 있는, 추진해 볼 만한 제의였던 것이다. 그러나 물론 한번쯤은 퉁겨줘야 인지상정.

"그런데, 우리학교 학생, 미리미리 스카우트하겠다면서 대접이 이래도 되나? 슬슬 허기도 지고……."

"얼씨구, 다리 놔주기 싫으면 말게나. 마리 양의 집에 아들 내외를 직접 보내고 말지. 그렇지 않아도 며칠 후에 모친의 생일파티가 있다하니……."

"엉? 그걸 자네가 어찌 아나?"

"쯧, 종달새 같은 손녀딸을 자네만 뒀나? 그렇게 좋은 건수가 비밀스레 다뤄질 수 있을 리가. 아무튼 예나 지금이나 무디기 짝이 없는 친구라니까."

친분 두터운 칼리지 학장의 혀 차는 소리에 '약 오르지?' 하는 놀림이 녹아 있다. 조금 실룩거린 프리-아카데미 교장은

 제논
프라이어

정보 제공자였을 그의 손녀를 팬클럽에서 축출케 해버릴까
하는 생각을 했다.

　그랬던 것이다. 아직 마리 양의 모친인 남작부인에겐 꺼내
지 못한 이야기이지만 거절당할 일은 없으리라.
　마리 양이 프리-아카데미에 재학해 있을 앞으로의 3년 간
이면 새로운 학과신설에 따른 여러 제반사항들을 추진하고
준비하기에 충분한 기간이었다.
　게다가 지금껏 그녀로부터 생성된 노래들만 모아도 교습
용 책 한 권은 거뜬히 되고도 남지 않은가. 그 이상의 모음집
을 기대해도 무리할 것은 없는 시점이다.
　졸업하기 전이라도 상급생쯤 되면 칼리지로부터의 초청을
받아 노래 시범 정도는 보일 수 있을 것이고, 아카데미에 진
학하게 된다면 학비전액을 지원받을 수 있음은 물론이거니
와, 적절한 시기를 택해 칼리지 교수로서의 등단도 겸할 수
있을 것이니 금상첨화.
　설사 마리 양이 예상과 달리 아카데미 입시에 떨어져 버리
는 일이 생기더라도 큰 상관은 없다. 음악교수의 입장으로 강
단(講壇)에 서는 시기는 조금 늦춰지더라도, 프리-아카데미의
음악선생이자 칼리지의 장학생쯤은 될 수 있을 테니까.
　'그런데 천재이긴 해도…….'
　어쩔 수 없이 답습해 오긴 했지만 아카데미 진학을 우선시

하는 현재의 학습풍토가 그리 탐탁지는 않았다. 모름지기 교육이란 반듯한 가치관의 정립과 인격도야에 더 신경을 써야 하는 것이 아니겠는가.

그런데, 마리 프라이어는 겨우 13살을 앞둔 프리-아카데미의 초급반 학생. 교장은 그 점이 마음에 걸렸다. 아무리 품행이 바르다 해도 가치관 정립이 완전치 않은 시기임은 분명하니, 탄탄대로가 기정사실화된 스스로의 장래를 어린 학생의 귀에 미리 흘려 넣어 자칫 자만심을 키울 여지를 낳게 해선 안 될 게 아닌가.

그 때문에라도 오늘의 스카우트 제의는 오롯이 그녀의 보호자인 메를린 부인과만 상의해야 했다. 그런데 미처 계산치 못한 걱정이 든다.

'이거, 부인과의 조용한 면담이 가능하려나?

파티장을 둘러볼수록 손님들의 면면이 예사롭지 않음이 새록새록 의식되었던 것이다.

뭐, 화급을 다투는 용건은 아니니 오늘 파티에서 말 꺼내기가 여의치 않다면 학교로의 학부모 면담이나 가정방문을 통해 상담약속을 따로 잡으면 될 것이다.

*　　　*　　　*

"신사숙녀 여러분! 수백 년의 전통을 이어온 프라이어 남작가의 안주인이신 메를린 프라이어 부인! 후계이신 제논 프라이어 군과 입장하십니다!"

짝짝짝짝!

집중된 시선들과 우레와 같은 박수소리. 벼르고 벼르다 터져 나온 것처럼 갑작스럽고 즉각적이다.

'아…….'

예기치 못한 손님들의 러쉬에도 한 점 흐트러짐 없는 여유와 웃음 띤 얼굴로 대처하던 메를린. 막상 정식입장이 표명되자 가슴이 벅찬지 눈시울을 붉힌다.

잡은 손에서 전해오는 떨림을 통해서도 제논은 그녀가 꽤나 긴장하고 있음을 알 수 있었다.

"어머니, 가세요. 답례하셔야지요."

"그, 그래."

용기를 북돋아주듯 꼭 잡아주는 장남의 손길에 기대어 그녀는 원래 그녀가 누려야 했던 세상 속으로 한걸음 다가섰다. 남작가의 안주인이란 신분에 걸맞은 예의와 품위에서 한 치의 어긋남도 없이. 존경하고 사랑하던 남편과의 결혼식 이후로 이토록 떨리고 자랑스러운 자리는 처음인 듯하다.

'이것이 정녕 복이(福)이 될는지 화(禍)가 될는지는 조물주만이 알 일……. 부디 복이 되길.'

어머니라고 부르는 것은 물론이거니와, 이젠 정말 그렇게 인식하는 것마저 당연시된 그녀를 무대 쪽으로 에스코트해가던 제논의 소감이었다.

그렇게나 조심에 조심을 기해왔건만 전혀 예상도 못한 엉뚱한 부분에서 유명세를 탔다. 경제적인 측면에서는 조금 나아졌다고 하지만, 온실이 본격적으로 가동되면 더욱 나아지겠지만 지킬 힘은 그리 갖추지 못했으니 은근한 우려의 마음도 이는 것이다.

저택 앞마당을 중심으로 뜻하지 않게 규모가 커져 버린 메를린의 생일파티.

주인공인 어머니를 위시해, 마리와 쌍둥이들의 공연을 관람케 하기 위하여 준비하였던 몇 개의 테이블은 수십 개로 바뀌었고 빈 의자는 하나도 없었다.

그 때문에 현재 프라이어 가의 아담한 저택은 풀가동되고 있는 중이었다.

테이블들의 중앙인 무대 바로 앞의 주빈석은 메를린과 프라이어가 사람들을 위한 자리였는데, 새 옷으로 단장한 폴이 제법 의젓한 자세로 앉아있다. 그 맞은편에는 키라가 제복차림의 미인과 함께 있기도 했다.

마치 가족이라도 되는 양 주빈석의 한 자리를 점하고 있는 예의 검은 머리 아가씨. 그녀의 뒤에는 호위로 동행해 온 두 명의 기사가 동상처럼 무표정한 얼굴로 시립하고 있었지만 그리 위화감은 들지 않는다.

'엘다 바워버드.'

화려하고 고급스런 차림으로 무장하여 죄다 미남, 미녀들로 보이는 사람들 틈에서도 유독 눈에 띄는 팔등신 미인. 제 눈과 눈길이 마주치자 이지적인 재색 눈동자에 웃음을 띠고는 빙긋 웃어 보인다.

무대 좌측의 테이블들은 화려한 차림새로 한 눈에 귀족임을 알아볼 수 있는 사람들이 차지하고 있다. 이십대 전후의 손님들도 있었으나 주로 부부동반이거나 배우자 없이 혼자 온 어른귀족들이 주축을 이루고 있다.

우측 테이블들은 오늘 사단의 주인공인 '알럽마리' 팬클럽 애들이 점령하고 있다. 그 애들에게 포위당한 채 무안한 표정을 짓고 있는 마리도 보인다.

손님들을 마중할 때만 해도 실감치 못하는 듯했는데 매일 그런다던 학교에서와 같은 처지가 되고 보니, 제 친구들을 초대한 것이 잘한 것인가, 우려하는 듯하다.

그러나 메를린의 입장이 공표되자 곧 의젓하게 말하며 양해를 구한다.

"잠깐 일어날게, 어머닐 맞아야겠어. 언니들, 실례할게요."

"응! 다녀와, 마리."

마리만이 아니라 폴도, 그리고 키라도 엘다 바워버드의 손을 잡으며 일어나고 있었다.

"엘다 언니, 어머니께 가봐야겠어요."

"응, 그러렴."

"같이 안 가시나요?"

기대와 다른 답이었는지 키라의 하늘빛 눈동자에 실망의 빛이 스친다. 그 때문인지 엘다도 맞잡힌 아이의 손에서 손을 빼지 못하고 엉거주춤 반문한다.

"같이……?"

"네, 같이 가요."

"그래요. 같이 가요, 엘다 누나."

"음. 그, 그럴까. 그래 같이 가자꾸나."

'하긴, 별수 없겠지.'

둘이나 되는 아이들의 간청이 아닌가. 하늘을 닮은 또랑또랑한 쌍둥이의 눈동자가 애원을 담아 투명하도록 맑은 빛깔로 변해가니 굴복하지 않고 배기긴 힘들지. 제논 자신도 심심찮게 참패하는 판인데.

망설이던 엘다도 결국 일어나 함께 다가온다. 며칠 만에 다시 겪게 된 가족애의 훈훈함 때문인지 약간의 무안함 섞인 미소를 입가에 띠운 채로.

불과 한 달여 전만해도 존재하는지조차 모르던 생판 남이었건만, 이제는 가족들 틈에 버젓이 끼인 그녀의 모습이 그리 어색하지만은 않다.

수지도 파티장 밖에서 일꾼들과 더불어 고개를 빼고 있었고, 여느 가문의 집사 못지않은 당당함으로 여주인의 등장을 알려놓곤 올곧은 자세로 서 있는 헤리슨. 그 누구의 얼굴에도 그늘 하나 없다.

'그래 이렇게, 언제까지나…….'

현진에서 제논이 되어 해온 이제까지의 자잘한 노력들. 그
것들은 어쩌면 스스로가 살아오면서 가장 가치있는 일이었는
지도 모른다. 집안 식구들을 비롯해 육친의 어미와 어린 동생
들이 이리도 행복해하지 않는가.

그들의 얼굴에 떠오른 해맑은 미소를 언제까지나 지켜주
고 싶다. 언제까지나 지키고 싶다.

『제논 프라이어』 2권에 계속.